第三輯
詭變百出
卷 6 虛空
尋龍記
無極 著
大結局

目錄

第一章　廢丘之危

甘公說完一臉驚詫的呆望著項思龍，手足無措，神態顯得甚是拘窘。

項思龍笑著揮手示意甘公坐下，道：「甘兄何必如此大驚小怪的呢？坐下，坐下，咱們慢慢細敘！」

甘公卻是突向項思龍恭敬的行了一禮，恭聲道：「在下怎敢與項少俠同起同坐呢？嘿……方才在下多有失禮，有眼不識泰山……」

項思龍打斷甘公話頭道：「甘兄這是哪裡話來？咱們今日相見就屬有緣，何況今後咱們還是一家人呢？甘兄不必如此客氣的！來，坐下，咱們還未喝個痛快呢！」邊說著邊站起拉了拘束不安的甘公坐了。

不過甘公卻是再也隨便不起來。對項思龍一直恭恭敬敬的，項思龍也不知怎好，只得由他，說了一番安慰甘公和張耳投靠劉邦的話後，甘公方始告辭而去，項思龍心下也大感輕鬆，不由多喝了兩杯。

出了客棧，項思龍和了因、笑面書生繼續趕路，不過項思龍卻是老想著那董公，只不知何時再能碰到他。

這一日三人終於抵達咸陽，看著昔日繁華的秦都如今卻顯得冷落蕭條，項思龍不覺感慨非常。

三人在城中四處轉了一圈，卻見到處都是嚴陣以待的楚軍，顯是鎮守漢中的章邯得了劉邦出兵漢中取下陳倉的消息，大感震驚，派兵嚴守。

韓信這一招明修棧道、暗度陳倉的計策可也確是絕妙非常，誰想得到劉邦當日派人毀去棧道是用心良苦的計謀呢？即便是自己，若不是知曉歷史，卻也是想不到的吧！也難怪連章邯、范增、項羽也給騙了。韓信確是個用兵如神的天才！這一下打了章邯個措手不及，而項羽又告失蹤，父親項少龍領了楚軍主力給拖在齊地……劉邦事業的又一大重要轉捩點可也確是有些幸運。

項思龍邊在城中蹓躂，心下邊思想著。

下一步韓信的戰術便是水淹廢丘了！

只不知劉邦傷勢現在如何？

項思龍正如此怔怔想著，卻突聽得前方兩個楚軍軍官在不安的低語，其中一個道：「雍王把鎮守關中的大軍都給調去了廢丘，只留下不到一萬的兵力留守咸陽，若是給漢軍擊敗，咱們只怕大禍臨頭了！」

另一人道：「是啊！也不知漢軍是怎麼攻下陳倉的？進出漢中只有一條通道，便是眉縣境內的棧道，但不是已被劉邦下令燒了麼？章將軍也調了大批兵馬把守著關口……難道漢軍是長了翅膀不成？」

先前那人道：「聽說漢軍是翻越秦嶺進入陳倉的，這明修棧道、暗度陳倉的計策是漢軍中的統帥韓信想出來的呢！這小子可當真有些本事，當年他在咱楚軍中只不過是個小官而已，還沒有你我級別高。唉，當真是三十年河東二十年河西，今日對這小子也需刮目相看了！」

另一人道：「越過秦嶺？那可得大費工夫！咱們怎就沒得一點消息呢？」

先前那人道：「咱們一心以為漢王燒了棧道是死了與霸王爭天下的心了，誰料得到他們這一著呢？再說咱們把心事都放在了鎮守棧道上，其他也便疏忽了！唉，現在霸王又告失蹤，主力大軍又被田橫拖在齊地……咱們當真是得為自己打算一下的了……其實說來漢王這次偷襲成功，可還有其他一大因素，就是昔日霸王坑殺了咱三十萬秦降兵，關中父老鄉親把仇恨都記著呢！雖然霸王派章將軍鎮守關中，可百姓哪一個不對咱們楚軍恨之入骨？劉邦呢，他人進關中時，與秦人約法三章從不為害百姓……要不漢王越過秦嶺哪能不被咱們知曉的！過一天是一天吧！咱們只有認命了！」

二人聲音越來越弱，卻是已漸漸走遠了。

項思龍聽得卻又是一陣思潮起伏。

在咸陽城逛了一圈。項思龍還是決定去廢丘看看。反正也不急著與劉邦相見，去廢丘或許能給漢軍些許幫助呢！

如此想來，當下領著了因和笑面書生南下廢丘。

廢丘是雍王章邯都城，倒是也顯出幾分豪華來，不過比起咸陽又自是遜色許多。此時廢丘城到處一片森嚴，城頭更是禁軍林立，顯得甚是具有火藥味。項思龍和了因、笑面書生一行到了廢丘城門，卻見每一個進城行旅都在接受著楚軍的嚴格盤查，其中有幾個挾了刀劍的漢子已被楚軍擒住，正大喊「冤枉！」這讓得其他行旅更為惶恐，每人都是靜默無聲。

項思龍見了這等陣勢，不由眉頭一皺。

自己三人模樣，一看便讓人生疑。現在卻是怎麼進城呢？章邯這傢伙可也當真是夠小心的！

正如此想著，卻突聽得一陣馬蹄聲急促傳來，正在盤查行旅的楚軍突地對眾人大喝道：「讓開！讓開！官爺要出城了！」

剛剛散開眾人，一隊約有千人之眾的楚軍已是急急馳出城門，其中一個在前開路的大漢揮舞著手中大刀對驚慌的行旅大吼道：「閃開！奶奶的，別擋著咱爺們的道！誤了軍情，你們可全別想活了！」千多兵馬馳出，聲勢也甚是浩大。

項思龍正暗揣摸這些楚軍為何急著出城時，卻突聽一女孩哇哇的哭聲和一婦人凌厲的喊聲：「雲兒！雲兒！」

項思龍心下一震，忙朝哭喊聲望去，卻見一五六歲大的女孩子正在眾楚軍馬叢中哇哇大哭，嚇得團地團團打轉，口中大叫著：「娘！娘！」而一三十許的婦人正瘋了似的往那女孩奔去。

項思龍暗道：「糟糕！」正欲出手去救那母女時，卻突見那離女孩只有二米之遙的婦人被一名大喝「找死！」的楚軍揮刀劈下……婦人頓時慘叫一聲，倒地血泊之中，但一手還是指著女孩，口中脆弱的道：「雲兒……」不多時便沒聲音了……後面的馬隊卻竟是從婦人身上馳過，而那小女孩見了母親此況，嚇得更是大哭不止，邊哭喊著：「娘！娘！」邊向婦人跑去……

項思龍看得心下大怒，身形剛剛欲起，卻突見另一道人影飛出，一把抱了小女孩，飛身降至一旁，卻不是那心裡老想著的董公是誰？

眾楚軍見了董公這救人身手，不由都是吃了一驚，其中一個軍官裝束的大漢把手一罷，喝了聲「住馬！」待眾楚軍得令停住後，策騎緩緩馳到正在哄小女孩的董公身前，冷冷的望著他道：「閣下身手不錯嘛！」

董公此時站直了身子，也冷冷的望向這軍官，語氣極不友善的道：「過獎！」言罷抱了小女孩就欲離去。

軍官見了嘿嘿一陣冷笑道：「閣下想就這麼走麼？」

話音剛落，自背上取下一對鋼桿，接著又道：「閣下似對我楚軍有氣呢！可是劉邦派來的奸細？本將軍卻也要向你討教幾招下！」

言畢，也不由董公分說，已是策騎揮桿向董公衝殺過去。

董公冷笑一聲，反手揮出一道勁氣拍向那軍官座下馬匹，只聽「嘶！」的一聲悲鳴，馬兒吃痛，前蹄揚起，一陣蹦跳，頓把那軍官給拋下馬背，此軍官也好樣的，臨危不亂，在身體被馬掀起時，提氣縱身，在空中一個迴旋，卻也穩穩的站立地上，只是雙目冷冷的盯著董公，語氣有些陰沉的道：「閣下武功不錯嘛！我鬼手方朔倒看走眼了！」

言語間，一揮手二十幾名楚軍頓策騎把董公包圍了起來，全都拔出了兵刃彎弓，一時間場中是殺氣騰騰。項思龍不禁暗暗為董公捏了一把冷汗。

此時董公卻是一陣哈哈長笑道：「崑崙派的鬼手方朔原來卻也做了朝廷的走狗！好，我量天神算今日卻也要領教一下你崑崙派的三才劍法了！」

董公這話音一落，那軍官卻也臉色一變道：「閣下原來是星卜神算門掌門！哼，你師弟鄒衍當年卻也不是做了齊王的客卿嗎？」

說到這裡，頓了頓，又陰笑道：「閣下失蹤江湖多年，今日卻突然出現廢丘，想來定是有什麼陰謀！拿下他！」

話音甫落，二十幾名楚兵頓向董公發動了攻勢，而那軍官鬼手方朔卻是策騎退去了一旁，並指揮其他楚兵上前圍攻董公。

董公因一手抱著那女孩，使得他身手靈活大打折扣，武功也難以發揮出來，面對眾敵射來彎弓，一時也是無法應付過來，幾個招面下來，雖殺了幾名楚兵，但為了保護那女孩，左手手臂卻也給中了一箭。

董公手臂上中了一箭，頓時血如雨注，卻還是忍痛與眾敵相拚，大吼聲中又給他挑了兩名楚兵，氣勢形同拚命，倒讓得圍攻他的楚兵氣勢弱了一籌，不多時便給董公奪了一匹坐騎，卻也付出又吃了敵方一槍的代價。然如此一來，董公威勢更盛，驅策橫衝直撞下，圍攻他的楚兵陣勢卻也被他給衝殺散了。

那鬼手方朔見了，臉上色變，心下暗忖道：「量天神算果也名不虛傳，武功確是高絕，幸得自己見機得早，沒有與他過招，要不……」

心下如此想著，口中卻是對那些驚惶失措的楚兵喝道：「這麼多人拿不下一個反賊，全都是飯桶！上！給老子上啊！後退者斬！擒下此反賊者賞白銀百兩，官升兩級！」

重賞之下必有勇夫，聽得鬼手方朔這命令，眾楚軍片刻便重新組成了攻勢，並且人數增多，向董公發動了第二輪進攻。

箭如雨下，從四面八方向董公射去。董公心下暗呼：「吾命休矣！」手中長劍卻還是狂揮拔箭，口中同時衝鬼手方朔喝道：「枉你鬼手方朔也是武林中的一號人物，想不到行徑卻是如此的卑鄙！」

鬼手方朔卻是臉也不紅的道：「什麼卑鄙不卑鄙！老子本就是因行為不檢，被咱崑崙派那閑雲老道給逐出師門，才投入楚軍的。嘿，卑鄙有什麼不好？老子就是憑這在兩年多時間內爬上雍王禁衛軍統領寶座的！老子現在沒空陪你這老鬼閒聊，手足們，活的擒不了，死的也一樣！」

董公此時又給中了兩箭，顯得漸漸不支。

項思龍心下怒火狂燒，知道自己再不出手是不行了。正當身形準備飛出時，卻突然城內傳來一陣馬蹄聲，同時一聲混沉的喝聲傳來道：「方統領，出了什麼事了？本王不是叫你率兵前去防守渭河，以防漢軍利用河水破城麼？你卻怎麼到現在還沒去？」

喝聲中，卻見一身材魁梧，身披戰甲的武將馳得近來，在他身後還跟有八名雙目精光閃閃的大漢。

鬼手方朔見了這武將，頓如老鼠見貓般，先前所有的氣焰都沒了，忙下馬上前陪笑道：「雍王，怎麼勞你大駕了？是一個小毛賊，屬下懷疑是劉邦那廝派來的臥底，所以……」

武將望了正力拚眾敵的董公一眼，喝了聲：「住手！」接著又對鬼手方朔嘿嘿一陣冷笑道：「小毛賊？用如此大的陣仗？哼，你還是去辦本王吩咐你去做的事吧！此人交給本王處理好了！」

鬼手方朔臉上一紅，連聲應「是」道：「那麻煩雍王了！」

言罷，喝令那隊千人騎兵隨他而去。

不多時，城外便恢復了平靜。

董公此時撕開上身衣衫打成布條狀捆紮了身上的數處箭傷，一雙老目卻是佈滿殺機，冷冷的望向雍王章邯，雙手微抖著，大喝道：「你……你們……是什麼正義之師？連一個小女孩的生命也不顧！也不放過！哼，我看你們比秦兵還不如！你是雍王章邯是吧！大秦赫赫有名的將軍，卻也投降做了項羽的奴才！真是了不起！升官了，做王了！也不想想，他坑殺了你們二十萬秦兵！……大秦完了！秦人也完了！哈哈哈哈……如此王者怎可統領天下呢？楚王不會得意多久的，沒有民心的王者是無法得天下的！章邯，你受死吧！」

喝聲中，董公身形突從馬背上飛起，長尺直指章邯向他電射而來。

章邯臉上肌肉一陣劇抖，對董公刺來渾然不覺，而他身後八名大漢卻是一齊拔劍出手格擋了董公攻勢。「噹！」的一聲器擊之聲，把章邯驚覺過來，見自己手下八名大漢正欲圍攻董公，卻是出言喝住了他們道：「八聖士，回來！」

說完，又對冷視著自己的董公歎道：「閣下請走吧，本王不再欠你的了！」

董公卻是冷笑一聲道：「老夫今日來廢丘，本乃是想勸大王投轉明主的，如今看來，爾也卻不配效力漢王了！如此無用之材，留在這世上何用！章邯，你還是準備應戰吧！有種咱們來個單打獨鬥，生死各由天命，如此也不枉你一世英名！」

章邯臉色再次一變，卻是語氣也轉冷道：「閣下原來真是反賊劉邦派來的奸細！哼，想作說客勸本王歸降劉邦那廝？簡直是廢話！項王待本王可是不薄，不但沒殺我家眷，反封我為王，對我禮遇周全，我卻怎會背叛他呢？再說劉邦那廝，他算什麼？一介地痞流氓而已，他之所以能有今天的成就，可全是靠運氣，他有什麼資格作我章邯的主子呢？我是背叛了大秦，可那是大勢所趨，人心所向，我可沒做錯什麼！好，閣下要與本王單打獨鬥是吧！本王就成全你！拿我天矛來！」話音甫落，即有楚兵扛了一柄烏黑的長矛來，卻不正是章邯賴以橫行天下的天矛？

天矛與地盾本乃盤古大師當年所用兵刃，血魔與盤古大師一戰，盤古大師就是用此兩件神兵打敗對手的，後來盤古大師因看破紅塵出家做了和尚，因此兩件神兵殺傷力太大，也便拋下了九宮山的魔天崖，自此很長一段時間，兩件神兵就再也沒有重現人間。

不想數千年後，章邯祖父章允因無意失足魔天崖，因禍得福，被他尋著此兩件寶物。

章允本乃秦國一文臣，尤其精通古文字的研究，得了天矛地盾後，他見兩神兵上都刻有文字，經多年研究，終於被他譯通，得知兩神兵上所刻文字乃一套當世絕學，心下不由大喜，想著練成了上面所載武學，或可以脫困出得魔天崖呢！

自此這一本從沒習過武功的文士，於便終日沉浸於修練天矛地盾所載武學之中，因他也曾看過不少醫書，頗通醫理，知曉經絡穴道之位，這一來幾年後倒也被他練成兩神兵所載的「天道罡氣」和「天矛地盾十三式」，憑此所學也終於被他出了魔天崖。

重回朝廷後，章允也憑其一身所學由一名文臣變成了一名武將，打遍天下無敵手，在朝中紅極一時，可禍福難料，因章允在魔天崖底為求脫困強練神功，以致傷了經脈，才復出朝政不到兩年，因傷勢復發一命嗚呼，從此章家所得絕學因後人一代資質不如一代也便無人練成神功，章家也便哀敗了。

直到章邯這一代，因其天賦神力，悟性極高，又自小好武，資質不錯，其父才把兩神兵上絕學相授，據其祖傳手稿所載。數年之後，卻也被章邯練成了「天道罡氣」和「天矛地盾十三式」。

然章家在朝中氣勢已落，又有趙高這奸賊弄權，胡亥即位後又是昏君一個，章邯一時也是空有一身絕學而無英雄用武之地。

直到陳勝吳廣起義，朝政危急之際，趙高見他武功過人，又深悉兵法，於是舉薦他作了秦軍統帥，章邯才顯露頭角。

成為秦軍統帥後，章邯憑其一身所學所向披靡從無敵手，只是兩次三番的敗在了項羽手下，所以除了項羽，他可說再也不服第二人，對自己武學甚為自負，更何況那天矛地盾本為神兵利刃，妙用無窮呢！

當然對這天矛地盾的來歷，章邯祖父章允也是不知，章邯自是更加不知了。

董公見了章邯手中那烏不溜湫的天矛，心中微微一震，原來這毫不起眼的一支長矛到了章邯手中卻倏然釋發出一股逼人寒氣來。再看這麼一支只有一丈八尺來長，直徑不到十多公分的長矛，竟由四名精壯大漢抬著，可見其重量卻是不輕，而章邯拿在手中卻如無物，面不紅氣不喘，可見他武功確是已入一流高手之列。

董公心下暗暗戒備著，也抛了手中長劍，緩緩取出了懷中的量天尺，雙目直盯著章邯，神色凝重至極。

章邯目中閃出一絲複雜難言的神色，卻是突地問董公道：「你是秦人？」

董公聞言微一錯愕，冷哼一聲，沒有答話。

章邯目光迷離的沉吟了片刻，語氣忽地轉冷道：「閣下進招吧！」

董公也毫不客氣，手中量天尺一抖，身形同時縱身，向章邯發動了攻擊。

圍觀楚兵皆都劍拔弩張，在四周成包圍之勢，以防董公出逃。

項思龍在旁冷冷看著，神態雖顯漠不關心，卻是暗暗留神，以防不測，可以隨時出手相救董公，因為他看得出董公不是章邯敵手。

對董公的攻勢，章邯似毫沒放在心上，直待對方量天尺攻至距離身前只有一尺多遠時，才把手中天矛輕輕一晃，格擋住了對方攻勢。

「噹！」的一聲器擊聲響，董公被對方矛上傳來的一股反震力道震得身形向後暴飛，直打了兩個迴旋，才翻落地上，面色顯得有些蒼白。

章邯眉頭也是微微一揚，讚了聲「好」道：「量天神算果然名不虛傳，竟能接下本王一記十層功力的天道罡氣！好！本王這下可也要出手了，閣下可得小心應付！」話音一落，手中天矛一揮，直指董公落地之處，卻見一道銳光帶著呼嘯勁氣向董公疾射過去，勢不可擋。

董公心下一驚，身形頓然縱起，凌空飛出足有丈餘，同時手中量天尺連揮，發出數道氣勁，身形下方形成立足之處，借著這氣勁身形連閃，退了五六丈遠，才險險脫出對方狂勁範圍。

「轟！」的一聲巨響，塵土飛揚中，只見章邯天矛所指董公落腳之處竟是炸出一個約有立方見丈的深坑來，圍觀者見了無不駭然。

了因和尚低聲對項思龍道：「少主，那量天神算只怕不是對方敵手呢！瞧這楚將功夫，竟入絕頂高手行列。尤其是他手中的那根什麼天矛，鋒銳無匹不說，且可把內家真氣轉化為鋒芒，端是件厲害寶物。」

項思龍點了點頭，沒有答話，此時只聽章邯又叫好道：「閣下這招凌空飛渡的輕功當是今世一絕，只可惜……」

章邯的話尚未說完，董公就已截口喝道：「雍王武功在大秦時號稱天下無敵，今日一見確也不遜。不過小老兒拚著一死也要取你性命，省得閣下助魔為虐，弄得天下民不聊生。章邯，再接招吧！」

言罷，身形再起，手中量天尺卻是突地脫手射出，雙掌一陣狂揮，發出數道勁氣，以推量天尺飛旋速度。

章邯目中厲芒一閃，冷喝道：「不知死活！想拚命？閣下這點本事還不夠資格！」

喝聲中身形也凌空飛起，天矛往背上一橫，身形在空中以橫狀急旋，只聽「嗤！嗤！嗤！」的銳光發射聲，天矛隨章邯旋轉身形射出的勁氣，卻是在他身圍形成了一道隨他身形旋轉的金光，而這道迴旋金光卻又是往董公射來量天尺迎擊，形成一道後繼不斷的金光真氣。「轟！」量天尺終於與金光真氣相逼，雙方一觸即爆，並發出耀眼的光芒，可這光芒卻又火星四射，原來卻是董公的量天尺竟是被章邯天矛射出的金光真氣給燒融成了液態，在勁氣炸爆中給四濺開來。

董公這刻是面如死灰，直盯著自己的量天尺被章邯的金光真氣燒化以至消失不見，可金光真氣燒化了量天尺後又往董公當胸射來，董公卻仍是混然不覺。項思龍看得心頭大震，正要出手相救董公時，卻突聽得「蓬」的一聲什物墜地之聲，聞聲望去卻見原來是董公救下放在馬背上的那小女孩被受驚馬匹給掀到了地上，胸前滿是鮮血，還在咕咕流著，雙目卻是緊閉，面色灰白，顯是已死去多時。

項思龍只覺心頭怒火狂燒，可這刻卻見章邯也給收了身形，也怔怔的看著那倒在血泊之中的小女孩，雙目失神。

了因和尚卻也甚解人意，知項思龍欲救董公，已是在項思龍身形微動之前就已飛身往董公飛去，一掌揮出一道柔和勁力把董公在空中的身形推開，另一掌施出了一招「斗轉星移」的巧妙掌勁，把章邯射出的金光真氣引向了空曠無人的地面。

「轟！轟！轟！」一陣巨響過後，全場卻是一片靜寂。

董公驚魂未定的望著地面又現的幾個深坑怔怔站著。

項思龍卻是已把目光冷厲的轉投向了章邯。

章邯則又是目透驚詫之色的出神望著泰然自若的了因和尚。

而眾楚兵則是一時之間教這驚世駭俗的打鬥場面給驚得呆了。

還是章邯率先開口，盯著了因和尚道：「閣下何方高人？為何要救本王敵人？」

了因哂道：「老衲只是個野和尚，算得什麼高人呢！只是佛家慈悲，救人一命勝造七級浮屠，不忍見到血腥罷了！」

章邯見了因不肯見告姓名，雙目冷冷的打量了他一番，好勝心油然而起，當下道：「閣下身手為本王平生僅見，看來定然不弱了！哼，你壞本王好事，卻也得顯出點真功夫來，看你夠不夠資格多管閒事！」

說著，手中天矛一晃，就欲與了因動手。

了因見狀，忙罷了罷手道：「且慢！且慢！老衲武功稀鬆平常，可不敢與大王動手！唉，看大王方才見了小女孩死去之狀，突然收手，可見也有善心，不如隨老衲出家，專心向佛，以洗施主一生罪行吧！」

章邯沉默一會，目中又閃過複雜難言神色，但瞬間即逝，衝了因冷哼了聲道：「一派胡言！本王生平征戰沙場，殺人無數，至今卻仍活得好好的，何用去信什麼佛！和尚，你少囉嗦了！今日你不打也得打，打也得打。還是準備與本王動手過招吧！」

了因搖了搖頭道：「不可救藥！不可救藥！老衲看你印堂發暗，近日來必有殺身之禍，因見你尚有一絲人性，所以想點化於你，不想施主……唉，可惜啊可惜……」

章邯不耐煩的道：「和尚，你說夠了沒有？要不是看你身手不錯，本王早送你上西天極樂去了！哼，看你這和尚行為怪異，說不定也是劉邦這廝派來的探子！動手吧！」

天矛一展，已不待了因再多說什麼，身形已是向他射去。

了因展開「迷幻羅漢步法」避開章邯攻勢，語氣也倏地轉冷道：「你這傢伙才是不知死活呢！老衲本看你是條漢子，想救你一命，不想你卻恩將仇報！哼，方才要是我家少主出手，別說你有什麼天矛利器，便是魔帥鷹刀在手只怕也活不成了！」

了因這話倒讓得章邯一怔，當下住了身形，冷聲道：「你家少主？他是何人？」

了因一指項思龍道：「便是他了！嘿！說出我家少主的名頭來，只怕你家主子項羽也要忌讓三分……不！是七分，你這傢伙則只怕要嚇得屁滾尿流了！」

章邯上下一掃項思龍，見他只不過是個俊美少年身材高大罷了，卻是一點顯眼的特殊之處也沒有，冷笑道：「憑他？什麼東西？也配與項王相提並論？」

章邯這話只讓得一旁的笑面書生氣得面色鐵青，插口冷喝道：「你奶奶的，嘴巴放乾淨些！我家少主……」

項思龍對了因和笑面書生罷了罷手，示意二人不要多言，再冷冷的望向章邯，緩緩道：「在下賤名自是不配與項王相提並論。嘿，說來在下還是雍王的手下敗將呢！不知雍王可還記得四年前泗水郡城一戰，在下就是那戰泗水郡城的指揮，可被雍王殺得狼狽而逃，差點連性命也丟了呢！還幸在下吉人天相，逃過一劫！」

項思龍話音剛落，章邯頓時脫口失聲道：「你……你是項思龍……少俠？江湖傳言少俠……不是……失蹤了麼？」

項思龍淡淡笑道：「還好，在下運氣向來不錯！」

項思龍這一承認身分頓刻引來了包括正失神落魄的董公在內的所有人的關注，眾楚兵面上盡是駭然之色，章邯則是一臉驚窘之態。

場中氣氛又是一陣怪異靜默。

過了好片刻，章邯才深吸了一口氣，把天矛交給了手下士兵，向項思龍抱拳道：「想不到是項少俠大駕光臨，嘿，在下方才……多有失禮了，還請項少俠不要見怪！」說到這裡，頓了頓接著又道：「項少俠駕臨廢丘，不知……嘿……請恕在下直言，不知少俠是否欲進城探我方軍情呢？」

項思龍點了點頭又搖了搖頭道：「可說是也可說不是，在下與漢王分別數月，此番本欲前去巴蜀探望他一下，不想途中便聽說漢王已出兵漢中，與霸王翻臉了，現正準備攻打廢丘，便順道前來廢丘，看能不能相助漢王一把，可……還沒進城，卻已教雍王發現在下身分了呢！」

章邯聽項思龍如此直言，不由也信了他的話，油然而生敬意的道：「項少俠大駕光臨，在下本應以禮相待，只是……現今這等局面……卻也只好請少俠繞道而行了。否則……在下也只好捨命相陪！」

項思龍本對章邯充滿敵意，這刻見他恩怨分明，並且言語坦誠，不由對他生了幾分好感，覺得這人可也是條漢子，當下笑道：「雍王本該如此做來，食君之祿忠君之事，在下不會為難雍王的。只是在下效忠漢王，將軍效忠霸王，你我立場不同，今日一見雖可惺惺相惜，他日再見只怕是刀劍相向了，將軍可說是否？」

章邯聽得先是一愣，旋即發出一陣爽朗的哈哈大笑道：「痛快！項少俠快人快語，所言極是！好，今日能與少俠一見，即是你我有緣，如項少俠看得起在下，咱們就做一天朋友如何？」

項思龍道：「在下正有此意，只是此地無酒無菜……」

項思龍的話尚未說完，章邯已是大喜截口道：「這有何難？你我既是朋友，項少俠又來敝轄地，自是由在下作東，相請少俠了。」

項思龍眉頭一皺道：「可……在下進城……卻似有不便吧！」

章邯道：「有何不便？有朋自遠方來不亦樂乎！其他在這一刻都無關緊要了！」言畢，突又望向了因道：「不知這位大師……與大俠是何關係？」

項思龍道：「他乃在下朋友！嘿，量天神尺大俠與在下也曾有數面之緣，不知將軍可否賣在下個薄面，放過他一馬？」

章邯一愣道：「這……既然項少俠說了，在下怎會不聽呢？不過，只是今日！今日過後，只怕……嘿，不說喪氣話，咱們還是進城去吧！」

項思龍和了因和尚、笑面書生三人隨章邯一行進了廢丘城。

想不到起先還頭痛的事，現刻這麼輕鬆就解決了，只是「項思龍」這三個字的頭銜吧，連章邯這等人物也禮讓三分！

項思龍邊走邊心下怪怪想著，不由搖頭苦笑。

唉，名聲這東西說好也是好，說累人也是累人。可不，自古以來不知有多少人為之拚死拚活，但一個人要長保盛名卻是很難了，挑戰者絡繹不絕不說，還得忍受孤獨和寂寞的煎熬。

像自己，現在是輕而易舉的進了城，但身分洩露了，自己此行的目的也就泡了湯，還不知待會會不會有得麻煩呢！

心下正如此想著，了因突地傳音向他道：「少主，這章邯如此客氣，會不會對咱們有什麼陰謀呢？我看咱們可得小心著點，別著了他們道兒！」

項思龍正待答話，卻突聽章邯道：「到了，項少俠！」

項思龍聞聲斂回神來，抬頭望去卻見已到了一座皇宮似的府第門前，四周築有既高且厚的城牆，城樓上滿是防守的楚軍，氣派顯得甚是森嚴而肅穆，倒不比現刻的咸陽宮遜色多少。

隨章邯一行進了府內，卻見內中又是一番景象，正當面是一個足有千多來方的練武場，兩側則是護衛宿舍，練武場上正有不少武士正在操練，見了章邯一行進來，都頓即收身肅立，目光卻是落在了項思龍和了因、笑面書生三人身上，不知三人是何方貴賓，竟得章邯如此看重。

在章邯的指引下，一行人進了內進的一間豪華大廳，除了八大聖士隨章邯進去之外，其餘護衛全都站在了廳外把守。

著項思龍等三人坐下後，章邯又吩咐侍婢為眾人沏上香茗，著人下去準備酒菜，才轉過頭來衝項思龍笑道：「項少俠難得駕臨敝處一次，今個兒咱們可得來個一醉方休才是！」

項思龍淡淡道：「將軍現刻可是有重任在身，在下可不敢誤了將軍正事！」

章邯道：「無妨，今個兒什麼大事也比不上項少俠駕臨寒舍為重了！」

二人說著這當兒，有侍從過來傳報說酒菜已經準備好了。

章邯率先站了起來，笑道：「請項少俠移駕敝處宴客廳吧！」

項思龍笑笑，隨章邯進了另一間豪華大廳。

說是賓客廳果然確切，整個大廳足有千餘平方之大，擺滿了桌椅，想是用來舉辦大型宴會之用的。不過章邯領項思龍三人所至的卻是這宴客廳左側的一間豪華廂房，室內以大紅地毯鋪地，當中是一張精緻圓桌，桌周擺了四把鋪有虎皮的大師椅，上面已經放上了熱氣騰騰的精美食物，四個年輕貌美婢女恭站在一旁準備侍侍，見了章邯一行進來，四女頓忙跪地請安。

章邯揮手示意四女起身，對項思龍三人笑道：「三位請入座吧！沒有什麼好招待的，只能是以薄酒敬之了。」

項思龍三人坐定後，笑面書生向項思龍傳音道：「公子，看這排場，這章邯莫不是想以酒色來籠絡我們？嘿，如是這樣，他這如意算盤可是打錯了，了因和我都是和尚，不近女色；公子妻妾如雲，個個貌美無比，這麼幾個庸脂俗粉卻又怎會給看在眼裡呢？」

項思龍心下也是暗暗納悶，自己與章邯一見，彼此雖都有惺惺相惜之感，可自己是劉邦死黨，這已天下無人不知，劉邦現刻反了項羽，那自己可也說就成了章邯敵人，連自己都難免不對章邯產生敵意，章邯卻為何顯得對自己如此熱情呢？這內中難道當真有詐？

心下想來，不由對了因和笑面書生各使了個眼色，示意他們小心。口中卻也道：「將軍盛情，在下卻是甚感受之有愧呢！」

章邯連道：「哪裡！哪裡！只怕是在下招呼不周才是！」

二人客套一番，章邯舉杯對項思龍道：「在下久仰項少俠大名，今日能得以一見，實感三生有幸，來，在下敬項少俠一杯！」

言罷，仰頭一飲而盡，拿空杯對項思龍晃了晃。

項思龍正待舉杯回敬，了因卻是搶先端了他身前酒杯，對章邯道：「我家公子素來不善飲酒，這一杯由老衲代乾了！」

待了因喝完放下杯子後，章邯示意美婢把酒斟上，面色有些不自然的衝項思龍道：「美酒與美女乃是英雄的兩大享受，想不到項少俠原來卻……嘿，貴屬下卻也對少俠甚是忠心的呢！」

說到這裡！又舉杯衝了因道：「大師海量，在下也敬你一杯！」

了因毫不退讓，舉杯仰頭便喝，暗暗提氣發覺體內毫無異樣，衝項思龍和笑面書生暗暗點了點頭，示意酒中無毒。其後每一樣菜了因都搶先項思龍一步夾了試吃，示意無異後才准他吃，這一切自給章邯瞧在眼裡，嘴角不由浮起一絲讓人不覺的詭笑。

酒過三巡，章邯道：「項少俠對如今的天下局勢不知有何觀感呢？比如說楚霸王失蹤，齊地叛亂……漢王起兵出漢中……」

項思龍道：「這些將軍可比在下清楚多了吧！嘿，說來在下只是一介江湖粗人，哪裡配論天下政治格局呢？」

章邯道：「項少俠如不配論那天下還有誰人配論？項少俠盛名天下皆知，武功機智德行皆為天下人所景仰。嘿，說句大實話，只要項少俠振臂一呼，回應者不知有幾，要得天下可說是舉手之榮，只可惜……項少俠卻似乎沒有爭霸天下的野心，要不……」

項思龍聽得心下暗震，章邯這話只不知是在試探自己，還是，他對項羽也生異心？但這話如被用來挑撥自己和劉邦之間關係，只怕……自己和劉邦也會鬧出什麼危機出來，要知劉邦現在羽翼漸豐，野心也越來越大，自己和他的關係本就有了些莫名隔閡，如再被人有意離間……嗯，自己且試探一下章邯意圖再說。

心下想著，當下強抑心頭凌亂思緒，笑了笑道：「將軍這是說的什麼話來？在下只是一介武夫，無得無能又無見識，現下這虛名也只是全仗江湖朋友抬愛，又沾了霸王和漢王的光，所以……嘿，其實說來，天下有幾人不想出人頭地呢？只是那九五之尊卻是……天命所定的吧！」

章邯沉吟了片刻，語音忽有些激動的道：「這……只要……說白了吧，在下雖降了項王，但項王大肆殘殺我大秦子民，焚燒我大秦遺物……如此暴君，自是難以服眾。尤其我身為大秦三軍統帥，現身為他人階下之囚不說，還得忍聲吞氣的眼睜睜看著自己秦人慘遭殺戮……這口氣我實在是忍不下去了！其實漢王出兵漢中明修棧道暗渡陳倉，這計謀以為我當真不知否？只是我實在氣不過了，才故意睜一隻眼閉一隻眼讓漢王殺出巴蜀的罷了！

「我想報復項王，他實在是太傷我的心了，我之所以投降項王，還不是為了避免戰爭殺戮，拯救我大秦子民？項王坑殺我大秦二十萬降卒——他們可全都是跟我東征西戰出生入死的兄弟啊！可……我是個罪人，我葬送了大秦江山，我對不起大秦子民……其實我早就不想再苟且活下去了，但我不甘心，不甘心啊！我想看著項羽怎生敗下去，看著他自食其果！」

說到這裡，目中射出駭人精芒，平復了一下情緒後接著又道：「在下對項少俠說出了心裡話，想來少俠也可知道我的意思，只要項少俠一句話，在下這條命就交給少俠了。本來也想與漢王合作的，不過這人資質我實在看不起，覺著沒有什麼前途，但是項少俠就不同了，憑你在江湖中的地位，憑你手中撐握的地冥鬼府和北冥宮實力，又有匈奴國二十幾萬大軍作後盾，還有波斯國的強大後援，要想起事，雄霸天下，取代項羽，可說是指日可待。

「現項羽失蹤，眾本對他成為魔帥傳人甚感惶懼的諸侯也都蠢蠢欲動，只要項少俠高舉義旗，前來投奔的定然不少，一些頑固反抗者又算得什麼！介時即便項羽復出，可少俠控制天下大局，那又何足懼哉？只憑項少俠在江湖中的地位，號令武林同道除魔衛道，項羽已是吃不消了。至於漢王，少俠與他是結義兄弟，可以多給些封地於他，想來他也應無話可說的吧！在下現在是把話都說白了，項少俠如何取捨，全由你定奪了！」

章邯這一席話只讓項思龍聽得瞠目結舌，章邯竟對項羽也有反叛之心……

這……與歷史可是大大不符啊！史記中說章邯因感激項羽對他的不殺之恩和厚愛，對項羽可忠心耿耿，雖對項羽殘殺秦降兵大是不滿，可也是終日借酒消愁沉迷女色，日漸消沉，終至敗給劉邦，被迫拔劍自刎……可……聽章邯這一說……自己現在該怎麼辦呢？歷史可不能被改變，然章邯反項羽的決心似不可動搖，如一個弄得不好，章邯真自個兒也反了項羽，那歷史……

不行，自己得先穩住章邯，不可讓他胡來。

看章邯的狀態似乎精神得很，他竟也防到韓信有可能會利用渭河之水，水淹廢丘，所以派鬼手方朔領兵把守渭河……連韓信的明修棧道、暗渡陳倉之計，章邯竟也識破，還幸得他對項羽產生了逆反心理，沒有干預，要不……歷史可真是被改寫了！

章邯這人可當真是不簡單，難怪他能在短短幾年中成為威震天下眾路義軍的大秦名將，實力確是不容小視，自己先前可是把他低估了，看來史記也並不儘然真實，自己今後可不能一味的盡信它，要不……倘若出錯，可不知會出現什麼後果。

項思龍心下暗暗震驚的想著，這一思想的轉變，對他日後行事有著很大的幫助，要不歷史可真差點改變了。

當然，這是後話，咱們暫且不提，卻說項思龍心念電轉間，頓然有了主意，當下故作遲疑的驚聲問道：「這……在下……可是從來想也沒想過自己……自己去做什麼天下霸主，因為在下……覺得自己沒有這個福份，章將軍，你……你……」

說了半天的「你……你……」卻是沒有下文了。

章邯一見似有希望，頓忙大喜的道：「大凡成就大業者，一是要有膽略，二是要有野心，其次才是機智與德行，說到什麼天命，卻是不可信的了。事在人為，當年項羽和漢王起義反秦，卻還沒有項少俠這般好的條件呢！只要項少俠一句話，準備起事的諸般事宜就交在下去打理好了。到時項少俠只要發號施令就是。其實在下也聯絡了幾路王侯，如塞王司馬欣、翟王董翳！河南王申陽等，只要時機一成熟，他們會隨時回應在下的。」

項思龍越聽越是心驚，章邯的心機可真是深沉，不動聲色間就狠擊了項羽一把，嗯，自己且先敷衍著，待以後再想辦法分化擊破他的勢力，將他逼至死地。如此想來，當下又道：「章將軍如此看得起在下，在下甚感榮幸。看將軍對在下如此瞭解，今日之約想來是早有預謀的吧！如此的話，倘如成事以後，章將軍卻又有何目的呢？」

章邯笑道：「項少俠快人快語，不錯，在下早就對天下各大有影響力的人物作了個調查分析，唯有項少俠才適在下之意，不說項少俠聲名遠播，武功據聞也是天下無敵，要對付項羽，非項少俠不可，所以在下早就想與項少俠合作了，怎奈少俠如神龍見頭不見尾，但聞爾名難見汝人。今日難得見著少俠，所以在下迫不急待的把心中想法對少俠說了出來，其實此話傳入朝中，在下可是難逃一劫，不過命都準備豁出去了，又怕個什麼呢？更何況在下相信項少俠的為人，重情重義！

「在下選中與少俠合作，若說沒有私心，那是騙人的話，一是在下想利用少俠的號召力和實力，二是事成之後得恢復我大秦名號和君主專制制度一統天下。如此在下也就對得起我大秦子民，對得起自己的良心了！心理上可以平靜些吧！當然向項羽報仇也是一個方面！至於少俠坐尊天下後，如何治理百姓，在下卻是不會干涉的，只求能隱居鄉野便是了。」

章邯這話讓得項思龍又是不禁大是錯愕，想不到章邯用心良苦卻是為了「復國」，不過大秦卻是萬萬恢復不得的，以後的天下可是劉邦創立的漢朝呢！如復了大秦年號，那歷史豈不改變？

不過，自己卻是暫且應付著他吧！對付章邯這等精明人物可得慢慢的來，他敢一個人單獨與自己三人相處，想是一切都作了安排，自己可不能輕舉妄動，要不只怕後果不堪收拾。要知道章邯對自己可是作了較深的瞭解，他不會不防著自己的。

心下想著時，口中卻是笑道：「承將軍如此看得起在下，這份深情厚意在下卻是怎好意思拒絕呢？不過……」

項思龍的話尚未說完，章邯已是大喜截口道：「那項少俠是答應與在下合作了！太好了！不過什麼？項少俠如有什麼條件與要求，儘管提出來就是，只要少俠同意我的話，什麼條件我都答應你！」

見章邯如此神態，項思龍心下更驚，口中卻還是故作沉吟道：「此事太過突然，在下心中可從沒有過如此大膽的想法，所以……在下想考慮幾天後，再給將軍個答覆，如何？」

章邯臉色微微一變，卻也笑道：「當然！當然！在下不會迫少俠現下就答應下來的！來！咱們喝酒！喝酒！」

項思龍和了因、笑面書生三人雖說是作了章邯的貴賓，可實則是被對方給軟禁了起來，行動處處受人監視。

項思龍心下雖大感頭痛，了因和笑面書生二人則是大為火光，牢騷不覺也就來了，了因氣惱道：「公子，你真欲與那章邯合作啊！他媽的，咱們行動處處受制，那小子卻是哪有什麼誠心嘛！」

笑面書生也道：「不錯！咱們既然是對方貴賓，應該處處受到尊敬的嘛！可無論咱們去什麼地方，身後都總有一大堆跟屁蟲。奶奶個熊，這哪裡是合作？簡直就是把咱們當作犯人！」

項思龍苦笑道：「那卻有什麼辦法呢！章邯這傢伙野心極大，為人又甚是精明，咱們可不能與他來硬的，要不……他會成為漢王的一大威脅！」

了因哂道：「咱們索性殺了這傢伙不就得了！」

項思龍正色道：「千萬不可！章邯雖為降將，可他在秦人心目中卻還有一定的地位，尤其是他手下的兵將，都對他忠心耿耿，還有章邯如死了，他手下必有人可取而代之，那塞王司馬欣、翟王董翳可全都是章邯的死心腹，為人也精明得很，一旦把事情鬧大了，境況就一發不可收拾，所以咱們要對付章邯也得從長計議，得不動聲色的瓦解他的勢力聯盟，如此才不致危害漢王，最好是能利用他來對付楚軍！」

了因點了點頭，卻又一臉凝慮之色道：「可漢王被項羽那小子擊成重傷，現今也不知情況如何，咱們就不去看看他了？」

項思龍沉吟一會，歎了口氣道：「一切都看天意吧！如天要亡漢王，咱們卻也回天乏術。如漢王真是今後的真命天子，想來他應可無事的！」

三人沉默了一陣，笑面書生道：「少主，那咱們應如何去對付章邯這小子呢？」

項思龍道：「咱們先得穩住他，不可讓他狗急跳牆，與漢王頑抗。看來是得答應與他合作了！」

了因道：「與他合作？公子……」

了因的話尚未說完，突有衛士敲門傳報：「項少俠，章將軍有要事與你相商，請少俠移駕集議廳。」

項思龍聽得心下一突，要事？什麼要事呢？難道是劉邦……

心下想著，衝門外的衛士道：「好！我這就隨你去見雍王！」

言罷，率先開門出去，了因和笑面書生自是緊隨其後。

第二章　奇計克敵

三人隨那武士到了集議廳，卻見章邯顯得焦燥不安的正在廳內來回踱著方步，八聖士和一眾文臣武將則是面色肅然的靜立在一旁，連大氣也不敢出。

見得項思龍三人進來，章邯頓住步，面色稍稍一舒，上前迎接道：「項少俠，你來了！嗯，不知少俠對在下提出了的事情考慮得怎麼樣了？」說完是一臉渴盼的盯著項思龍。

項思龍心下一跳，想不到章邯一見面就問這讓自己頭痛的事。

目光邊掃視著廳內眾人，轉過話題不答反問道：「這……少俠還是先回答在下的問題，咱們再言他事吧！」

項思龍此時已在人叢中發現了一身狼狽正垂頭喪氣滿臉惶恐的鬼手方朔，漸漸明白了些事態。

看來鬼手方朔鎮守渭河是失敗了，難怪章邯這麼心浮氣燥。不過看現下境況，自己如跟章邯翻臉，只怕一場惡戰在所難免，章邯氣急敗壞之下或許都要跟自己拚命——他現在如自己不跟他合作，那就唯有擒下自己才方有反敗為勝的機會了！

心念電轉間，口中當下道：「在下已經考慮清楚了，決定與將軍合作！不過，在下在江湖中還有一些恩怨未了，所以……」

項思龍才說到這裡，章邯已是大喜的搶口道：「太好了！只要少俠答應了就好！在下已經派人四下傳出密令，向各路王侯及江湖朋友宣告此事了，想來不日即會有人前來呼應。嘿，韓信想來個水淹廢丘？讓他們得了這座破城又怎麼樣？只要項少俠出面領頭，今後的天下還不是咱們的！」

說到這裡頓了頓接著又道：「少俠現在就當眾宣佈咱們合作之事吧！最好是能親筆寫下個手諭，如此在群雄心中的可信度就會更高！至於少俠在江湖中的未了事情麼，就發令讓下人去辦好了！少俠已成眾路盟軍之主，自是不可分身，要知咱們的大業才只剛剛起步呢！少俠如一上任就不在軍中了，那可由誰來主持大局？大家可只賣少俠情面，可不買在下的帳！」

聽得章邯這番話，項思龍心下暗震，連連叫「糟」。想不到自己才被章邯「軟禁」了兩日，這傢伙已利用自己之名背著自己去召集盟軍了，這一招先斬後奏可不謂不厲害！

現在自己該怎麼辦呢？已是被迫木已成舟，看來不虛與委蛇的與章邯合作也是不行的了！要不可太便宜了這傢伙！

憑自己的「超時代知識」難道還怕了章邯不成？就來比比看，誰才最厲害！自己可是連趙高、胡亥、項羽也沒怕過呢！在這古代，唯一能威脅自己的就是父親項少龍！

本來還想拖住章邯，好讓漢軍把這眾傢伙一網打盡的，誰知……章邯這傢伙心計可真是深沉，看來他早算好了一切，自己倒也真是有些低估他了。如今各路王侯大軍和江湖朋友都或將率眾前來廢丘，韓信即便水淹廢丘成功，可要一舉擊垮章邯卻也是不可能的了！奶奶個熊，章邯這一招「逼人下水」之計可也真是毒的！

一來利用自己名頭的影響力號召各路兵馬，二來自己在江湖中的一些朋友也會被他使計迷惑上當受他利用，但更主要的一點是，如此一來或許會離間自己和劉邦漢軍的關係，使漢軍對自己產生誤會，而自己現今又確實住在章邯這雍王府中！

不過，以自己和劉邦的交情，以張良、韓信、蕭何等的精明，想來卻又應不會懷疑自己的吧！

也幸得章邯這傢伙沒有什麼野心，只是一心妄圖「復國」，如此自己還有挽回這次失算的機會，要知自己可是他們的「盟主」哩，主動權還是握在自己手中的，章邯要想控制自己作他的傀儡，卻還沒這個能耐！嘿，如此一陣胡鬧亂搞，或許還會對劉邦大大有益呢！自己拉了這眾兵馬，只待章邯到時一死，再移交給劉邦，卻又有誰敢不服？

好！自己就來與章邯比試比試個高低吧！

心下想著，項思龍口中卻也哈哈笑道：「想不到章將軍為在下設想得如此周全，一切都已安排好了！既然章將軍如此盛意，在下又怎好意思推卻呢？好吧，在下就斗膽來做他媽的一番大事，如此成也英雄敗也英雄，只要轟轟烈烈的活過也就是了！不過，今後可全仗章將軍出力了！」

說到這裡，語氣一轉接著又道：「章將軍如此急著召見在下，就是為了此事嗎？是不是有什麼情況發生？」

說著時目光有意無意的落在鬼手方朔身上。

章邯這刻卻是情緒激動，沒有回答項思龍的問話，突地仰天發出一陣悲壯的哈哈大笑道：「好！好！在下的心願今日總算能得以實現了！項羽坑殺我秦兵二十萬，此仇不報豈不愧為我大秦子民？我章邯臥薪嚐膽數年，等的就是今天，不錯，成也英雄，敗也英雄，只要轟轟烈烈活過一回就是！他媽的，做縮頭烏龜的日子可真是太痛苦了！今回老子一定要再展雄風！」

自言自語的狂笑乍罵了一陣，章邯突地「撲通」一聲，向項思龍單膝跪地，口中恭聲道：「末將章邯參見我王萬歲，萬歲，萬萬歲！」言語間身體匍伏向地，神態甚是恭敬。

章邯此舉剛落，全廳中除了滿臉異色的了因和笑面書生二人外，其他諸人也全都相繼向項思龍跪下下拜，口中高呼：「我王萬歲，萬萬歲！」

這一來可把項思龍弄了個手足無措，幸得他來這古代的幾年來，見過的大場面可不少，也曾受過許多人的參拜，很快就平靜下來，知道自己這下是被趕鴨子上架，無論怎樣也推脫不了的了。

當下也哈哈一笑，大大咧咧的受了眾人這一大禮，把手一揮道：「諸位請起！可不要折殺在下了！」

說著又上前攙扶起章邯道：「章將軍快快請起！在下只是一介草民之身，怎受得起將軍如此大禮呢？」

章邯在項思龍的攙扶下站了起來，其他人相繼而起。

再次向項思龍躬身行了一禮，章邯神情肅然的道：「大王這話可是錯了，從現刻起，少俠即為我秦國之主，我等則身為大王臣子，自是理應參拜大王的。當然大王今日登基是顯太過匆促簡單，不過咱們的事業才剛剛起步。現下情勢又甚是迫人，卻也不得不一切從簡了，這個可還得請大王恕罪。待他日大王統領大軍伏滅亂黨一統天下時，自是得再舉行隆重的登基儀式的！」

項思龍自來這古代，被他人尊稱過「少主」、「盟主」，可被稱作什麼「大王」卻還是頭一道，當下心下不覺有些怪怪的，口中訕笑道：「在下無德無能，卻是怎敢妄自菲薄居此尊位呢？這……」

項思龍的話尚未說完，章邯就已截口道：「大王這是什麼話來？以大王的名聲和威望，這秦王之位自是非你莫屬，他人卻是端也不敢與你爭的！咱們大業才剛開始，也得有個英明之主來領導，大王卻是再也適合不過的人選了！這事就如此決定，大王就不要再作推辭了！如是有人不服大王，那可就得過了末將這關，打敗了我再說！」

頓了頓，接著又道：「對了大王，咱們今後打出的國號為秦，打出的口號也是恢復我大秦王朝，想來始皇一統天下多年民心所歸，再加上這幾年的戰爭，百姓也都渴望太平生活，我大秦子民在這幾年戰事裡更是受盡項羽摧殘，只要我們打出大秦旗幟，秦人自是會紛來回應的。再說咱大秦遺下的舊勢力也還不小，加上大王的影響力，咱們一定可以成就一番大業的！」

說著時，章邯臉上露出一派憧憬陶醉神色。

項思龍見了心下一陣冷笑，嘿，還想恢復大秦王朝？恢復你媽的大頭鬼！今後的天下可是漢王劉邦的呢！

不過自己已是無法推脫，那就姑且也做他幾天「秦王」吧！不過秦室留給世人的形象可太壞了，要知可是「天下苦秦久矣！」才有陳勝吳廣的大澤鄉起義，才有項羽的關中起義，才有劉邦的豐邑起義……自己如今卻來做什麼「秦王」，只不知會不會讓得天下人唾罵？

不過管他的呢，自己只要對得起天地良心也就是了，為了歷史，就是再大的冤屈自己也得咬牙承受下來！

但只不知今後的這段歷史卻又該怎麼寫了！自己卻是稀裡糊塗地也在這古代做了個「秦王」呢！

心下不置可否的怪怪想著，口中卻是道：「好吧，一切但依章將軍所言就是！不過在下也只是現在掛個虛名，待日後咱們有什麼作為了，自是得再由大家推選出一位能人來做這秦王，那時在下自會退位讓賢的！

「嘿，在下只是個江湖草莽人物，對這做官的本事卻是一竅不通，這……具體事宜可全得勞煩章將軍了！嗯，在下還是有些疑慮，就是大秦王朝的暴政讓得天怒人怨，終惡化至官逼民反的地步，咱們現在打出復秦名號，卻……會很難得人心的呢！」

章邯道：「末將不是已經分析過了麼？以大王在外聲名，咱們今後也施仁政善待百姓，制定森嚴軍規約束兵將，想來應是可以收絡民心的。這個大王就請放心好了！何況大秦王朝統治了天下幾十年，在百姓心中早就形成了這天下是大秦天下的心理，再加上現今戰火四起，受害最重的可是百姓，他們都渴望安定的生活。

「大秦雖暴，但在它的統治下，無論怎樣也比現今這等戰事連連的局面要好。還有就是項羽屠殺秦降卒，每到一處任由兵士燒殺搶掠恣意妄為，他現今雖然勢大，但秦人無不恨他。要不漢王劉邦也不會被他鑽得空子，取得今天這般成就了。咱們打出大秦名號，雖一時會對咱們有不利影響，但精誠所至金石為開，只要咱們一改暴秦舊律，善待百姓，想來應可改變百姓惡秦心態的，要不了多長時間，咱們就將會成為人心所向的，那時也就足可與天下群雄一較長短了！」

章邯的這一番話可讓得項思龍對他不得不刮目相看了，雖然這傢伙是滿懷幻想自個兒陶醉一頭熱，但由此可以看出章邯不但領軍作戰有一套本事，是個軍事天才，而且治國也有一套理論，可算得是個軍事家了。

他在大秦末期成名，可乃是受了朝廷限制，以致英才埋沒不能盡展其長，英雄無用武之地。

自己如若真想做什麼天下之主九五之尊，有這章邯為自己打頭陣，再加上自己這超時空的先進思想，或許倒真有望成功呢！

父親項少龍不也是一手諦造了項羽嗎？憑自己現在的實力，要想自己諦造自己可說是易如反掌。心下怪怪想著，口中卻是笑道：「章將軍所言甚是，倒是在下太過多慮了！嗯，章將軍現在可以告知在下到底發生什麼事了嗎？」

章邯點了點頭，沉吟了片刻，面色沉沉的道：「這……回稟大王，漢王手下大將韓信現已佔領渭河，末將看對方是想來個水淹廢丘，本來已派了鬼手方朔率兵鎮守的，誰知這傢伙……此事可還請大王定奪，咱們現在該怎麼做呢？」

項思龍見章邯的冷靜沉默模樣，知他心下早有算機，當下故作一驚不答反問道：「此話當真？這……只不知章將軍卻是有何退敵妙計呢？在下剛到此處，可還不悉軍情！」

章邯搖頭沉聲道：「末將也無何退敵良策！漢王手下有十萬大軍，且他們兵強馬足，又有巴蜀基地作後援。而咱們雖有翟王和塞王兩路大軍的後援，但一時之間卻也難以前來接應，而廢丘現刻只有四萬左右兵馬，並且……盡是些老弱殘兵，項羽這傢伙可也不盡信任我！以現下形勢，咱們要想與漢軍硬碰硬看來是行不通的。

「本來屬下已算到漢軍會有此舉，可鬼手方朔……現在渭河盡在漢軍控制之下，廢丘地勢甚低，又近渭河，漢軍只要截河掘壩水攻廢丘，咱們可就……大水一進城來可是非人力所能阻擋……所以依末將之見，咱們還是暫且撤出廢丘退往咸陽據守以保存實力。就讓漢軍奪下一座空城。到了咸陽，以那裡的優越地勢和堅固城牆，咱們可攻可守，只待各方援軍一到，那時主動權就在咱們手上了，別說是漢王，就是項羽，咱們卻也無懼於他。到時不是別人來攻打咱們，而是咱們要去消滅他派勢力了！」

項思龍聽得心下一緊，章邯的這計畫可謂精密之極，廢丘本就不是一座戰略要地，而咸陽終為大秦國都，交通四方八達不說，物質資源也甚豐富，捨廢丘而守咸陽，可當真是對付漢軍凶猛攻勢的上上良策，幸得自己到了這裡，要不……

嘿，章邯這下可是失著了，把自己這「強敵」留在身邊，他的計畫能夠得逞——那才怪呢！

心下想來，口中卻是附和道：「果是良策！不過廢丘失守，漢軍引水而致，卻是苦了城中百姓，咱們可還說要收絡民心呢！」

章邯苦笑道：「有一得必有一失，咱們卻也顧不了這許多了！嗯，能救多少百姓就救多少吧，也算盡了咱們的一份心力了！」

說到這裡頓了頓接著又冷笑道：「不過漢軍如此一來，卻也會損害他們在百姓心目中的仁義之師的形象呢！這卻對咱們來說又是一件好事！」

項思龍心下一突，暗想此事可也確是於漢軍聲名不利，不過自己現刻知道了，自是得教韓信他們怎麼做，應可緩和這個矛盾。

想著這問題時，當下又皺眉道：「嗯，還有件麻煩事情，就是咱們這多兵馬，卻是如何能無聲無息的撤出廢丘而不讓漢軍知曉呢？如果就在咱們撤退時，被漢軍察覺，率兵追擊，那……咱們可是犯了兵家大忌……或許會被漢軍殺個全軍覆沒了！」

章邯笑道：「這個末將早有算計，咱仍入夜出城，一方面派兵虛張聲勢的去偷襲漢營，以吸引他們注意力；另一方面咱們把馬匹蹄足全用棉布包紮，以減小聲響。只要咱們撤出廢丘抵達咸陽，那就安全了！」

項思龍道：「此舉卻是甚為冒險呢！大軍一撤，廢丘就成了座空城，漢軍很快便會發覺的！」

章邯道：「咱們已被迫入死地，不得不兵行險著了！再說末將曾故意把咸陽城中的隊伍也調來了廢丘，給漢軍個死守廢丘城的假像，他們大半不會動疑的。如真出意外，那也是無意所定，卻也非人力所能扭轉的，咱們就賭他個一把好了！」

項思龍對章邯可真是愈來愈心驚，原來這傢伙早就為自己準備好退路！以他的這份精明，倒也真不知他是怎生敗在項羽手下的！或許是那時太過驕橫氣盛的緣故，又或是天意所定的緣故吧！只不知他今次敗在韓信手下是不是因有自己在這古代的緣故！

心下想著，當下又道：「原來章將軍把一切都算計好了，倒是在下太過多慮了。不過，卻又由誰來領軍去偷襲漢營呢？這可是件性命交關的事！」

章邯望了鬼手方朔一眼，冷冷道：「方副統領兵敗渭河，按軍法處置應斬首，但念他往昔功勞不小，現就由他領軍去偷襲漢營，來個將功折罪吧！」

鬼手方朔聽了章邯這話，頓然臉色大變，他知道章邯的個性，決定了的事情是怎也不會更改的，現下唯一的希望就是向項思龍這新任「秦王」求情了，看事情有沒有迴旋的餘地。

「撲通」一聲，鬼手方朔向項思龍跪下，大叫道：「大王饒命！屬下鎮守渭河的兵力只有四千之眾，而當時來攻漢軍卻有幾萬人馬，又由漢王將帥韓信領軍，這傢伙用兵如神，武功甚高，這卻讓屬下如何抵擋得住呢？請大王明鑒，屬下實在已經是盡心盡力了！」

項思龍對這鬼手方朔可沒什麼好感，又巴不得章邯這邊窩裡反，好給自己有機可乘，當下冷哼了一聲道：「盡說些什麼長別人志氣，滅自個威風的話？哼，你已經盡心盡力了？可怎麼還能活著回來呢？就這麼決定了，章將軍的命令就是本王的命令，方副統領就不必多言了！如若敢抗命，即刻就拉下去斬了！可不要討價還價的，給你一個機會也不知珍惜！」

這下鬼手方朔可是嚇得連屁也不敢放一個了，一張老臉變成了豬肝色，身體也不由的顫抖起來。

他可是不知自己日前率兵出城時的驕橫之態激惱了項思龍，項思龍可正愁沒機會教訓他呢！想向項思龍求情，這可是自個兒投向閻王殿了，項思龍能不來個落井下石？

反正這種傢伙死一個這世上也就少了個禍害，沒什麼值得珍惜的！

全廳頓然一片靜默，眾人似乎都想不到項思龍這「秦王」才上任不到刻鐘，就這麼不賣人情面的冷酷，不覺都感心下黯然。

過了好一陣，章邯才開口打破靜默道：「事不宜遲，大王就發令準備退兵吧！咱們時間可是不多了！」

項思龍沉吟半晌，把手一揮道：「好！眾將聽令，今晚二更時分開始撤退，方副統領負責守城！」

眾人從集議廳退出，剛進廂房，了因和尚就已抑不住心中納悶，迫不急待的開口問項思龍道：「公子，你真準備做什麼秦王啊？」

項思龍苦笑道：「人家一切都為我安排好了，這秦王不做卻是成麼？只怕才一開口，咱們三人就要當真成為人家的階下囚了，那現在還能如此快活的受人家『招待』麼？」

了因和尚哂道：「這算什麼啊！逼迫人家做什麼秦王！我呸！咱們就不依他又能怎的？憑這眾膿包傢伙，還真能擒下咱們不成？惹火了我，一把火燒了他這雍王府！」

笑面書生倒是顯得冷靜些，沉聲道：「幹嘛這大火呢？咱公子如此做來自有他的安排嘛！聽公子怎說就是！」

了因把眼一翻，正待與笑面書生頂嘴，項思龍已是罷手肅容道：「你們看我是好受人擺弄的麼？只不過這章邯著實精明，我本想拖著他，待漢軍來一舉把他殲滅，但不想章邯早就算計好了一切，且被他先下手為強，咱們就不得不順著他意來個靜觀其變了！章邯縱有千般心計，卻又怎鬥得過咱三人呢？嗯，我要叫他來個竹籃打水一場空，什麼也得不著，反橫屍沙場，一切安排都便宜了咱們！」

了因不解道：「便宜咱們？」

項思龍道：「就是咱們來個將計就計，假裝與章邯合作，而實則作漢軍臥底。他留下咱們三人，可實若在他身邊放了三枚定時炸彈！要知咱們三人可不是什麼善男信女，而都是一流高手。章邯為人雖是精明，可也精明過了頭，他強留下咱們想一來把咱們作為人質威脅漢王，二來借我名頭虛張招騙。可豈不知他太過自信了，低估了咱們三人實力，這就成了他致命的地方！」

笑面書生道：「可章邯如此自信，也定有他的什麼厲害招數！要知他對公子名頭可也有過耳聞的吧，端不會太過大意的，只不知他有什麼陰謀，咱們也不可太輕敵了！」

項思龍點了點頭道：「說得在理，咱們一切小心著就是！」

了因突又皺眉道：「咱們行動一天到晚十二個時辰刻刻都有跟屁蟲盯著，可真他媽的煩死人了！公子，咱們卻是怎生去做自個的事呢？」

項思龍笑道：「這個不是什麼困難，只要動動手咱們就可搖身一變，成另一個人了！章邯著人監視咱們，卻也正可方便咱們行事呢！只要去抓三個體態跟咱們差不多的人來，再對他們施以攝魂術，還怕咱們沒自由？要知那些監視咱們的人可攝於咱們身分，不敢太過接近，這卻也剛好給咱們鑽空子！」

了因笑道：「公子怎麼不早說你有這麼一手絕活？這兩天我都快被悶出個鳥來了！好，我這便出去抓幾個替身來好還咱自由！」

說著就要轉身出門，項思龍忙伸手招住他道：「不可亂來！現在章邯對咱們防得緊，再則夜間就要撤兵了，咱們可不能露出什麼破綻，要不一切可都要前功盡棄了！」

了因住身詢問道：「那咱們如何去向漢軍通風報信？」

項思龍道：「待撤兵的混亂時候，還怕沒機會脫身？」

笑面書生突地道：「公子，那鬼手方朔卻也或可有利用之處呢！」

項思龍不解道：「此話怎講？這傢伙我看著可就有氣！」

了因附和道：「就是！我也看這小子不順眼，公子方才整了他，我心裡可不知有多痛快，尤其是瞧著他那死魚般的模樣！你可不要給公子出什麼歪主意，讓這傢伙有僥倖的機會！」

笑面書生笑道：「這怎會呢？不過為了大局著想，公子不可如此小氣的，即便讓他苟活一會，可今後他受了咱們左右，還怕沒整他的機會？這就叫作放長線釣大魚！」

了因罵道：「釣你的大魚！有什麼歪點子快說出來吧，可不要盡說廢話吊人家的胃口了！」

笑面書生道：「瞧鬼手方朔方才在集議廳時章邯讓他守城時的孬樣，公子作了決定時他怕死的樣子，可見這傢伙定是個靠不住的，只怕章邯前腳剛走，他後腳便會跟著開溜了。但他脫離了章邯，自是只有去投靠項羽了。如此還不若拉籠他來為我所用。像這傢伙這等小人雖是可惡，但也有其『可愛』的地方。正因為他貪生怕死，又貪圖富貴，對主子不忠心，卻也正可誘他來為我所用。

「這傢伙本是有意求助公子的，只他不知他曾激惱過公子，所以才讓他落得這下場。咱們可以再次對他動之以名、誘之以利、惑之以色，同時又威之以武、脅之以死，還怕這傢伙不向咱們屈服？

「收伏他後，咱們一方面可以利用他借討伐章邯叛反之名來除去章邯，另一方面也可讓其他諸侯靠近他，同時又可利用他來作咱們的內奸，如此不就打入項羽內部一顆棋子了嗎？想來這傢伙也不敢背叛咱們，要知咱們可握著他的把柄呢？他可是被咱們迫入死路，非對咱們盡忠不可！這樣咱們就可借他人之手來除去章邯，而自個不用費一兵一卒了！

「如雙方齊向章邯下手，自也可減少漢軍傷亡。即便章邯領軍退去了咸陽，有楚軍相助，咱們又待時與章邯反臉，招回本是效忠公子的人馬，要擊敗章邯卻也不必費大工夫的。

「項羽內部自個兒窩裡反，對漢王事業可是大有好處。那鬼手方朔如中計，則只是被咱們耍的一隻狗而已，於咱們是有千利而無一害！」

項思龍聽得擊掌叫好道：「好計！果是好計！如此咱們也利用鬼手方朔轉移了楚軍的注意力，使楚軍不至把帳算到漢王身上，又可利用他獲得楚軍動靜的情報，到時事情即便穿邦了，倒楣的也是鬼手方朔，楚軍內部又會有一陣騷亂。反正漢王已打出旗號與楚軍勢不兩立，便是讓楚方知道是咱們在搞鬼，卻也沒什麼大不了的了！」

了因訕訕道：「什麼好計？是便宜那鬼手方朔了！不但沒要他的命，反讓得他有機會高升了！幸好只是短暫的！」

三人正議論著的這當兒，突有衛士在門外恭聲稟道：「大王，章邯將軍說一切事宜都準備好了，請大王準備起駕出城。」

項思龍與了因、笑面書生三人對望了兩眼，三人心下均自嘀咕：「咋這麼快，我們還沒疏通那鬼手方朔呢！」

心下想著，項思龍口中卻是應那衛士道：「知道了，本王馬上就到，著章將軍稍等一下便是！」

那武士應聲而退，了因頓道：「公子，咱們可怎麼降服那鬼手方朔？這等妙計可不能錯過了吧！」

項思龍聽得失笑道：「你剛才還不是說『屁個好計』麼，怎麼現在卻又說是『這等妙計了』？」

了因老臉一紅，諾諾道：「老衲對事態輕重可還分得出的！」

項思龍聽了因此言，心下不覺感慨，可眼下已是來不及讓他作什麼細想，當下面容一肅道：「你們隨我去見章邯！」

了因詢道：「那不去收降那鬼手方朔了？」

項思龍笑道：「看你比我還急的，這個我自有算計的就是了！這傢伙絕對逃不出咱如來佛的手掌心！」

了因道：「什麼如來佛的手掌心？是公子的手掌心嗎？」

項思龍想想這古代可還沒有《西遊記》，了因自是不曉如來佛為何人了，當下胡亂道：「差不多的了！是咱們三人的手掌心！」

三人邊說邊走，不覺已是跟隨一衛士到了雍王府的「點將堂」，在百名全副武裝的將領肅立兩旁，章邯也在其中，中間則是一張主帥椅，看來是給項思龍準備的。

在衛士的帶領下，項思龍坐到主帥座前站定，了因和尚、笑面書生也大大咧咧的站立項思龍左右，充當他的「高級護衛」，不過兩人均是光頭，站在這其中，卻是顯得有點不倫不類的。

章邯站在前排，第一個走出向項思龍躬身行了一禮道：「城中大小將領都已召集完畢，共有四萬三千官兵。留下三千給方副統領守城，咱們還有四萬人馬，其中騎兵一萬五千，步兵二萬，後勤人員五千。糧草已都裝備完畢，城中百姓召集了萬人。現請大王下令撤退行動！」

項思龍點了點頭道：「很好！咱們這就準備撤退！不過……只留下三千兵力給方副統領守城是不是太少了呢？為了有足夠時間撤退，以本王之見還是留下一萬三千人馬守城的好！」

鬼手方朔站在人群當中本是面如死灰，聽了項思龍這話頓又來了些精神，頓忙也走出隊伍行列衝項思龍拱手道：「多謝大王恩典！不過末將還有個請求，還請大王恩准！」

項思龍道：「好，方統領就說吧！本王會酌情考慮的！」

鬼手方朔大喜道：「謝大王！末將想請大王派留幾位將領協助末將守城，因……城中將領全被章將軍召集了準備撤退。末將一人只怕……難以長守城池！」

項思龍把目光投向章邯，想聽聽他的意見，要知他這「秦王」之名可是虛設的，而章邯才是實權人物。

章邯臉色變了數變，似本想發作，但卻又強抑了心下怒火，不自然的笑道：「一切全憑大王定奪就是！」

項思龍知章邯是撕不下偽面具跟自己作對，因為自己無論怎樣也是「秦王」，是他上級哩！再說他還想利用自己！

不過如此也最好不過，自己盡可以放手而為了，這可是章邯「放」給自己的權力，有權不用可是過期作廢也！

如此想著，當下目光一掃眾將，卻見自己目光落在誰的身上誰都是一臉不自然神色。可不是哩！這可是件玩命的事，可以說一點勝算也沒有，誰願意留下來呢？眾將現在可是無人不在咒罵鬼手方朔，當然只是心裡詛罵，嘴上可不敢罵出。

項思龍見著此況，心下暗暗叫好，如眾將無人願主動留下，自己就可讓笑面書生或了因留下了，想來眾將是無人反對而自己留下，章邯即便不願，卻也不能出言反對了！

笑面書生的老練精明，要收伏鬼手方朔自是不成問題的。了因和尚麼，別看他平時粗人一個，可實則心細如髮，大有張飛穿針的精神哩！再說他武功之高非鬼手方朔所能比擬，要收降這傢伙也自可不在話下，自己沒什麼擔心的。

目光掃視了眾將兩遍，項思龍才開口道：「諸位有誰能挺身而出，願意協助方統領守城的呢？」

項思龍的話落後良久，廳中還是鴉雀無聲。

鬼手方朔一張老臉都給氣成了豬肝色，突地竭斯底里般的指著眾將大喝道：「他媽的，全都啞巴了？平時還跟咱勾肩搭背的稱兄道弟呢！這刻兄弟有難，卻全都裝聾作啞，沒一個願幫我一把的，你們在與我喝酒吃肉玩女人時的那般義氣都哪裡去了？我操！你們全都走吧！老子不求你們！戰死沙場卻也是個英雄！」

說完卻是沒他說話般的骨氣，一屁股跌坐在地，抱頭失聲痛哭起來了！這可也是，死亡的威脅總是讓人恐懼的！這些屢戰沙場的將領過的是刀口舔血的日子，但叫他們明知是死路而還去送死，卻是沒有人會幹的了！再說他們征戰沙場，可本都是為了享受功名利祿，這般去送死，傻瓜也不會去幹！

更何況這眾人沒有一個是傻瓜！

章邯臉色這刻是紅一陣白一陣的，似感鬼手方朔太丟他的臉面，但神情卻又似有明顯的幸災樂禍之意，似在對項思龍說：不是不給鬼手方朔人手幫他，而是他這人人緣實在不好，沒有人願意幫他！這下你可沒話可說了吧！

項思龍看出了章邯臉上的言外之意，心下冷冷一笑，當下衝著狼狽的鬼手方朔喝道：「大庭廣眾之下，如此像小兒般哭鬧，卻是哪有我大秦將領的風度？住口！再哭鬧就立刻拉出去斬首示眾！」

項思龍這話倒真有鎮攝力，鬼手方朔頓然止住哭聲爬了起來，不過是一臉沮喪的落寞之色。

項思龍看著心下甚喜，知道眾人愈打擊他，自己就愈有可能收降他，讓他為自己所用，對自己忠心。

表面上卻還是不動聲色的又道：「眾卿當真沒一人願留下來助鬼手方朔守

城？那好！就由本王來提名留將就是了！」

項思龍這話讓得眾將及章邯全都一震，當然前面諸人是怕的，而後都則是料不到項思龍會有此舉。

鬼手方朔這下又是「破涕為笑」了，對項思龍感激涕零的投去了友好目光，不過目中也有疑色。這新任「秦王」起先似對自己有仇似的，依了章邯提議留自己守城，神態凶得很，這刻卻又對自己如此「恩寵」，只不知他葫蘆裡賣的到底是什麼藥！是想收賣自己嗎？自己人小勢小，在人家眼中可管不得什麼……猜來猜去，鬼手方朔也是猜不出項思龍的心意了。

全場一陣靜默，良久項思龍才把目光投到了笑面書生身上，向他點頭示意，笑面書生當即轉身向項思龍行了禮，打破沉寂道：「回稟大王，屬下願意留下協助方統領！」

笑面書生這話一落，章邯面色又是一變，目中不輕意的射出一絲殺機來，但卻短暫即逝，很快恢復鎮靜，只盯著項思龍，看他怎樣反應。

項思龍故作沉吟一番，面露難色的把頭轉向章邯，道：「這……章將軍有什麼意見沒有呢？」

章邯似想不到項思龍如此狡猾，把這難題又推給了自己。

答應吧，又確實放心不下笑面書生，他與了因和尚可是交過手，知道項思龍身邊這兩個手下武功不俗，均屬一流高手，如讓他留下，以鬼手方朔那點功夫，自不是他的對手。倘有意外，那可……

然不答應呢，則又是明顯的信任不過項思龍一行，彼此合作的計畫將有可能出現問題，這……可真讓章邯左右為難了。

但他終不愧為一政治場上打滾的老狐狸，心念電轉間臉上確還是不動聲色的哈哈大笑道：「一切全憑大王處置好了！不過，但看大王心思如此周密，屬下提議多幾人來助方統領好了！」

說著，也不待項思龍答話，就連在眾將之中點六人留下，但看此六人目中閃爍的精光，就知他們乃是內外兼修的一流高手。

項思龍知道章邯留下六人來相助鬼手方朔守城，實則是留下來負責監視笑面書生的，他不好意思拒絕自己出給的難題，不得不用此下策了。但是章邯還是失算了，他端想不到笑面出生乃是千年前風雲武林的西方魔教教主日月天帝的兒子吧！以這六人的武功，在笑面書生眼中卻又算個球！

輕輕的點了點頭，項思龍朗聲道：「好，就照章將軍所說的辦，留下七人相助方統領，其他將領隨軍出城！」

項思龍這一總結，鬼手方朔雖是心事重重，卻又禁不住眉開眼笑了。他媽的，即便是輸，卻也多了幾個陪葬的！

第三章　水淹廢丘

一切安排下來後，項思龍便令大隊人馬開始撤退。

笑面書生自是與鬼手方朔等一眾大將留下來作「敢死隊」負責守城了。臨行前章邯是一副憂心忡忡的樣子，項思龍倒是顯得比較輕鬆，甚至有些愉快。一切都如所想般進行，他信得過笑面書生，以他的能力絕對可以處理好一切的，章邯這次是搬了石頭砸他自己的腳，誰叫他想利用自己這「不好惹」的人物呢！

唯一讓項思龍擔心的就是章邯似顯得「胸有成竹」，倒不知他有何憑仗——自己卻是一點端倪也瞧不出。

再就是劉邦的傷勢了，只不知聖火教主能不能治好他，但願他萬事平安才是！

項羽與劉邦一戰負傷，也不知他現今下落如何？

唉，楚漢相爭現在還只是個開端，但歷史中兩個舉足輕重的「大人物」卻……也幸得局勢如此，才讓韓信、張良等有可乘之機，發動了楚漢相爭的序幕；再也就是自己說服了父親項少龍……要不，項羽在軍中，以他的魔功，當世之中不知有幾人能是他之敵？

再加上他勢大將廣，狠勇好戰，只怕漢軍衝不出巴蜀……

當然，章邯起了反叛項羽之心也是漢軍成功的一個主要因素！

現在章邯已是被迫上梁山，再也沒有回頭路了……

劉邦可真算得是這古代歷史中的一個幸運兒！只不知這一切是否是天意冥冥中註定的！

若是的話，自己來這古代相助劉邦，豈不也是天意所定了？……

一路上項思龍心下患得患失的思前想後，腦中似是一片寧靜又似是顯得有些混亂，只表面上仿是不動聲色，無喜無哀，因為他發覺章邯的目光一直在監視著他呢！

可不能露了馬腳！

隊伍的行動是快捷而毫無聲響的——章邯訓練出的這批人馬確是出色，雖有三分之一以上是些老弱病殘之輩，但身上都釋出一股勇悍之氣，並且紀律嚴明，讓人不敢小視。

馬匹足蹄全都裹以棉布，並且隊伍不准點燈，但行進速度還是顯得有條不紊，看來章邯訓練過他的隊伍為夜行做備戰準備——他反叛項羽的行動是早有預謀的！

項思龍坐在一節豪華車廂上，通過車窗探頭看著這一切，心中對章邯的「敬服」和戒備又多了一層。終究不愧是名震秦末的大將軍，領軍作戰的確是有一套，能文能武！

為項思龍駕車的是了因和尚，他們這節車廂兩側有上百名精悍武士作「護衛」，顯示出項思龍身分的「尊崇」。

項思龍對這「優待」倒沒什麼觀感，了因可就不一樣了，雙目瞪得大大的，一臉怒氣，不時用手中馬鞭狠抽馬匹以洩心中不平。要不是項思龍時時用傳音入密的功夫告誡他要沉住氣，只怕早就發作出來了。不過他心裡面卻是把章邯的八代祖宗都罵了個遍，臉上怒氣中不覺又顯出一絲得意之色。

在項思龍這節車廂之前，是一眾開路武將作為先鋒營，為眾人負責探路和防守，行動顯得甚是謹慎，不時派信使馳來馳去，把前面的情況傳遞到隊伍中間和後頭。

章邯是在隊伍後頭押陣，跟緊了項思龍，他也是騎在馬上，四聖士左右而立。而後就是糧草後勤隊伍，再後又是一眾武將領兵端後。

整個陣營除項思龍坐了一輛馬車，另一輛馬車章邯也似甚為看重，親自守護左右，也派了上百馬奇兵據守兩側，只不知內中乘坐的是何等「大人物」，氣派竟比自己這「秦王」還要大——不但本體比之自己所乘的長了倍餘，連馬匹也有八隻，而自己所乘馬匹只有四隻。

那輛馬車中的「大人物」或什麼東西，是不是章邯無懼自己的憑仗呢？倒不只是個啥米玩意兒？

項思龍一留上神來，不知不覺的施出了「意念搜物術」，這是他自「移魂轉意大法」中演變自創的一門精神意念法門，就是通過自身內力把自身精神意念凝為一個無形之物，可以無處不至無孔不入，用來測四周圍的生命和物體，並且可以辨別分析出所探測到的生命和物體的能量，端是神妙異常，這是項思龍意想在黑暗中與人格鬥而思想出的。

不過也有其缺陷性，就是探測範圍不大，只有幾百平方米。

但是另一輛馬車就在自己馬車後面；自己的「意念搜物術」已足夠探泅到那

裡了。項思龍心下裡想著，用功力凝聚的精神意念已是逐漸透過那車廂門板進入到車廂裡面來了。

黑暗之外就是毫無生命氣息的靜寂，這車廂雖是封閉的，空氣本就流動不暢，但項思龍感覺內中的空氣簡直有若凝固了……

啊！這……項思龍來不及細作思量，便只覺車廂內突地湧生出一股強大無匹的旋轉氣流，有若一道龍捲風般把自己的「精神意念」緊緊吸住，並且愈吸愈緊……

項思龍心下狂震，但卻也臨危不懼，忙施加功力，把自己的「精神意念」凝化成一柄鋒利鋼箭，「嗖」的一聲射穿纏身的施轉氣流，車廂內頓時冒出氣勁摩擦的火花……

待項思龍收功斂神時，只覺胸口一陣氣悶，忙運功調息，可就在這時，身後那馬車車廂「轟！」的一聲巨響，木板四處飛射，驚叫聲和慘呼聲同時響起，隊伍頓時一陣混亂……

臉色大變的章邯連聲喝令隊伍安靜，可這驟然變故，讓得眾人心神惶亂，一下子卻哪裡安靜得下來？直待章邯出掌擊斃了兩名士兵，大家才震懾下來，恢復秩序。

項思龍這刻已假裝「吃驚」的樣子，探出頭來，向後望去，卻見身後馬車上赫然放著一副漆黑的棺材，也不知是用什麼質地製成的，棺材四周繚繞的一層濃黑霧氣，讓人見了心裡不覺發毛。

項思龍心下驚訝地把目光轉投向章邯，卻見他一臉焦促之色的也正向自己望來，像是害怕什麼秘密被項思龍知道了似的。

難道這具詭異的棺材就是章邯的憑仗？

這內中卻到底有什麼古怪呢？方才那道強猛勁氣……

項思龍心下疑慮的想著時，卻突見馬車上那棺材一跳一突的，並且緩緩的旋轉起來，在這黑夜中發出「咚！咚！嘭！嘭！」的聲音，甚是刺耳，讓人聽了膽小者只怕是毛骨悚然渾身發抖了。要知道大夥現在是在逃命，心下本就緊張，這一驚變，自是讓得眾人心下大亂了。

項思龍怔怔的看著這一切，章邯這時是又驚又喜的從馬背上飛身而起，落至馬車上，再飛快的揮出兩道真氣拍擊在棺材上，一臉嚴肅的口中念念有詞，不大一會，棺材也便靜止不動了。

待一切平靜下來後，章邯詭秘而又邪惡的向項思龍笑了笑，接著便下令隊伍繼續前進。

此時所有人馬已是撤出距離二三里之遙了，廢丘城內卻還是一片安靜，毫無什麼發生戰鬥的跡象。

所有人這刻虛驚一場後，又不覺大是鬆了一口氣。看來，漢軍還沒開始攻城！他們晚一些時間攻城，大夥也便多了些撤退的時間，安全的保障也便多了幾分。

只待一撤至咸陽，那時便完全安全了！

章邯臉上也露出了些許舒心的笑意，只有了因和尚卻是不禁顯出幾份焦急之色，但在項思龍的再三提醒下還是鎮定了下來，要不以他的個性，只怕早就……項思龍卻是信得過笑面書生，所以還是一副泰然自若的神色，一點焦燥之態也沒表露出來。

以自己之見，廢丘城這刻的平靜，卻只怕是「死亡」前的序曲呢！

現在距離咸陽還遠，不過，自己也不可太過掉以輕心，得想個法子拖住隊伍，但是如何才能製造混亂呢？章邯治軍的嚴明確是厲害，只怕自己很難有機會下手。

唉，要是天公作美，下場大暴雨……

正想到這裡，結果是突地狂風大作，本是昏暗的夜色在瞬間竟給變成了一團濃黑，簡直已到了伸手不見五指的地步。

人群頓時又是一陣騷亂，這時天公卻更是「嘩嘩嘩」的下起了傾盆大雨來，一時間驚呼聲，喝喊聲亂成一片……

項思龍心下大喜，想不到天公竟真的如了自己所願，看來章邯今次的潰亡是天意所定了！

隊伍前行的速度頓時緩慢下來，有的人竟害怕得哭了起來，有的人卻是大罵「老天」……也有將領前去向章邯詢問該怎麼辦……章邯卻顯得甚是冷靜，只對前來詢問的將領沉聲喝了聲「繼續前進！」便不再作聲了，黑暗之中他一雙眼睛竟是射出灼人光芒，似乎可洞悉黑暗……

傳令官頓刻把章邯的命令傳報了下去，不多時隊伍又繼續前行起來，不過速度卻還是明顯的緩慢了許多。

項思龍當真是不得不敬佩章邯的沉著了——臨危不亂，果斷勇猛！

但是隊伍行進了不多長時間，還是有人禁受不住大雨的淋浸和心下的恐懼，竟冒著抗命之險大發起牢騷來了。起先還只幾人，但一會兒便有成百上千人也都壯起膽子齊聲附和起來。

可也是的，這般大的雨水，天色又甚是黑暗，眾人全都重裝在身，再加上心理上的緊張，自是會讓人承受不住的了。

章邯這刻也是心焦如焚，照這般的情勢發展下去，只怕是沒有外敵來侵，卻說不定自己隊伍內部卻要起亂子了！

可自己也確實是無法強迫隊伍繼續前進的了！

這賊老天……

章邯臉色陰陰沉沉的，但面對隊伍的騷亂卻也束手無策。

現在該怎麼辦呢？眾將士這般的情緒……如若漢軍追來，卻定是會一敗塗地的了。章邯不由自主的把求助的目光投向了項思龍，似希望他能為自己想出辦法來解決眼下這難題。

可項思龍卻是唯恐天下不亂，巴不得章邯的隊伍自亂陣腳呢！又怎會相助章邯呢？

眾將士見自己主將沒有理會自己等的不滿，不由壯了膽量，牢騷的情緒更是激昂起來。

一時間，人群顯得極度的混亂！

待項思龍和章邯撤出廢丘城後，笑面書生便迫不及待的開始展開了瓦解這廢丘城中守將的行動。

不過這次他可再也不敢太過粗心大意了，武當山狼谷中的教訓他可深深的記在心上，項思龍跌下無量崖後，那刻骨銘心的自愧讓笑面書生可說是永生難忘。

他一直想尋機會補償自己的過失，這次可是他表現的好機會。

今次的行動計畫是他笑面書生提出來的，他自是成竹在胸的了。章邯留下的那六名武將武功底細，他在心底下也作了個細細揣測，自信自己還可應付得了。

至於鬼手方朔麼，笑面書生倒是毫不放在心上。以鬼手方朔所受章邯的「禮待」，想來他端不會與那六名武將聯手對付自己的了。再加上今次守城的危險可說是九死一生，想來鬼手方朔也不會真那麼拚了老命來守城。這傢伙可鬼滑得很！

自己只要「點化」他一下，說自己是漢王劉邦方面的人，少主項思龍也決不會當真與章邯合作，再說出自己的行動計畫，以這般的誘惑，想鬼手方朔會為之動心的。要知這天底下有幾人不怕死不貪圖榮華富貴和美色呢？這些已足夠挑起一個人叛逆之心了！

嗯，自己還得顯露兩手，讓這傢伙「死心踏地」的效忠自己！

只要降伏了鬼手方朔，其他六人就容易解決了！

鬼手方朔也是章邯手下的一名副統領，盡忠他的兵士定也不少，今次留下守城的，定都是他親點下的心腹，只要除去了那六名傢伙，那這廢丘城便等若不費一兵一卒而不攻自潰了！

但是自己怎麼向鬼手方朔下手呢？章邯留下的那六名武將像鬼魂附體般形影不離的監視著自己！

笑面書生邊隨鬼手方朔等一眾武將商議如何守城事宜，心下邊思量著，這時鬼手方朔發話問他道：「大師認為咱們現下該怎麼辦呢？漢軍有十萬，而咱們這方才只萬餘兵馬。」

笑面書生聞言斂起心神，沉吟一番後道：「依老衲之見，咱們只可自保而不可侵敵。章將軍把人馬都撤走了，留下咱們這點薄弱兵力守城，那簡直是叫咱們去送死嘛！人哪個沒有私心呢？生命更是咱們最寶貴的東西！再說這一仗無論怎樣打，咱們是毫無勝算的，要不章將軍也不會棄城了！既然如此，咱們還何必為守這麼一座廢城而拚死拚活呢？咱們主要的任務是拖住漢軍而不是守城，所以咱們只要避重就輕的與漢軍打上一陣便夠了，主要還是逃命要緊！」

笑面書生的這番話讓得那六名負責監視他和鬼手方朔的武將都不由面現怒容，這哪裡還有軍人的素質？純粹是在挑撥眾將的情緒！

鬼手方朔卻是不斷點頭道：「大師所言甚是，不過……咱們卻是如何才能既拖住漢軍又能逃得性命？」

笑面書生道：「這就要看方統領是否是個聰明人了？」

鬼手方朔面容一動道：「大師此言怎講？」

笑面書生故意把目光掃視了一遍那六名「礙手礙腳」的武將，再緩聲道：「這……」說了一字又故意不說下去了。

鬼手方朔顯被吊上了胃口，促聲道：「大師但說無妨，現在這廢丘城可是由在下主持了！」

說這話時也以敵對的目光望了那六名武將一眼。

六人之中顯是有一人再也沉不住氣了，「呼」的一聲站了出來，鄙視著鬼手方朔，沉聲道：「方統領可不要聽信這和尚讒言。章將軍早就對那項思龍幾人起了疑心，因為以項思龍的個性，怎會如此輕易答應與咱們合作呢？想是這廝想先穩住咱們，再尋脫身之計，同時想在咱們內部製造亂子，以給漢軍可乘之計。章將軍沒有對他們下手，一來是想利用他們，二來是想借他們唬住劉邦——早在他們剛進廢丘時，章將軍便已派人把項思龍落入咱們手中的消息轉告漢軍將領了。

「漢軍之所以遲遲沒有攻城，還不是因為這個緣故？只待章將軍他們一到咸陽，與援軍會合，也便是項思龍他們幾人的末日了——除非他們當真投靠咱們。這和尚現刻是在挑撥離間，方統領可不要上了他的當！」

笑面書生見彼此已差不多把話說明了，當下哈哈一陣大笑道：「閣下說得不錯，以我家公子的身分和能耐又怎會屈居一個傀儡秦王之位呢？我們與章邯合作，的確是沒安好心，不過以爾等幾個廢物，想擒住我們做人質威脅漢王，卻是在做白日夢了。我家公子與你家將軍虛與委蛇的合作，卻只是為了把你們這幫傢伙一網打盡罷了。識時務者為俊傑，諸位如是個聰明的人話，便投歸漢王吧！」

笑面書生這是在賭一把了，不過他可沒準備說服那六個「礙手礙腳」的武將，而只想引誘鬼手方朔動心便行了。

六人之中又站出一人，把手指道：「老禿驢住口！你也不想想這裡是什麼地方？還由得你胡言亂語啊？哼，既然不誠心歸順將軍，那也便休怪我們不客氣了！來人，把這和尚擒下！」

話音一落，頓即身形一閃，已是向笑面書生攻出一招，試圖擒他肩井骨，此時也有幾名武士聞聲向前衝，拔出佩刀，把笑面書生重重圍住。

笑面書生冷笑一聲，施出「鬼劫仙功」把體內毒氣逼運至肩頭，面對對方攻勢夷然不動，竟是硬接了對方一爪。

「啊！」的一聲淒叫，那武將手指才觸著笑面書生肩頭，頓感萬蟲鑽心，手上一片墨綠，顯已中了劇毒。

另一武將見了大驚，忙閃身上前扶住這武將搖搖欲倒的身子，一看他手，墨色已是漫至他肩頭，這武將領倒吸了一口氣，失聲道：「好霸道的毒功！」說完「鏘」的一聲拔出腰間佩劍，猛一咬牙，揮劍往中毒武將肩頭砍去，只聽「咔嚓」聲，這武將又慘叫一聲，人便昏了過去，一條手臂已是齊肩落下，流出的血竟然也是黑色。

笑面書生這刻卻是目中厲芒一閃，冷笑道：「知道厲害了吧！還有哪幾個不怕死的，就放馬過來吧！」

另五名武將已是被笑面書生這一手「毒功」給嚇住了，幾人你望我一眼，我看你一眼，卻是不知如何是好了。

是啊，哪有不怕死的人呢？以他們幾人的武功卻端不是笑面書生敵手的了。即便是聯手群攻，卻只怕也只有送死的份！

一直在旁幸災樂禍坐山觀虎鬥的鬼手方朔，這刻裝模作樣的打了個哈哈道：「大家都是朋友，何必動刀呢？依在下之見，大師說的也是在理，全都是為我們著想。可不，以我們這點兵力，卻是怎麼跟漢王鬥？俗話說，大王不在家，小王坐天下。章邯現在已經棄我們而去了，這廢丘城就全由我們作主了，我們又何必為他人作嫁衣裳，徒送性命呢？我看咱們還是聽了大師之言，投靠漢王是了。這可是章邯棄我們在先，可也怪不得我們對他不義了。幾位將軍不知認為然否？」

五名被笑面書生震懾住的武將，這時是氣焰全無了。人家鬼手方朔可是廢丘城中手握兵權的人物，連他也明顯的欲向對方投降了，他們可還有什麼能耐呢？雖說他們主公章邯交代他們負責監督鬼手方朔和笑面書生，可現在是講打，打不過人家；講實力，也不如對方。他們卻還能做什麼呢？

好漢不吃眼前虧，暫且順了他們忍下這口氣吧！只待章將軍他們他日勢成，還怕報不了今日之仇？

五人對視一眼形成默契後，其中一人氣餒的向鬼手方朔點了點頭道：「方統領是這次的總指揮，一切但憑你處置好了！」

鬼手方朔來回踱了幾步，再倏地停下，斷然道：「咱們就投靠漢王！定下來了！」

笑面書生雖然冒了這次險，可心底裡其實還是一直擔著，七上八下的，生怕把事情弄砸了。這刻聽鬼手方朔拍了板，才不由大是鬆了一口氣，臉上露出了一抹舒心的笑容。

計畫已經成功了一半，剩下的可就比較容易辦了！

想不到這麼輕鬆就解決了鬼手方朔！

看來這傢伙確是個貪生怕死的小人，待利用完他後，可得幹掉他，省得他到時故技重演拖了公子的後腿！

笑面書生心下想著，向鬼手方朔投去了兩束冷竣的目光。

「轟隆！轟隆——隆——」

傾盆大雨夾雜著懾人心魄的驚雷聲，在這暗夜裡更增幾份恐怖的氣氛。章邯的隊伍此時已是亂成了一團。

大發勞騷的士兵此時都拋了手中的戰車和重兵器，一窩蜂似的往前頭出現的一座山谷奔去，尋找避雨之所。

章邯此時已是失去了對隊伍的控制！

也是，那瓢潑似的大雨讓得人的眼睛都難以睜開，再加上天色這麼黑，卻叫眾人怎麼行進呢？

章邯這刻也只得放棄了行進的計畫，下令隊伍進山谷歇息，待明早再趕路。

反正也已出廢丘城五六里地了，又有項思龍二人在手，怕什麼呢？即便是漢軍攻來，咱也可以自保！何況廢丘城至今還沒什麼動靜，可見漢軍還沒攻城。便是他們現刻攻城，城內有萬餘守兵，漢軍恐也非一時三刻可以攻下，那時自己早遠離此地了！

再說大雨對自己隊伍有阻，對漢軍也是同樣的。這麼大的雨，他們的隊伍也無法行進、戰鬥。

如此自我安慰的想著，章邯煩亂的心情不覺平靜了些。在指揮眾將士覓地歇息的同時，也命人保護好馬車上的棺材。

項思龍靜觀著這一切，心下也是憂心忡忡的。

那詭異的棺材裡面放的到底是什麼東西呢？……

笑面書生處沒處理好廢丘城內的諸般事宜呢？……

漢軍怎麼還沒有開始進攻廢丘城呢？

還有劉邦的傷勢到底怎麼樣了呢？

項思龍在這雨夜裡也不覺心煩意亂起來。

此時已有將領來報，為章邯幾個「大人物」覓好了避雨之所。

章邯頓命這名將領帶路，不一會一行人已是到了一個巨大的石坪前，石坪就在崖邊上，中間搭了一座巨大的帳蓬，顯是供項思龍和章邯等避雨的。

進了帳蓬，項思龍也不覺倍感一份舒適，虎皮毯子已經鋪在地上，酒菜也都擺好，當中還燒了一堆篝火，幾名美婢則靜站一旁，準備侍候這幾位「大人物」。

章邯招過一名婢女為他端上一杯酒，仰頭一飲而盡後，轉頭對項思龍道：「大王，你先歇著，末將出去視察一下軍情！」

言罷也不待項思龍答話，領了四聖士就出了帳營。

現在帳內就只剩項思龍、了因和尚和一眾「護衛」武士及幾名美婢了。了因大大咧咧地坐到虎皮毯上伸手抓了一塊羊肉塞進嘴裡，邊咬邊又端起一盅酒來一口飲下，才轉頭對項思龍含糊不清的道：「公子，你也來喝兩杯暖暖身子吧！」

項思龍笑著搖了搖頭，卻也走到皮毯上坐下，端起酒杯乾了。了因哈哈大笑，主僕二人便這麼談笑風聲的對飲起來，只苦了一眾「護衛」武士，心裡想吃想喝，人卻不敢動半步，因為人家是「秦王」，是將軍「貴賓」，而自己等卻要負責保護他們呢！

項思龍和了因對飲了一陣，藉著喝酒時的「瘋言瘋語」，暗下裡卻在用傳音入密的功夫交談著。

了因和尚興奮的道：「公子，天公可也在幫我們呢！下了這麼大一場雨，把那些猴崽孫淋了個落湯雞，整個大軍一團糟。章邯這傢伙現在可有得頭痛的了！要是漢軍此時殺到，可不費吹灰之力便可殺他們個片甲不留！」

項思龍卻是語氣陰沉的道：「有一利也必有一弊，咱們也不可高興得太早，要知這大雨雖然阻了章邯大軍的行程，卻同樣會阻礙漢軍。再說通過近日與章邯的交往，這傢伙可確實是個厲害人物，無論在軍事上還是政治上都有一套手段！」

了因哈哈道：「他再厲害，卻又怎會是公子的對手？」

項思龍肅聲道：「這也不可掉以輕心，方才那馬車車廂的炸裂，就是因為我想用精神意念去探看一下裡面的古怪，不想卻突遭一股奇異狂勁的襲擊，要不是我覺察得快，只怕會有麻煩了。但看馬車上的那副棺材，這古怪一定在它裡面！說不定那棺材裡面躺的是一個什麼絕世高手！」

了因驚聲道：「公子此話當真？當世之中卻又幾人能與公子一較長短呢？除非棺中藏的人是魔帥傳人項羽！」

項思龍否定道：「那不像項羽的魔功氣勁！種魔大法我也習過前面七式，知道這魔功的特性！」

了因大叫道：「不是項羽？那又是何方高手呢？」

項思龍道：「這個我也不知道，只有慢慢的等著瞧了！」

二人邊聊邊飲，不覺天色已是微微發亮了，大雨卻仍未停下。

收降了鬼手方朔，下一步就是引誘他藉「討伐叛賊章邯」之名聯絡楚軍去攻打章邯了，當然這是為了漢王劉邦服務，他鬼手方朔可是少主項思龍利用的一枚棋子罷了。

剩的五名「礙手礙腳」武將不足為慮，把他們拖下水後，章邯一滅，他們也就只有「效忠」鬼手方朔了——回到項羽身邊去，量他們也不敢，要知道他們可是「反賊」章邯的心腹，以項羽氣量又怎麼會容留他們活命呢？

現在要做的就是聯絡上漢軍了，只有讓漢軍的將領當面給了鬼手方朔個保證，這傢伙才會壯起膽來攻打章邯，要不憑自己一面之辭，他端起不了這「熊心豹子膽」的。

可是自己怎麼才能聯絡上漢軍呢？除非是脅迫鬼手方朔和那五名武將與自己一起去漢營，但只怕這幾個傢伙怕死不肯去。

其實天突地下了這般大的雨，章邯大軍一定無法前行，可說是天公在幫己方一個大忙，可這大雨……漢軍卻也行動不便！

笑面書生冥思苦想著，鬼手方朔等都靜站一旁，也不敢發聲打擾他，要知他們「投靠」了漢王，笑面書生這項思龍手下的「僕人」也就成了他們的頭頭，卻又怎敢「開罪」他呢？

乾咳了兩聲後，鬼手方朔壯起膽子道：「大師，你敢保證漢軍不會來攻打咱們麼？可據探子回報，漢軍已是整裝待發，並且在掘渭河大堤，準備大舉進攻廢丘城了呢！大師可得快點想出個法來與漢軍取得聯繫，示意咱們都決心向他們歸降了！」

笑面書生點了點頭，沉吟了半晌道：「好！咱們這便開始在城內四處點火，製造廢丘城內已一片混亂的假像，並且叫士兵大聲喊喝，作廝殺狀，如此想漢軍見了聽了，一定會以為有另路兵馬在攻廢丘城了，擔心是他們盟友，端不敢輕易以水攻城的！更何況他們也知道咱家公子在城裡，不會不顧咱們性命的！只要他們沒有引水攻城，咱們便有充足的時間與他們聯繫上了！」

鬼手方朔皺眉道：「這也還是太冒險了點！再說天下了這麼大的雨，火把也點不著，只怕聲音也傳不到漢營！漢軍思想項少俠和大師等武功高強，他們水淹廢丘，三位卻端不會被水送了性命的，所以他們或許沒有什麼顧忌呢！要不他們也不會以那麼大的陣勢逼迫廢丘了，自是想一舉攻下城池和救下三位！」

笑面書生「嗯」了聲道：「方統領所顧忌的也不錯，那這樣吧，咱們一道冒雨前去漢營，老衲有咱家公子所給的信物，漢軍將領見了自是會信得過咱們的！」

鬼手方朔沉默了片刻道：「也好！事不宜遲，咱們現在就去！」

五名章邯派留下來監視笑面書生和鬼手方朔的武將，此時已是沒有什麼發言權了，既然鬼手方朔做了決定，他們自只有俯首是從。

笑面書生見鬼手方朔同意了自己的意見，可正是求之不得，當下由鬼手方朔吩咐他的幾名心腹武將負責城內軍務，便點拔了百名士兵與笑面書生一道冒雨往漢營方向趕去。

雨雖是大，但死亡的威脅卻是讓得沒有一個人有什麼怨言，都是拚命的趕路，只用三個多時辰，漢營便已歷歷在望，燈火通明中卻見漢軍哨兵都披了蓑衣守在他們的崗位上，絲毫沒有因下雨而影響他們的情緒，反是顯得更加神情專注，各項戰鬥和防禦工事也都準備妥當，由此可見漢軍紀律的嚴明。

鬼手方朔等看得是心下暗暗吃驚，想不到漢軍在巴蜀沉默了半年多，卻是為練出了如此堅強的一批戰士出來，可見漢王劉邦和漢軍將領確是有些能耐，自己等今次投靠漢軍或許是投對明主了，若是日後漢王得了天下，自己等自可飛黃騰達……

笑面書生看得卻是大為讚許，看漢軍如此陣勢，少主項思龍卻果真沒有看錯劉邦，沒有枉廢少主的一番心血！

眾人邊前行邊各自思想著，待行得距離漢營還有一里多遙時，已是有漢軍哨兵發現了他們行蹤，頓時號角聲四起，不多時已是從營帳中衝出一隊千餘人馬的隊伍，由一全副武裝的將領帶領著，片刻工夫便已衝至鬼手方朔這隊人馬跟前。

一馬當先的漢軍將領見了畏畏縮縮的鬼手方朔，頓時冷笑著大喝道：「原來又是閣下。前天在渭河一戰，本將軍饒了你一命，想不到今晚卻又來送死了！哼，既然閣下嫌命長了，那本將軍就……」

對方的話還沒說完，鬼手方朔就已顫聲截口道：「韓將軍且慢，在下今日卻不是來與將軍為敵的，而是……而是……」

哽咽了老半天，下面的半截「而是來投降的」卻是始終不好意思說出，只憋得脹紅了臉，把求助的目光投向笑面書生。

笑面書生肚裡暗笑，卻也知不能讓鬼手方朔太過難堪，要知他可也是個什麼統領呢！當下從人群中走出，衝對方將領道：「韓將軍可認識老衲嗎？我是笑面書生啊！」

漢軍將領正是已任了漢軍統帥的韓信，他以前是曾見過笑面書生，但笑面書生這刻剃了光頭做了和尚，黑夜之中他一時倒真難以認出，聽笑面書生這麼一說，再次舉月望去，卻果見是他，手裡還提著義弟項思龍的鬼王劍呢！

韓信心下一震，忙衝笑面書生道：「大師，項兄弟可是出了什麼意外？」語中關切之意是溢於言表。

笑面書生道：「公子可好得很哪！老衲今次是授公子之命，有要事前來與韓將軍相商的！」

韓信聽項思龍沒事，不由大是鬆了一口氣，但聽笑面書生後面一截，不由大是納悶。

有要事相商？為何卻領了章邯的一眾手下來呢？

心下疑惑著，人卻從馬背上跳了下來，揮手示意身後人馬閃開道：「如此大師請進營帳細說！」

邊說著邊在前引路，笑面書生和鬼手方朔等一眾人頓也下馬跟了上去，但那百餘名楚兵意欲跟進時，卻被漢軍給阻了住。

憑他們可還不夠資格進營帳呢！

鬼手方朔頓識趣的命眾武士留在帳外，要知他這次可是來向漢軍投降的，卻又哪能擺什麼架子呢！性命可都掛在腦門子上呢，只祈求人家能接納自己了！

一行人隨韓信進了一座甚大的帳營，看裡面擺設是個議事廳。

韓信著鬼手方朔等人，又命人為他們準備上茶水。才開始問笑面書生道：「大師，項兄弟到底有什麼話讓你傳到呢？」

笑面書生一口喝著手中熱茶，才道：「這事說來話長，想韓將軍也聽到過章邯派人散出的謠言，說公子投靠了他，其實這卻是公子勢不得已下所施出的一個計謀罷了。」

說著，當下把項思龍在武當山與群雄一別，領了他和了因和尚欲上巴蜀來尋探劉邦，途中聽聞漢軍已攻下陳倉，正欲攻廢丘，項思龍心念一轉，於是便決定去廢丘看看，不想章邯識破身分並拖留住了他們，章邯迫項思龍做了什麼秦王，項思龍為一舉殲滅章邯且想乘計收絡眾楚軍為漢軍所用，於是便假意答應了人。之後鬼手方朔失守渭河，章邯怕漢軍水淹廢丘，便決定連夜撤出廢丘，留下鬼手方朔守城，項思龍施計留下自己協助鬼手方朔，自己依項思龍示宜，收伏了鬼手方朔，因章邯等已出城，事態緊急，於是連夜冒雨前來相見等述一遍。

韓信聽得是面含笑容，淡淡道：「這些都在我的預料之中了。嗯，大師還有什麼話要傳到呢？」

笑面書生正欲說出與項思龍和了因商議好的計策，卻突有一名漢軍神色慌張的進來向韓信傳報：「稟韓將軍，渭河決提了！」

此言一出，在場眾人無不為之色變

第四章　盤古大師

項思龍和了因和尚對飲了一個通宵，不覺天色已是發亮。

大雨仍在肆無忌憚的嘩嘩下著，帳外除了雨聲便是一片寧寂。

啊，漢軍在攻打廢丘城了！聽，那哭喊聲！那馬蹄聲！……

突地一聲驚慌的喊叫聲，打破了這雨中清晨的寧靜。

剎那之間便是一片慌亂的腳步聲和吵雜聲。

「啊！真的！漢軍已引水攻城了！瞧，那是洪水！那是房屋在倒塌，那是人群在逃竄！……」

不多時峽谷之中已是慌恐四起。

項思龍和了因和尚聽了對視一眼後，便雙雙起座信步往帳外走去，剛至營帳門口便有武士阻住了他們道：「大王，外面雨大，章將軍吩咐過了，著小的等好生照看大王，說大王若有什麼閃失，便唯我等是問！還請大王回營歇息去！」

了因聽得火了起來，乘著酒興「啪」的搧了這武士一記耳光，怒罵道：「我操！我家公子既是你們大王，他的行動還要受到你們這些奴才的約束嗎？快閃開！要不老子生劈了你！」說著舉掌作勢欲擊這名武士。

這武士臉色頓然嚇得蒼白，但還是諾諾道：「奴才等也只是聽命行事，請大王回營！」

了因又待發作，項思龍對他罷了罷手道：「算了，不要為難他們！既是章將軍對咱們的一片『厚愛』，咱們又怎可不領呢？何況外面下那麼大雨，出去也是活受罪！」

了因聽他此說，才收手略略消了些氣，口中卻還是道：「這些奴才膽子也真的太大了，簡直是沒把公子這秦王放在眼裡嘛！」

正當了因罵罵咧咧的這當兒，章邯領了四聖士神色不安的向營帳走來，見了了因一臉怒色微一錯愕，卻是轉向項思龍道：「看來廢丘城失守了，漢軍果真引渭河之水淹了廢丘！他們不久便會追來，我看咱們還是棄了那些百姓，冒雨趕路吧！這些人留著只會拖我們大軍的後腿！我們把他們送至此地，沒有讓他們遭水淹之苦，也算是仁至義盡了！」

項思龍微一沉吟，苦笑道：「章將軍是總指揮，一切都由你安排吧！在下沒有什麼意見！」

章邯聽了，當即傳令下去，命隊伍整裝待發，那些帶出城來的百姓讓兵士不要再管了。

這命令剛一發下，頓時又是一片哭喊之聲和一些兵士低聲的咒罵聲，但廢丘失守，漢軍也就將迫至，這些人卻也不敢再鬧什麼情緒，要知道始終還是性命要緊。

不大一會兒功夫，隊伍又開始向咸陽方向進發了。

天公不知什麼時候作美起來，雨竟是小了一大半，這讓得大軍的情緒好了許多，行進速度也隨之快了起來。

「轟！轟！轟！」山谷中突地傳來一陣巨石滾動的異響，接著便是一陣鬼哭狼嚎的慘叫。

「啊，咱們中埋伏了！被漢軍包圍了！」

不知是誰突地發出這麼一聲驚恐的嘶叫。

剛剛恢復些秩序的隊伍頓時又是一陣騷動。

章邯見了，氣極敗壞的吼道：「安靜！安靜！大家不要慌！先鋒官，前面到底發生什麼事了？快快傳報上來！」

章邯這話音一落，頓有一嘶啞的聲音傳至道：「稟將軍，谷口被山崖上突地滾下的一堆巨石堵住了，砸死了上百名士兵，但沒發現漢軍蹤影！只是……這谷口乃是咱們出谷的唯一通道——屬下昨晚察看過這山谷的地形山勢了，這裡四外皆是懸崖，只有這谷口可通谷外，如谷口被堵，可說是個死谷。」

章邯心下一沉道：「既然你明知此谷是個死谷，卻為何領大軍進此谷避雨？……這也罷了，進了谷後，你又為何不派人把守谷口？」

先鋒官諾諾道：「這個……昨晚夜色太濃，天又下那麼大的雨，所以沒來得及細察……待進谷發覺後，屬下也曾命人前來把守谷口的，但眾兵士見雨那麼大，沒有一個人願去，且說雨這麼大，漢軍端不會追來的，不必守什麼谷口的，待雨一轉小，咱們出谷便沒事了。屬下聽了想想也是，也便……算了。本想把這情況稟告將軍的，但章將軍你昨晚傳下話說，你要練功，任何人不得去打擾，所以……屬下就沒把這情況稟報了。」

章邯低罵了聲：「飯桶！」後接著又道：「谷口只是被巨石堵住了嗎？當真沒有發現漢軍行跡？看看巨石是不是被山洪沖下的？亦還是人為滾下的？」

先鋒官應了聲「是」後，便沒有再發話了。

渭河決堤了！一連夜的特大暴雨使得渭河之水漲得如怒濤狂湧的長江黃河，一浪一浪的衝向漢軍已挖掘了一半準備用來引水進攻廢丘城的堤壩，使之終於破堤了！怒吼著的洪水頓然找到了發洩的決口，向廢丘城奔湧而去……

廢丘城完了……在一瞬間整座城頓成了一片海洋世界……

人們來不及逃走，便被洶湧的洪水襲捲了生命……

到處是漂浮的屍體和雜物，間雜有脆弱的呼救聲……

廢丘，現在已真實的成了一座廢舊的城市了……

笑面書生和鬼手方朔等都不由臉色發白。

天幸！自己等先一步出城了，要不……

那後果真不容人去想像，要知道洪水的威力是巨大的，非人力所能逃避……只是殘留在城內的百姓和上萬名士兵……全都沒命了吧！

韓信長長的歎了一口氣，開口打破沉寂道：「這可真是個讓人痛心的消息！唉，我原本也沒定下決心來水淹廢丘，所以與章邯拖了數日……可想不到……人算不如天算，廢丘終是……被淹了！」說完臉上滿是憂慮的痛苦之色。

笑面書生這時也噓了一口氣道：「這也是天數所定的，廢丘城定要遭此劫難！只不過……卻讓章邯那廝跑了！這下大水淹了廢丘城，卻是把咱們追趕他們的去路也給堵住了！」

韓信笑了笑道：「這卻無妨，洪水雖是淹了廢丘堵了交通，但只是陸路的。昨晚下了一晚大雨，渭河之水定是猛極，卻正好幫了我們個大忙，咱們可以借水渡船去追他們。水路可是比陸路要快得多，咱們定可以追上他們的。昨晚下了一晚大雨，想章邯他們也無法冒雨趕路，定沒逃出多遠！何況我早料到章邯會逃，已是在去咸陽的路途各險要的必經之道埋伏了一定的兵馬，雖然不能打敗章邯他們，但要阻止他們的行程卻還可以辦到的。現在這大雨幫了我們的大忙，咱們乘船追擊，便可以追上了，章邯他逃不掉的！」

聽了韓信這話，鬼手方朔等降將都不覺暗暗心驚，同時也暗暗慶幸，想不到韓信這麼厲害，他一切都早就安排好了，看來自己等今次來投降可真是投對路了，要不可就……只可惜兵馬被淹，要不領了兵馬來投降，功勞可就大了，定可以封個不小的官當當……

眾人心懷鬼胎的想著，韓信又歎了口氣道：「我猶疑不決的沒有採取水淹廢丘城之計，本就是擔心城中百姓安危，怕因此而給咱漢軍帶來個殘忍的惡名，以至失了民心，看來這下擔心也是白擔心了！」說到這裡，頓了頓又轉向笑面書生道：「對了，大師還有項兄弟的什麼計宜要相告嗎？」

笑面書生「噢」了聲道：「差點忘了！公子著我降伏鬼手方朔他們後，就與你們聯絡，咱們分頭行事，一方面讓鬼手方朔以討伐章邯叛反項羽為名，聯絡各方楚軍攻打章邯，如此可以讓鬼手方朔成為咱們漢軍安插在楚軍內部的一個好臥底，以挑撥楚軍內部動亂，讓他們狗咬狗，削弱楚軍實力。另一方面公子與章邯周旋，待韓將軍與鬼手方朔領導的楚軍一舉擊殲章邯大軍後，公子就借用章邯擁他坐上的那『秦王』頭銜，籠絡章邯殘軍和他盟軍及一些對大秦仍存幻想的各方舊秦勢力，把他們收為咱漢軍所用。再一方面就是韓將軍等要積極配合鬼手方朔和公子行事，以打開咱漢軍反楚局面，弄他個轟轟烈烈才是！」

韓信聽了大喜道：「原來項兄弟把一切都思想周全了！」

笑面書生歎道：「只可惜鬼手方朔的隊伍被淹在廢丘城了！」

二人正說著時，突聽帳外傳來一陣吵雜聲！

韓信眉頭一皺，頓喊進一名護衛詢問道：「外面發生什麼事了？怎麼這麼吵？」

護衛躬身答道：「是有一隊萬餘人馬的楚軍逼近咱們大營，被咱方人馬阻住，可他們也不反抗，只說是方統領的人馬，前來投降咱們漢軍的！瞧他們的樣子都很狼狽！」

韓信聽了一望笑面書生和鬼手方朔，卻見二人也一臉疑惑之色，當下站了起來道：「走，咱們一起出去看看！」言罷率先走出帳營，幾名漢將緊隨其後，笑面書生和鬼手方朔等也起身跟了出去。

不大一會那護衛便領眾人來到了一處人聲吵雜之聲，對方幾個全身濕透的武將一見鬼手方朔，忙衝他喝喊道：「方統領！」

鬼手方朔聞聲望去，也大喜的叫了起來道：「是你們？你們不是……在廢丘城的嗎？卻是怎麼……也來這裡了？」

對方幾人中走出一人道：「是這樣的！我們都早收到渭河水漲的消息了，又怕漢軍掘堤引水至城內，所以方統領你們剛走，兄弟們也便合計著跟來了！」

鬼手方朔激動中望了望韓信一眼，想說什麼卻又沒有說出，韓信見了頓哈哈大笑道：「好！好得很嘛！我等也都正為爾等安危擔心著呢！你們既然來了，我代表漢王歡迎你們！」

頓了頓，又道：「你們仍歸編方統領管制，笑面書生大師就任你們這路人馬的軍師，具體事宜待會由你們方統領給你們發佈！不過，你們入了我漢營，就得受我們漢方軍規的制約！這些我都會讓你們方統領給你們講的！好了，大家淋了大半夜的雨水，也都累了，現在就下去休息一會兒吧！隨時準備待命！」

這批降將見自己等待遇比想像中的好多了，都不由跪地大聲歡呼，鬼手方朔也是顯得容光煥發，笑容滿面。

哈，自己這下可是發達了！既保了性命又被漢軍統師任命了個「楚軍臥底」的要職！這官可也不小，雖然有點危險，但手握兵權，又有漢軍在後撐腰……還怕日後不飛黃騰達！

鬼手方朔美美想著，那模樣給笑面書生瞧在了眼，心下暗暗冷笑道：「你小子就暫做一會美夢吧！待你沒利用價值了，老子就馬上一刀『咔嚓』了你，讓你去閻王殿做美夢去！」

先鋒官派人去視察後，頓跑回來回報章邯道：「稟將軍，山頂上有人滾動巨石的痕跡，不過……卻沒有發現什麼人！」

章邯聽了面色沉沉的自言自語道：「難道是漢軍的先頭部隊追來了？這不可能的啊！漢軍水淹廢丘，雖被他們奪了城池，但洪水一下子不可能退去，他們卻又怎麼這麼快追來呢？」

搖了搖頭後，對一臉恐慌的先鋒官道：「再探！看看是不是被咱們拋在谷中的百姓因憤懣而搞的鬼！」

先鋒官得令退下，章邯一臉陰沉的對項思龍道：「如果我章邯回到咸陽，我第一個要剷除的敵人將是漢王，以報今日被恥之仇！」

了因冷笑道：「什麼今日被恥之仇？你要做喪家之犬可是你自找的呀！怎把一肚子怨恨發洩到了漢王頭上？記著，楚王項羽才是你最大的敵人，他可是坑殺了你大秦二十萬降兵的罪魁禍首！漢王麼，可是我家公子的義弟，你可不要對他有什麼不敬！」

章邯顯得有些心浮氣燥的惱道：「可漢王是攻取下咱秦都咸陽的第一大罪人，我端饒不過他！除非他向我投降，否則……哼，項少俠可是咱大王，當知應以大業為重吧！」

項思龍淡淡道：「章將軍當知在下一生的心願就是想讓漢王有所作為吧！如果有誰想對漢王不利，那就是我項思龍的敵人！嘿，在下這秦王之位麼可是個空頭支票，這一點在下可清楚得很。其實即便是讓我真當秦王，我也不稀罕！到了現在這時候，我也就把話說白了，我被你拖留住，可並不是沒法逃走，而是想拖住你利用你——咱們彼此彼此！

「現在漢王攻下了廢丘，你們被困這座死谷，還只怕漢軍早在去往咸陽路上有了設防——他們料到你會退往咸陽。一山更比一山高，章將軍才智的確是超人一等，可在下也不是個傻子，漢營之中更不乏奇人異士，只怕章將軍還是太過於自信了。你藉在下之名召集盟軍，卻以為人人都會信在下真與你合作了嗎？如是這樣，那這些人也就不配作在下朋友了！你如此一來，卻只怕是會適得其反，讓得在下的朋友生出戒心。早一步對你有所防備，這就叫作聰明反被聰明誤啊！

「章將軍，在下敬你是個將才，如果你此時覺醒，願投靠漢王，在下可保證漢王不會虧待於你。你想想吧！此時你雖不說是窮途末路，可端是無法逃出生天了！洪水是阻了漢軍來路，可此路不通彼路通，陸路斷了，還有水路嘛！那這洪水正可利用了！只怕漢軍現在已大張旗鼓的領了人馬追擊將軍來了！時間無多，章將軍想清楚了告知在下一聲，在下決不會見死不救的！」

項思龍此時算計著笑面書生已辦妥了一切事宜。章邯大軍又被阻谷中，知道己方勝算在望，頓雄心大起，向章邯把一切話都挑明了。現在他可是什麼顧忌也沒有，章邯被困谷中，前不著村後不著店，沒有什麼援軍，而己方已掌握了主動權，還何必向人家低聲下氣的呢？

更何況自己這刻表現出一副盛氣凌人的姿態，更可讓得章邯惱羞成怒亂了分寸。反正自己也沒有真心想勸服章邯投降劉邦，他可是歷史註定了今次要沒命的，自己如此說來，只是增加章邯的心理壓力，想他受足了項羽的氣，野心又那麼大，卻是無論怎樣也不會聽自己之言，真答應投降劉邦的吧！再說這刻當著一眾大將的面說出這話，也可讓眾人知道章邯大勢已去，跟著他是沒有什麼出路的，只有跟了自己才可活命，這樣必定影響眾將的戰鬥意志。

章邯似猜出了項思龍說這話的些許意，極力掩飾著內心的驚怒，鎮定的道：「哼，項少俠不要在這裡挑撥離間了，這裡每一個人都是我訓練出來的死士，絕對的盡忠於我，你動搖不了他們的！是的，你所說的話是有極大可能的，可即便全都如你所說的，我們無路可走了，但是你可不要忘了，你是身處在何地！即使你武功通天，可我們有這麼多人，卻總可以拿下你吧！

「只要有你這張王牌在手，我們就還有一絲生還的希望——漢王劉邦可是你的拜把兄弟，韓信、蕭何、樊噲、陳平等一眾漢營主將也與你有過交情，漢軍軍師張良又是你岳父，想他們都不會不顧惜你的性命吧！更何況我們的境況還不一定到你所說的那種境地！我章邯是決不會再次過那寄人籬下的痛苦日子的！」

章邯這話果然起了效應，剛被項思龍嚇得臉色惶恐的眾將士頓然情緒激昂的齊聲道：「我等誓死效忠將軍！」

章邯悲壯的仰天一陣哈哈大笑道：「好！好兄弟！果然是我章邯的好兄弟！是生是死，咱們都與漢軍拚了！」

言罷，目中厲芒轉向項思龍道：「項少俠，這裡人多，咱們上谷底峰上一決高下吧，省得傷及太多無辜性命！」

項思龍喝了聲「好」道：「有膽色！如不是事態所定，在下可真交定了章將軍這個朋友！」

章邯顯得有些落寞的笑道：「咱們不是已做過幾天朋友麼？在下已經沒有什麼遺憾的了！只不過咱們這一戰倘若是我敗了，還請項少俠仁義為懷，不要如項羽般坑殺我這眾兄弟！」

項思龍點頭道：「這點在下向你保證！不過，章將軍也不必如此洩氣，你可也有招殺手鐧呢？那具棺材……」

項思龍的話還沒說完，章邯就已臉色一變的截口道：「原來是你動了那棺材，怪不得……哈，這可多謝項少俠幫了個大忙了，在下一直正頭痛找不到激發盤古大師肉身靈性的方法，想不到項少俠卻為在下效了這個勞！好，既然項少俠也已知曉了，咱們就閒話少說，上峰頂較量個高下吧！」

說完，對四聖士一使眼色，四聖士頓忙轉身飛去，從另一帳營中抬出了那副詭異的棺材。

項思龍這刻卻是心懷大震，失聲道：「什麼？那棺材裡面裝的是……盤古大師的肉身？」

章邯聞言止住了欲飛升峰頂的身形，聞聲道：「你不是已經知道了嗎？怎麼……嗯，你想知道我是怎麼得到盤古大師肉身的是吧！這本是我章家的一大機密，不過事到如今，我也就不再隱瞞了，當年家祖跌入一秘崖，本以為必死無疑，不想因禍得福，在他剛好跌入一潭中，並被潭水衝入了盤古大師當年坐化仙去的秘室。雖經數千年，可盤古大師肉身仍是完好無缺。

「家祖在盤古大師秘室中得了盤古大師遺下的幾本武功秘笈和他的成名兵器天矛地盾。依著秘笈內中所載，家祖練就了一身深不可測的武功，出谷後，仗此揚名立萬。後來家祖無意間自一印度聖人那裡得到一本『木乃伊人』製作方法，內中講述了怎樣將肉屍製作成木乃伊的方法，可更叫家祖心動的是內中還介紹了怎樣將木乃伊製成聽命於己的方法，並說如被製成木乃伊的人本是一武林高手，只要經超強異能的刺激，此木乃伊仍可恢復基本人武功，且聽己使喚。

「家祖得此奇書後激動非常，當即重下秘崖，搬出盤古大師肉身，專心研製將盤古大師肉身製成木乃伊之法，不想窮其一生仍沒成功，家父這一代，這秘密仍沒解開。

「直到在下思出了個以童靈元氣刺激木乃伊靈性之法，可此需十年才行，現已經過了四年，想不到項少俠卻讓在下這願望提前一步成功了！在下把這秘密對項少俠說了出來，也算是對你此恩的報答吧！不過項少俠武功超卓，在下雖有盤古大師在手，卻也沒有絕對的把握勝得過少俠。好了，話已說完，咱們上峰頂吧！」

言罷，再也不待項思龍多說什麼，飛身往前方足有三四十丈高的峰頂飛去，四聖士抬了那怪異棺材緊緊跟上。

項思龍心下忐忑，著了因留在谷底，也緊跟而上。

到了峰頂，章邯面色冷然的取出天矛地盾，一指項思龍，沉聲道：「項少俠，請亮兵器吧！」

項思龍把鬼王劍已交給了笑面書生作取信漢軍的信物，身上已無兵刃，當下攤了攤手道：「在下就空手接章將軍幾招好了！」

章邯聽得冷笑一聲道：「那好，項少俠，小心了！」

話音甫落，身形一閃，手中天矛揮出數道氣勁，往項思龍四面八方射來。項思龍不敢托大，忙提集真氣護體，同時施出空手刀，把章邯天矛射來的氣數悉勁擊碎，空氣中頓然勁氣四溢，地面上也是飛沙走石。

章邯喝了聲「好」道：「項少俠果然好深的內力，竟能空手接下在下的天矛真氣！好，第二招天矛射日來了！」

言語間章邯手中天矛突地強光大作，有若烈日突現，讓人眼目一暗，緊接著這四散的強光又空中凝為一體，有若一道光箭般直往項思龍射來，其勢有若流星趕月。

項思龍頓施出「幻影身法」，讓身形幻化成無數虛影，讓對方攻勢無從下手，可那光箭卻似通悉人性似的，在這當兒也分化為數十道光箭，分往項思龍化出的幻影射去。

「嗤」的一聲，項思龍衣衫被天矛光箭射出一個穿洞，讓得項思龍為之大吃一驚，想不到自己施出八層功力的迴夢神功，可仍擋不了對方天矛一擊，可見對方手中兵刃確為當世罕見的神兵利器。

看來不下狠手是解決不了章邯的了！自己可還得保持元氣，要知對方還有四聖士和那高深莫測的「盤古大師」作後援。

心念電轉間，當即沉喝一聲道：「接了章將軍兩招，在下現也要出手了，看在下這招道魔神功第四重天佛法無邊！」

言畢，口中吐出真言，手施大乘般若印，頓然無數手結和聲波氣勁往章邯重重圍去。

章邯身形微顫，似承受不住項思龍此招排山倒海的威力，可仍是咬牙狂吼一聲，手中天矛地盾雙雙一陣猛揮，頓然只聽「轟！轟！轟！」的氣勁炸裂聲。

雖是破了項思龍的攻勢，但章邯顯也耗力過度，臉色顯得有些發白，嘴角竟是溢出一絲鮮血來。

雙目瞪得大大的直盯著項思龍，章邯有明顯的震驚之色。

四聖士仍是面不改色的守護著那棺材，對章邯的危險也漠然無視，似這天地要塌了也與他們無關一般。

項思龍也想不到自己功力進展如斯，才第四重天的道魔神功就讓得章邯吃不消了，只不知是章邯不堪一擊，還是自己功力確實是不知不覺的大有長進了。其實他卻不知三年多前章邯連剛練成乾坤箭法的項羽也打不過，而他卻也是身負不知多少高手的內力，又吃了各種增長功力的奇藥靈丹！功力已是不知高到了什麼程度，章邯在這三年多內功力雖有長進，卻自也不是他的敵手的了。

對方各懷心思的僵持著，章邯空地飛身掠到四聖士守護的棺材旁，臉色凝重的出掌拍向棺蓋，只聽「軋—軋——」一陣異響，棺蓋緩緩移開，冒出一陣白氣，讓得章邯不禁的打了個寒顫。

章邯要放出「盤古大師」來對付自己了！項思龍面色也是變得凝重起來，靜靜的看著章邯在搞什麼把戲。

「嚓！」棺蓋豁然而止，白氣也漸漸散去，此時赫然可見棺中躺著一具乾枯的屍身，有若幾根骨架組裝成似的，可乾屍的一對眼睛卻是在轉動著，發出讓人心悸的瑩瑩綠光。

章邯緊張的臉上露出喜色，射出幾道勁氣落住乾屍身上，同時口中喃喃有聲，念著古里古怪的經文。

不多一會，只見乾屍張開它那骨頭嘴巴，吐出一股白氣，接著發出「嗚——」的一聲聲刺耳的怪叫，讓人聽了不覺毛骨悚然。

「啪——啪——啪——咔嚓——咔嚓——」乾屍的手腳在移動了，只見它手腳並用的從棺材中站了起來，又是仰首一聲怪叫，那嚇人的「身體」已全然展露在幾人眼前。

項思龍心下也不覺有些發毛了，這等怪物，不畏刀槍，不怕水火，只怕連掌勁也拍它不碎，還不怕痛，不怕流血，自己卻是怎麼對付呢！它可也是中原第一高手——盤古大師，功力非同小可，自己如收拾不了它，卻只怕是只有等死了！

項思龍心下想著時，卻突見那乾屍在棺中跳飛出來，「身體」雖是直挺挺的，可動作之快卻是項思龍生平罕見。

乾屍直向四聖士飛射過去，展開它那白骨森森的大嘴，只聽「咔嚓！咔嚓！」四聲，四聖士連慘叫聲也沒來得及出聲。就已相繼「撲通！撲通！」倒下了，喉部赫然露出一個血洞，原來他們的鮮血卻已是被乾屍全吸光了。

章邯突地一陣哈哈大笑道：「成功了！成功了！這下是真正的成功了！盤古大師吸了我特製的四靈童的血液，它就永遠要受我章邯控制了！哈哈哈……從今以後這天下就是我章邯的了！」

項思龍看著章邯得意忘形的狂態，又見他對於乾屍殺了他四名的心愛手下不但不以為悲，反這般高興，不覺對他反感大生，冷聲道：「閣下可也不要高興得太早了！像你這般虛偽的冷血野心家，也想稱霸天下？那老天可也真是沒長眼睛了！」

章邯一改先前對項思龍的顧忌之態，冷傲的「呸」了聲道：「胡說八道！什麼老天會有眼睛？這世界是弱肉強食勝者為王，擁有強大的武力就可以稱霸天下！我現在有了上古奇人——盤古大師在手，天下還有幾人能是我之敵？項思龍，你也不要太張狂了！你是當世中少見的幾大高手，但你卻能打得過盤古大師嗎？連你師祖傳鷹大師也是盤古大師手下敗將，你這小子卻又算得什麼東西？

「嘿，不要用那種怪異目光看著我！我章邯忍氣吞聲了這麼多年，等的就是今天！要不我怎會屈服趙高？怎會投降項羽？我如此作賤自己，就是為了訓練成這天伊殭屍！有了它，我章邯就可以出人頭地了！哼，你看我是個變態狂人，怎麼連跟自己出生入死的四聖士也讓天伊殭屍給殺了是嗎？其實他們乃是我用來訓練天伊殭屍的工具，他們的最大利用價值就是此刻！

「這樣的結局對他們來說也是幸運的了，跟了我十多年，也享受盡了人間榮華富貴，要不他們當年就要餓死街頭了，是我收留了他們，從三百多名孤兒中他們幸運的被我選中了用來作為激發盤古大師屍身靈性的藥引。我給他們最好的訓練，讓他們吃盡了天下間所有的靈丹妙藥，並且他們每天的飲食全都是用我的鮮血作拌料的。現在盤古大師吸了他們身上的血，吸了他們的靈童元氣，也就與我合而為一心，息息相通了！我便是它，它也就是我！我的命令它會絕對服從！哈哈，小子，天伊殭屍所有的秘密我都已經告訴你了！我很欣賞你，只要你向我章邯臣服，咱們還是依先前的約定，我讓你做秦王，幫你打天下，讓你享盡人間歡樂，怎麼樣？」

項思龍目中漸顯殺機的冷冷道：「看來在下倒真是看錯你了，還想著要與你做朋友呢！像你這等喪心病狂的人渣，我看還是早送你上西天去的好，要不可有得天下不安寧！」

章邯哈哈笑道：「我是個偽君子！我是個喪心病狂的人渣！那又怎麼樣？我就是要讓天下不得安寧，這才有得我章邯的用武之地，可以顯出我章邯的才華來！要是天下太平，那擁有超強的武力又有什麼用？哼，我不但要讓得天下大亂，並且我還要再製出十個百個天伊殭屍出來！那時這天下就唯我獨尊了！」

項思龍越聽心下越火，冷喝了聲道：「廢話少說！你想稱霸天下，還是讓我送你下地獄去再說吧！種魔大法第七式玄宇宙！」喝聲中身形騰空一陣急旋，把體內真氣釋放出來凝成道飛旋的天幕，向章邯和那乾屍狂壓下去。

章邯冷笑一聲道：「種魔大法算得什麼？這可也是盤古大師創研出來的武功呢！天伊殭屍，出去應敵！」

乾屍在章邯話音一落，頓然怪叫一聲，接過章邯遞來的天矛地盾，左手天矛朝天一指，天矛頓發出嗚嗚聲響，一道羅旋光圈頓向項思龍壓下的真氣天幕接去，怪事發生了，項思龍發出的氣勁有若百川歸海，被乾屍發出的羅旋光圈吸住，使得項思龍自身也感身體一緊，自身的氣勁竟束縛起自己身體來。

大驚之下，項思龍頓然變招，身形有若大鵬展翅般再度沖天而起，雙臂一陣旋轉狀疾揮，口中同時發出真氣聲波，手腳揮出的氣勁，在真氣聲波的衝擊下頓然四散開去，形成一道一道真氣浪濤。項思龍接著身形再回，直射天伊殭屍，真氣浪濤隨之迴旋，向天伊殭屍沖射而去。

「轟！」一聲巨響，天伊殭屍終是反應不及項思龍快捷，被擊得「身體」一陣震顫，但繼而口中怪聲大作，狀若瘋狂的直撲項思龍！連手中天矛地盾也不要了，展開十根有若利箭的手指，向項思龍當頭抓去，似欲一爪把項思龍抓個稀巴爛，以報方才一箭之仇。

項思龍見了，知曉以自己的血肉之軀是無法與對方的幾根乾骨頭硬碰硬的，當下展開「幻影百變」身法避開對方攻勢。

天伊殭屍仍是緊迫不放，「身形」有若鬼魅般隨影附之，攻勢凌厲之極，項思龍被迫急下，心下惱火的忖道：「你當老子真怕了你不成！」

心念想間，現出真身，再次大吼一聲道：「迴夢心經第十式開天闢地！」吼聲一落，卻見項思龍身體突地豪光大作，在瞬間化作了一柄真氣光刀，向天伊殭屍直劈過去，空氣中頓然勁氣瀰漫，讓得在旁觀戰的章邯也禁不住這氣勁的侵體，被迫退出戰圈十多丈遠。

天伊殭屍目中瑩光一閃，面對項思龍的這招狂猛攻勢卻是夷然無懼，也怪叫一聲，十指赫然向項思龍身體凝化成的真氣光刀抓去。「噹！」的一聲脆響，指刀相觸，竟是濺出劇烈火花，隨之便是一陣地動山搖的巨響，谷底中只聽有人驚叫道：「啊！山頂要塌了！大家快退！」

這話音剛落，卻又聽得一陣「轟隆！轟隆」和「嘩！嘩！嘩！」的巨響，只見項思龍和天伊殭屍、章邯三人所立山峰轟然炸裂，石塊紛飛，向谷底飛去。項思龍和天伊殭屍身形卻是雙雙未落，在空中展開了一陣激鬥，章邯則被二人方才一招所釋放的氣勁給震得口角溢血，還幸得他見機得快，被他飛至了另一峰頭，才倖免於難，不過臉色卻已是嚇得蒼白。

好狂猛的氣勁！當真是可開刀劈地了！這世上也只怕只有項思龍一人可與盤古大師一拚高下！也不知這小子一身高深莫測的武功是怎麼練出來的？盤古大師是上古奇人，年歲已是無人知曉，可這項思龍卻只怕只有二十出頭吧！這等一個強敵，今次如不能藉盤古大師之手除去，那這天下只怕是唯他項思龍獨尊了！自己所有的夢想也都將成為泡影，甚或會落得個死無全屍，受後人唾罵的可悲下場！

章邯額頭發汗的暗自想著，先前的傲態已是全然不見了，現刻臉上全是一片緊張之色，連心跳的「咚咚」聲也清晰可聽。

谷底自是一陣混亂，峰頂滾下的巨石因含兩大絕世高手所發的氣勁，落入谷底後仍是四處飛滾亦或再次炸裂，讓得一些武功低微的士兵是哭爹喊娘，只恨爹娘少生了兩隻腿的倉惶而避，不過死傷者只怕仍是有上千之眾，飛石才漸漸平靜下來。

了因和尚看得是心下大樂，不過仍是為項思龍暗捏了一把冷汗。

要知項思龍現刻的對手可是前古奇人盤古大師，並且對方乃一介死屍，項思龍要應付起來自是困難非常了。

不說旁人情形，在空中激鬥的項思龍和盤古大師已是全然不見了身影，卻只見兩團光影飛來飛去，同時空中傳來有若驚雷的真氣炸裂聲，連天空飄浮的幾片激雲也都被二人氣勁炸碎得無影無蹤了。

所有人都是屏息而觀，連大氣也不敢粗喘一聲，也不知道是希望哪一邊獲勝，只覺這空前絕後的兩大高手精采之戰扣人心弦之極，其他的一切都給忘卻了。

「嗤！嗤！」空中只聽真氣飛嗖的聲音，二人打鬥的速度已是快得讓人有些眼花繚亂了。

「轟！」又是一聲巨響，項思龍身形乍現！

同時「嘩」的一聲，口中疾噴出一口鮮血，身體向下直墜，但只墜了丈餘便又停住。

這一驟然變故讓得所有正凝神雙戰的人都不禁同聲「啊」的驚叫出聲，了因和尚更是嚇得亡魂大冒，口中大呼「少主！」

章邯則是得意忘形的歡叫：「太好了！天伊殭屍，殺了那小子！」

但眾人這一切的情緒變故，在瞬間又給平息下來；卻只見半空的項思龍有若天神的停在空中，而盤古大師的屍身卻是只聽「啪哩叭啦」一陣異響，不多一會便散化成了一片隨風而散的粉末……

沒有絲毫的聲響，似乎天地間的一切都給凝固了。

所有人都靜靜看著這又一突如其來的變故……

也不知過了多長時間，章邯突地有若瘋了似的狂叫道：「不可能！這不可能！盤古大師怎麼會輸呢？定是項思龍這小子使了妖法！」

狂吼亂叫一陣後，卻突又平靜下來，臉上神情呆滯的喃喃道：「完了！一切都完了！我活著還有什麼意思呢？完了！完了……」邊說著邊向身前的萬丈深谷走去……

山谷中的章邯手下將領見了，齊聲驚呼道：「章將軍，你……」

但章邯突地加速身形，向前狂奔，突然間足下一個踏空，直向萬丈深谷中摔了下去。又是一片靜寂……

直待項思龍顯得虛脫的降下身形落至眾人面前時，了因和尚才衝上前去扶住他，激動而又關切的道：「公子，你沒事吧！」

項思龍搖了搖頭道：「沒事！」

說罷，振了振精神，把目光轉投向了正望著自己的眾人，正待說話時，所有將士卻是突地跪地下拜道：「我等願臣服項少俠了！」

這聲音一齊喊出，直震得谷中回音不絕。

第五章　大獲全勝

收服了章邯手下的四萬將士，項思龍心情大悅，本是蒼白的臉上又有了些許血色，不過心下卻對章邯的跳崖自絕卻也感慨萬千。

章邯本是大秦的兵馬大元帥，後在鉅鹿之戰中敗於項羽之手，淪為對方降卒，今日卻是被自己逼得跳崖自盡……

唉，這便是人生的起起落落了！

也怪章邯野心太大，竟製出了天伊殭屍這等怪物，要不自己也不會把他逼上絕路……不過，他這樣的結局也好，既順應了歷史，又成全了自己！章邯一敗，其餘餘黨也便不足為患了，塞王司馬欣和翟王董翳沒了章邯這靠山，自只有投降劉邦的份兒，要不項羽復出後追究他們叛逆的罪行，他們腹背受敵，只怕境況更慘！

如此一來，劉邦不久收編了這些降兵以後，加上他自己的隊伍，兵力就有二十來萬了，已足夠與項羽一拚的資本。

韓信是個領兵的天才，這些降卒到他手中自可把他們收得服服貼貼的為漢王效力的，這個自己倒不用多費心。

只是劉邦……也不知他傷勢現今怎樣了？

還有項羽，他藏到什麼地方養傷去了呢？

楚漢相爭已是正式拉開，父親項少龍已被自己說服，自己在這古代的使命也就完成了一大半。

五年，還有五年，自己就可以功成身退了！

但願這五年自己和歷史都能平平安安的度過！

項思龍長歎了一口氣，當目光落在了因和尚身上時，不由又是一陣心煩意亂。

江湖！還有中原武林的安危呢！還有自己在這古代許許多多關愛自己的親人和朋友呢！

他們雖不是歷史有記載的人物，但是自己現在是生活在這古代，卻又怎可棄他們於不顧呢？

更何況江湖的動亂與平靜已是與歷史的存亡連在了一起！

項羽、劉邦和自己現在都已混涉於江湖之中了！

歷史爭鬥中也有江湖爭鬥的意味！

正與邪，魔與道……也就是王權中的成與敗！

項羽是魔師傳人，劉邦是赤帝傳人，自己呢……

有些分不清歷史與現實的界限了！

不過，自己注重的已是歷史的結局，而不是歷史的過程！

結局的勝利者是可編造過程的！

只要後世流傳的史記與現代的歷史相符就夠了！

自己要做的事情卻還是很多呢！處理自己在這古代結識的親人和朋友之間的關係，已是足夠讓自己焦頭爛額的了……待完成了自己在這古代的使命，對他們卻是如何取捨呢？是攜父親返回現代去？還是與父親一道留在這古代與他們一起共享天倫之樂？

項思龍想得真要呻吟出聲了！

這時只聽得了因和尚對他道：「公子，谷口已經疏通了，咱們還是出谷去與漢軍會合吧！只怕笑面書生領他們追來了呢！先鋒官回報說發現有上千船隻正向此地馳近，距我們這裡大約只有四五里地了！」

項思龍聞聲斂回神來，卻果見所有將士都已經武裝完畢，在待命出谷了，當下把手一揮，朗聲道：「好！咱們這便出谷！」

項思龍率領著隊伍意氣風發的出了這無名谷。

今回他已不是虛銜「秦王」，而是成了手握實權的「大王」了。

與盤古大師一戰已是讓得章邯的這批人馬死心踏地的服了他，在這古代，本就是以武力當權，誰是強者誰就可以領導別人。

章邯之所以能在這批人心目中樹立崇高的威望，本就是眾人無不敬服他的武功，現在章邯敗了，並且是徹底的敗亡了，那麼他在眾人心目中的威望也就隨之成為泡影，而項思龍則取而代之的成了他們的新偶像。

如若有一天有人打敗了項思龍，或許他也會是這等結局吧！像項思龍中了毒手千羅所下的七色奇花毒失去功力時，連青松道長等也禁不住對他大失所望而變得對他冷淡起來，這卻倒並不是這些人不夠義氣，只是因為失去利用價值的東西，自會不受人重視了，要不人類也不會創出「人不為己，天誅地滅」這句俗話來了，現實的殘酷是無奈而又必然的。

了因情緒顯得比項思龍還要激昂，歡快的道：「公子，想不到咱們這麼容易就擺平了章邯，原先還計畫那麼周全呢！嗯，這卻倒是老天幫了咱們一個大忙，要不是連夜下了一場大雨，激得人聲哀怨，卻只怕也不會這麼輕鬆就解決了這傢伙！」

說到這裡，突又面現餘悸接著又道：「章邯這小子也真夠絕毒，竟然把盤古大師的屍體製成了什麼天伊殭屍！要不是公子神功蓋世，卻只怕這小子也可狂上一陣子了！還好，公子收拾了這等怪物！」

項思龍苦笑道：「這一戰我可勝得辛苦，自己內腑也已受傷，只怕得調息數天方可復元。盤古大師當真不愧是傳說中的第一高手！」

了因哂道：「第一高手？還不是敗在了公子手上！」

項思龍淡笑著搖了搖頭，歎了口氣後憂心忡忡的道：「還有個小魔帥項羽呢！他只怕才是個真正的強敵！現在我受了內傷，劉邦也……唉，如若項羽現刻復出江湖，只怕……」

了因「嘿」了聲道：「連盤古大師也敗在了公子手上，項羽這毛頭小子又何足懼哉？只要公子內傷復元，量他也鬧騰不出什麼名堂來！」

項思龍肅容道：「你說錯了，江山代有人才出，自古後浪推前浪！我可以打敗盤古大師，項羽只怕也可以！何況我也只是勝在反應比盤古大師快了一線，而項羽則不同了，他是個正常人，並且才智甚高，一身魔功也是詭秘莫測，又有許多魔道高手相助。我要勝他，卻也並無必勝把握。種魔大法前七式我也習過，威力之強已是不可想像，何況後面還有三式，只怕威力更甚，我……唯有把希望寄於十枚聖火令上，看看能不能在裡面找出破解種魔大法的武功了！」

了因仍是不置可否的道：「項羽卻是連劉邦也打不過呢！公子卻也不要太過高估他了！我看你定可以打得過他的！」

項思龍正要答話，隊伍前頭突地傳來一陣騷亂聲。

項思龍頓舉目往前望去，卻見有另一批大軍阻住了己方人馬，雙方前鋒已是發動交戰，再看對方旗幟，赫然可見「漢」「韓」二字在隨風飄揚，知曉韓信已是率兵追到，頓忙大喜的高喊道：「可是韓大哥麼？我是項思龍！」

項思龍這話音一落，頓也傳來一陣興奮的歡呼道：「是項二弟？住手！大家住手！是項爺凱旋歸來了！」

歡呼聲中卻見韓信手握雙戟，撥開眾兵，向項思龍這邊飛奔而來，隨之跟來的還有樊噲、周勃、夏侯嬰等一眾老朋友。

雙方相見，人人均顯激動異常，韓信更是飛身下馬，大踏步走上前去一把抱住迎上來的項思龍，語音哽咽道：「二弟，可想煞大哥了！」

項思龍強抑情緒，笑道：「我也想大家呢！」

一陣親熱過後，韓信整理了一下情緒，詢問項思龍道：「二弟，你不是被章邯那廝迫著做了什麼……秦王嗎？怎麼卻……」

項思龍截口道：「這事說來話長，咱們待會再談。對了，漢王被你們接回巴蜀，現今傷勢卻是怎麼樣了？」

韓信一聽這話，頓然臉色一沉，低聲道：「這……傷勢甚是嚴重，五臟六腑全都移位破碎了，若不是漢王生命力強，又有聖火教主前輩用內力護住他心脈，只怕……二弟現在回來就好了，漢王天天在昏迷中也念叨著你呢！」

項思龍聽得心下大震，但聽劉邦還沒死，不由又大是鬆了一口氣。只要劉邦尚有一線生機，自己也要盡全力救治他！要不這古代歷史……不！劉邦不會有事的，他可是未來的漢高祖呢！真命天子，卻怎麼會……

心下刺痛的想著，頓忙又道：「聖火教主怎麼說？劉邦還有救嗎？」

韓信沉默了一陣，聲音發澀道：「只怕是……沒治了！除非找到傳說中的……火龍內丹！」

項思龍忙問道：「火龍內丹？什麼地方有火龍出沒？」

韓信道：「聖火前輩說火龍乃是一種至陽之物，在天山之北有個血池，池中之水乃地火熔岩匯地，熱度可熔金化石，傳說那裡生長著一對火龍，但每隔百年才出世一次，要捕捉這等神物不但是可遇而不可求，並且……簡直是不可能！人的肉身怎能受得了血池之水的熱度呢？何況……也不知火龍何時現身！再說……這也只是個傳說，那血池和火龍卻也不知當真有沒有。據我四下派出的探子在江湖打聽回報說，江湖中無人知曉這傳說，更不會有什麼血池和火龍了！我也派人去問過青松道長他們，他們也說不知！」

項思龍心中卻是生起希望道：「管他這傳說是真是假，咱們卻也要去找他一找！好了，咱們快起程回巴蜀吧！嗯，這四萬人馬已盡皆向咱們歸降，你收編一下！笑面書生已向你說過我的計畫吧！儘管依計畫行事，利用那鬼手方朔，同時安插咱們人馬嚴控對方兵權，讓笑面書生負責監視他，今回咱們要與項羽大幹一場！」

韓信憂中帶喜道：「那是！可笑面書生項羽不少人認識他，卻是……」

項思龍道：「這個我自可解決！對了，為謹慎起見，你還是給鬼手方朔他們每人服一粒長效期毒丸，讓他們不敢起異心！」

韓信點頭道：「好的！二弟放心，這些事全交給我打理好了，包保可讓你放心！對了，目前張良領了批人馬來報效咱們，二弟卻看怎麼處置呢？」

項思龍道：「收留他好了！」

韓信應了聲「是」後，又道：「還有個叫作董公的人來報效咱們，並且講出了個對付楚軍的辦法，說咱們去攻打項羽，應有個可以叫得響的口號，並且說讓咱們為義帝發喪，詔告天下，讓天下人共同起來討伐項羽，為義帝報仇，這樣咱們師出有名，可以起到意想不到的效果。我看這建議可行，準備採納。可漢王……不知二弟卻又認為怎樣呢？」

項思龍道：「一切你都看著辦吧！嗯，如為義帝發喪，我看聲勢造得愈大愈好，最好能給各路諸侯也發個信，同時列舉出項羽的十大罪狀來，如此想來效果更佳。」

韓信笑道：「這些可要蕭何和張良二人出謀劃策了！」

回到韓信大營，項思龍匆匆與眾將敘談一宿後，便領著了因和尚與韓信為他們發派的百名武士與眾人別了，向巴蜀漢軍大本營行去，臨行前，韓信本欲親自與項思龍一起前往巴蜀，可項思龍硬沒同意，只對韓信道：「咱們大業才剛有了個起步，軍中不可一日無帥，大哥不必跟去了！來日方長，咱們今後有的是機會相聚。只是大哥可得煩心了，軍中事務繁多，大哥卻辛苦著呢！現今項羽失蹤，楚軍主力又被拖在齊地，楚軍人心惶惶，正是咱們大擴勢力的大好時機，大哥可得好好把握。楚軍勢大，大哥儘量避其主力，而專攻他們薄弱之地，待咱勢大起來時，再與楚軍決一死戰。」

韓信點頭受教道：「我會盡己之力的，二弟放心就是！」

本來樊噲等也要求與項思龍一起去巴蜀，但一一被項思龍駁回。現今正是漢軍發展的關鍵時刻，將領又怎可離軍呢？何況此去巴蜀是去救治劉邦，眾人跟去，也幫不上什麼忙。

被項思龍如此一說，也便無人再敢強求了，只依依與項思龍惜別，直送了一程又一程，在項思龍的勸說下雙方才分手。

了因在旁看得雙目發紅的感慨道：「公子才是個英雄呢！好人自有好報，這話可真是一點也沒說錯！」

項思龍也從激動中平靜下來，笑道：「不要取笑我了，這只是他們乃性情中人罷了，我卻哪是什麼英雄呢？」

說到這裡，歎了一口氣又道：「說來我可是個殺人狂魔呢！手中已不知沾染了多少血腥，也不知因我而滋生了多少仇殺！」

了因道：「公子殺人乃是為了天下的和平，這又有什麼錯呢？何況公子又沒有濫殺一個好人，怎不是英雄？」

項思龍再次悠悠的歎了一口長氣，憂鬱道：「我雖沒有親手殺一個好人，但卻不知有多少無辜者因我而死！」

了因勸解道：「公子也不要總是自責了，只要自己行事無愧於天地良心就是！嗯，前頭似有人向咱們這邊行來呢！」

項思龍聞言頓斂神往前望去，見來人相貌，頓然喜極而呼。

原來來者乃是久違了的聖火教主，卻見他行色匆匆的背上縛著一人，也不管周圍有什麼人，驚世駭俗的施了輕身功夫在大道上飛馳。

項思龍忙連聲高呼道：「老哥哥！老哥哥！是我！小兄弟項思龍啊！」

正低頭飛馳的聖火教主聽得項思龍這呼聲，忙停了身形，抬頭往項思龍這方看來，待在人群中發現了站在前頭的項思龍時，頓也歡呼道：「是小兄弟？真想煞老哥也！」歡呼聲中已是飛身向項思龍這邊馳來。

不多一會，雙方便已碰頭，此時項思龍才看清聖火教主背後縛著的是面色憔悴蒼白，昏迷未醒的劉邦。

心下一震，忙問聖火教主道：「老哥哥背了漢王欲去哪兒？漢王……傷勢惡化了嗎？」說著這話時是一臉的緊張之色。

聖火教主面色愧然而又凝重的點了點頭道：「都怪老哥無能，無法照看好他，也無法治好他的傷勢！」

項思龍看聖火教主也顯得蒼老了不少，忙強抑心下不安，安慰他道：「老哥哥已經盡了力了，這不能怪你！唉，其實小弟責任才大！」

說到這裡，頓了頓又轉過話頭道：「漢王當真沒救了嗎？」

聖火教主緩緩道：「也不知道！漢王體內有一股奇異能量在支配著他的生命，要不早就……不過這兩天他傷勢又有惡化，已是有二十幾個時辰未曾醒來了，但心脈還在跳動。我今次背他出巴蜀，本是想去赤仙谷看看，說不得或許會殺了赤帝留下的那條天地赤龍，用牠的內丹來暫緩一下漢王傷勢，或可保月餘不再加重，再利用這月餘時間去天山看看能不能找到傳說中的血池……不想才剛出巴蜀便碰上小兄弟了！」

項思龍聽得面色沉沉的靜默了一陣，突地道：「天地赤龍內丹真可壓下漢王傷勢？」

聖火教主點頭道：「應該可以！天地赤龍也本乃罕見神物，其內丹可奪天造地，讓人起死回生，常人服了可平增數甲功力。赤帝所留的這條天地赤龍已不知生長了多少年月，內丹功效定佳，只不過那小魔帥魔功確實厲害，剛陽陰柔並濟，已經把漢王心脈震碎不說，連全身經絡也都已被斷，並且在漢王體內留了大量功力，深入了漢王身體的各處組織細胞，赤龍內丹卻或許只可壓他傷勢排出其體內真氣，而無法繼上他所斷經絡和心脈，要完全治好漢王傷勢，且讓他武功不失，以老哥所知就唯有火龍內丹了！」

項思龍皺眉道：「那血池火龍到底是何神物？」

雖是聽了韓信簡介，但項思龍對什麼火龍仍是不大清楚。

聖火教主道：「這個我也是從聖火令上看到的一段典故，說天山之地本為一座火焰山，終年大火不斷，方圓十里草木人畜無法生存，後來卻突從天上飛下兩條火龍，投入了這火焰山內，沒有幾年天山便恢復生機，草木叢生不說，並且山上四季冰寒，端是怪異非常，可就在這天山之兆卻也無端端的給出現了一個血池，池中之水全為血紅之色，平靜無波，看似無他異樣，池旁草木也照生長，但任何物體只要一觸池水，血池頓然起火，且瞬間便給燒化為灰燼，詭異非常。

「後有人說看見血池上空有一對火龍出沒，於是不少奇人異士前往血池查探，想獵獲神物，但所有懷此野心者無一生還，自此血池也便成了武林中令人聞之色變的恐怖之地。再後來世人便漸漸不再提它，後人也便把它忘了，待盤古大師在聖火令上刻下這般典故時，據聖火令所載，盤古大師聞此傳說後前去查證，卻是怎也找不到這傳說中的血池。

「他又在後附記說了他所知的火龍情況！說火龍乃是天下間至陽神物，專吸地心火毒為生，世上極為罕見，可火龍渾身是寶，雙目之珠可解天下萬毒，一身硬皮，可擋干將莫邪，其筋更是可破任何內家氣勁，其血則可讓人脫胎換骨返老還童，其肉也可讓人永保青春且可製作天下絕毒。

「但最為寶貴的是火龍內丹，人服之可水火不侵萬毒難蝕，並且可讓人平增千年以上功力，傷者即便心脈寸斷，骨骼粉碎，服之也可立竿見影當即便好，但也有個最大障礙，便是火龍一生修練，牠所吸化的地底火毒全部凝於內丹，其剛陽程度非一般常人所能承受，如若承受不住，便會被化為灰燼。但我想漢王已傷勢難治，只好死馬當作活馬醫了！」

項思龍「嗯」了聲道：「那好，咱們便分頭行事，老哥哥你背漢王去赤仙谷取赤龍內丹給其服食壓下他傷勢——咱們不得不殺那天地赤龍了！我則去天山尋找血池。老哥哥事完後，便帶漢王前來天山與我會合！」

聖火令主諾諾道：「還是讓老哥去天山尋血池吧，那太危險了！」

項思龍搖頭道：「不！還是我去！老哥哥你的任務也甚艱險呢！嗯，了因，你與老哥哥一起去赤仙谷好了！」

了因忙道：「不行！公子可需人手幫忙呢！」

聖火教主也道：「不錯，這位大師還是與小兄弟一起的好，天山之行沒個幫手卻是怎也不行的！而我跟赤谷中的那條天地赤龍混得熟了，我乘牠不備之時，應可擊斃得了牠的！」

項思龍罷手道：「了因還是跟著老哥哥的好，你去擊殺赤龍，漢王可也得有人照顧啊！」

了因大叫道：「公子是嫌我礙手礙腳嗎？」

項思龍道：「當然不是！好了，咱們不要爭了，事情就這麼定下來，我獨自上天山，你們帶漢王去赤仙谷！」

了因還待爭說什麼，但見著項思龍堅定的語氣，知自己再多說也是無用，反說不定會惹鬧項思龍，當下只雙目一紅的道：「那……公子你一路上可要多加小心了！」

項思龍故作輕鬆道：「你們放心是了，我不會有事的，可福大命大著呢！倒是你們要多多保重了！」

與聖火教主和了因和尚一番說不完道不盡的相互祝托之後，雙方終是難分難捨的分開了。

項思龍整理了一下情緒，著韓信指派來領路的武士自回巴蜀後，獨自踏上了天山前往尋找血池火龍的征途。

這一日，項思龍終於抵達了距離天山只有數里之遙的一家城鎮。此鎮並不見大，只有疏疏落落百來戶人家，瞧那些低矮土房，也可見此鎮不大富裕，但是街上過往行人卻是不少。項思龍心下有些詫異的往這些人細細看去，卻見其中竟有一大半是武林人物，不由大是納悶。

這等偏僻小鎮，為何卻有這許多武林人物呢？看其中還不乏一些一流好手？這裡……卻是有什麼異常？

項思龍邊尋找酒家落腳之處，邊暗暗尋思著。

「砰！」的一聲，項思龍突覺身體一震，接著便聽到一粗爽人怒罵道：「格老子的，你沒長眼睛啊！竟往大爺身上亂撞！」

項思龍聞聲抬頭一望，卻見自己身前正站了個怒容滿面的粗胖漢子，正瞪著一雙凶勢騰騰的銅眼瞪著自己，在他身旁還跟有幾個身佩刀劍的漢子，看來全是武林中人。

自己是與人碰撞上了！項思龍心下想著，當下忙道：「對不起，這位大爺，在下因急著趕路，所以……」

項思龍的話還未說完，對方另有一漢子大喝道：「你奶奶的，一句對不起就行了？你知不知道你所撞的這位大爺是誰？乃是洛陽第一神拳巨無霸公子！你這小子他媽的竟沒長眼睛撞了他！想這麼便宜就走啊！至少也得給巨公子跪下叩三個響頭，並且學三聲狗叫，從巨公子胯下爬過去才行！」

那巨無霸和其他幾人聽了這漢子的話，齊聲哈哈大笑，都連連道：「對！讓這沒長眼睛的小子學狗叫，從巨公子胯下爬走！」

面對對方的極盡侮辱和狂態，項思龍竭力忍著沒有發作出來，只語氣變冷道：「要在下學狗叫？那也行！不過只怕是爾等幾個惡霸卻是承受不起吧！」

那巨無霸見項思龍竟敢與他們抗嘴，頓然臉上笑容變僵的狠聲道：「你小子還他媽的有種嘛！好，那你就吃大爺一記神拳試試，如若你能撐住，大爺便饒了你！」

言罷，也不等項思龍說願不願意，就一個弓步拉開架式，斗大的拳頭同時「呼」的一聲衝了出去，向項思龍當胸擊來。

項思龍嘴角浮起一抹冷笑，暗暗提聚功力，竟是硬生生的接了對方一掌，只聽「砰」的一聲過後。那巨無霸卻是突地如殺豬似的嚷叫了起來，抱著出手擊項思龍的那只拳頭滾地亂竄不止。

其他幾名大漢見了這異狀，不禁同時大驚的上前七手八腳扶起那巨無霸，七嘴八舌的口道：「巨公子，你怎麼了？」

巨無霸額上已滿是冷汗，一張臉煞是蒼白，雙目一改先前凶狠之態，驚恐的望著項思龍，顫聲道：「這人……會使妖法！我的手指……全斷了，從今以後也就再也無法使七煞神拳了！」

說著時驚恐中帶著哭腔，不可置信的瞪著項思龍。

另幾人一聽全都驚容失色，抬頭呆望項思龍。

其中一人虛怯的指著項思龍道：「你……你小子別走！傷了我家公子，我家老爺七煞神君定然饒不了你的！」

項思龍冷笑道：「就憑爾等幾個角色，也想橫行霸道？哼，今日少爺不殺你們！快滾吧！去叫那什麼七煞神君來好了！」

項思龍這話音才落，只聽一個混沉的聲音傳來道：「公子好大口氣！我們都是小角色，那你就是大角色了！好，老夫倒想請教幾招！」

這聲音還沒落下時，項思龍面前赫然多了一位五十上下的老者，但看他目中精芒和額上兩側高高鼓起的太陽穴，當知此人內力不俗，是個一等高手，不過目中帶些邪惡之氣，讓人一看也可知不是什麼正道人物。

項思龍微微一怔之下，沉聲道：「閣下便是七煞神君了！」

中年老者冷冷道：「不錯，老夫正是洛陽七煞門的門主七煞神君！」說到這裡，頓了頓接著又道：「老夫犬子不知是什麼地方得罪了公子，公子卻竟對他下如此狠手！」

項思龍道：「在下並沒對令公子出手，而是令公子向在下出手，在下出於自衛，只好運起護體神功保護自己了。也只怪令公子習藝不精，才那三兩下的功夫，卻也想學人作惡打架。」

中年老者，也便是七煞神君聽了項思龍這話，臉色微微一變道：「公子好大口氣！護體神功可受犬子一拳之擊反把他十指震斷？果真好功夫，那麼讓老夫來領教一下，開開眼界吧！」

項思龍見對方不僅護短，還如此不識好歹，並且厚著臉皮說想讓自己也接他一拳，不禁心下氣惱，他本就對這七煞神君看不順眼，當下便想給他個教訓，整治一下他的氣焰，便淡淡道：「在下不想出手傷人，閣下可也不要逼人太甚了！」

七煞神君「嘿嘿」一陣冷笑道：「老夫就是逼你，那又怎麼樣？你廢了犬子一隻手，老夫至少也要廢去你一隻手！好了，咱們廢話少說，閣下還是準備接老夫的七煞神拳吧！」

話才說一半時，七煞神君便倏的身形在空中一陣飛旋，雙拳齊揮，揮出無數拳影，向項思龍天靈蓋擊來，似想一拳把項思龍給殺了，以報愛子斷指之仇，可見此人不但心胸狹窄，並且還十分狠辣，必定是個邪道人物。

項思龍冷笑一聲，待對方拳頭距離自己天靈蓋只有尺餘時，才突地揮拳而出，竟是欲與對方來個硬碰硬。

七煞神君臉上頓浮起一絲陰毒笑容，似罵項思龍不自量力，要知他這一拳已使上了全身功力，威力足可開山劈石，並且他這七煞拳暗含毒氣，中者輕則武功全失終生不起，重則當場全身骨骼經脈寸斷而死，這小子竟欲與自己硬拚，那不是自尋死路？

七煞神君心下狂喜，可當「砰」的一聲雙手拳頭相觸時，他臉上的笑容也如他兒子巨無霸擊打項思龍時一樣的給僵住了。

只覺自己拳頭如擊在鋼鐵之上，並且從對方拳頭侵來一道奇猛內力，直把自己十指骨骼寸寸震斷，又通過手臂經絡直逼氣海、丹田……

「嘩！」的一聲，七煞神君疾噴出一口鮮血，面無血色的盯著項思龍，良久才虛脫的道：「閣下……何人？」

項思龍淡淡道：「在下項思龍！」

此言一出，在場之人無不失聲驚呼。

七煞神君更是驚駭中又有後悔，怎麼動手前不探聽一下對方身分？想不到稀裡糊塗的竟惹上了這煞星！連主人項……自己今次可是栽到家了，一身武功被廢，主人也將拋棄自己……

心下悵然的想著，七煞神君忽地心念一動的暗忖道：「主人也在天山，項思龍也來了天山，難道他們都是為了來此尋主人所說的血池火龍？嘿，自己何不如此這般讓他們來個相互殘殺呢？他們可是由兄弟變成了仇人！反正無論誰死了，對自己也無什麼損害！主人若勝了殺了項思龍，則也就為自己報了今日之仇；主人若敗了，自己從此隱姓埋名，不再現世就是了，這些年賺的也給自己一家子享福了！當然最好是他們同歸於盡，那自己後人他日重出江湖或許也可出人頭地呢！」

如此想來，七煞神君當下頓忙顯出一片驚惶之色道：「原來是你！我家主人說你後天來天山的，想不到來得這麼快！」

項思龍果也中計，詢問道：「你家主人算到在下會來天山？他是何人？」

七煞神君不答反問道：「想來閣下也是來天山尋找那傳說中的血池火龍的吧！不過閣下已是來晚一步，血池火龍已被我家主人得手了！」

項思龍心下一突，大震道：「你家主人尋到了血池，捕捉到了血池火龍？」

七煞神君本也不知他主人是否尋到血池捉到火龍，只是信口說來，想誘項思龍中計，見他反應果也如此敏感，當下更是一本正色的道：「當然啦！我家主人這次為了尋找血池火龍，已是動用了他所有的精英人馬，要不這小鎮又僻又窮，誰會來這鬼地方？主人現在正在準備取火龍內丹來療傷，想來閣下應可猜知我家主人是誰了吧？」

項思龍聽得失聲道：「是小魔帥項羽！」

七煞神君聽得項思龍的失態，有些得意的道：「不錯，我家主人正是小魔帥，他為了治療他的傷勢才來這天山尋找血池火龍的，想來閣下也是來尋血池火龍為漢王劉邦療傷的吧！我家主人早就料到了這點，所以著老夫在此恭候閣下……既然老夫已敗在你手上，自也不夠資格再款待閣下了，閣下可以自便的了！」

項思龍這刻心下是翻江倒海般的不平靜。

想不到項羽竟也來了天山尋找血池火龍！他當真已經捕到火龍了嗎？火龍內

丹至剛至陽，他能否承受住其熱毒呢？

難怪項羽自武當山與劉邦一戰後便消聲匿跡，原來卻是跑來了天山尋找血池火龍療傷！

如真被他捕到火龍，服了火龍內丹，療好怪傷，又再增千年功力，卻只怕……自己也真不是項羽的敵手了！

自己現在該怎麼辦呢？阻止項羽服丹療傷嗎？這可也不成，如項羽傷勢太過嚴重，沒火龍內丹就無法生還，自己卻又怎能阻止呢？

唉，這就是歷史的困結了！自己與項羽本是敵對的，可自己卻又要保護他的性命……歷史啊！可真害苦了自己！

不過，無論怎樣自己也得取到一顆火龍內丹去救劉邦……其他的麼，那就以後再說吧！

自己只能是在盡自己之能助劉邦的同時也要靠靠天意了，歷史可是註定了項羽敗亡於劉邦之手的結局！

心下想著，項思龍抱拳衝七煞神君施禮道：「多謝閣下相告此事，在下告辭了！」說話時見了七煞神君臉上那抹不經意的陰笑，心下在冷笑之餘卻又是只有苦笑了。

原來七煞神君告知自己這些是別有用心！不過自己卻是明知如此，卻也不得不踏進他這個圈套了！

唉，福禍難測的命運！

項思龍歎了口氣後，也顧不得再上客棧休息，當即選了處人跡稀罕的小道，展開輕功快速往天山飛馳而去。

不消半個時辰，項思龍已是到了天山腳下，抬頭望著雲霧繚繞連綿不絕的天山，項思龍卻是又不禁眉頭暗皺了。

天山這麼大，自己卻是從何處開始尋找血池呢？

項羽他們已上天山找尋，自己不若去尋尋他們足跡看看吧！

如此想來，當下一邊凝集功力細聽周圍動靜，一邊舉目四處搜尋有沒有什麼足跡。這般邊聽邊尋的找了二個多時辰，項思龍已是上了天山海拔三千多米的高地了，此處卻是另一番世界，冰川積雪佈滿眼前，有若到了北極南極，氣溫甚低，讓人感覺濃濃寒意。

項思龍功力深厚，這點冷意自是難不倒他，只是心下納悶，血池乃地底熔漿匯成，卻是不可能在這等地方存在的吧！但是依自己尋得的足跡，確有十多人來了這裡。

尋思當兒，突地只聽得左側有異響發出，舉目望去，卻見在自己二十幾丈遠的一座冰川下有兩個正來回走動的黑影。

項思龍心下大喜，當即飛身往黑影方向飛去。

馳至冰川一角停下，再次舉目望去，卻見這冰川裡面原來卻是一個巨大冰洞，有兩個面目陰冷的老者正在洞口巡視著，地下已是橫七豎八的躺了十多具屍體。

項思龍本欲想聽聽兩老者說話，不想二人誰也不開口，讓得項思龍待了半天還是大失所望，不由心下有些焦急起來。

這些人是什麼來路呢？是不是項羽的人？

這裡似曾發生過廝殺，倒不知是為什麼！

這冰洞……有古怪嗎？是有什麼寶藏還是血池就在這裡面？

自己這般等著可不是辦法，得制住兩老者進洞去看看，如血池真就在這裡面，那項羽……

項思龍想到這裡，當下閃身落到了兩老者身前。

兩老者見了項思龍顯是大驚，要知他們可是隱匿江湖的高手中的絕頂高手，在他們如此嚴密的守衛下，方圓數十丈的動靜都應逃不過他們的耳目，可眼前這少年卻是神出鬼沒的到了他們面前而還讓他們不察，這怎能不讓他們大大吃驚？

眼前這少年是人還是鬼？若是人，武功之高當真是難以想像；但若是鬼，卻是更讓人心裡發毛了！

其中老者強作鎮定的衝項思龍喝道：「閣下何人？竟敢私闖我天山二魅的禁地！快快報上名來！」

項思龍冷聲道：「大膽！敢膽對本護法也如此大呼小叫，你們不要命了嗎？嗯，小魔帥可否已經找到血池火龍？」

兩老者被項思龍這一喝倒真給鎮住了，另一人疑聲道：「你是主人的總護法？怎生主人卻是沒對我們說起過？」

項思龍見自己一詐之下果真確定了項羽就在此洞，不由心下大喜，當下又冷聲道：「哼，小魔帥沒跟你們說起過本護法嗎？那麼你們聽說過小魔帥的義父項少龍吧！那就是本座名號了！」

天山二魅一聽，頓然肅然起敬，先前喝問項思龍的老者道：「原來是老爺子，小的兄弟二人有眼不識泰山，請老爺子恕罪！」

說著時，二老者同向項思龍行禮參拜。

項思龍想不到自己信口胡編亂說，對方卻倒真信了，當下心下大定，更是冷傲的道：「不知者不罪！小魔帥命你們看守洞口，你們卻是本座到了你們面前也不知道，可是失職了呢！倘是那項思龍闖入，驚擾了小魔帥捕捉火龍，你們二人可擔當得起？」

天山二魅聽了頓然面色發白，其中一人壯起膽子來大拍項思龍馬屁道：「這……只是因老爺子武功學究天下，天下無敵，小的等望塵莫及，所以……倘是旁人，小的等當自會發覺的！像跟蹤了咱們十多天的烏巴達邪教一眾傢伙，為給血魔報仇，竟不自量力的欲攻小魔帥，被咱們勸服不降，殺了個七七八八，就剩這十多人，還是不知死活的跟來，被小的兄弟二人發覺，也全給殺了呢！」

這老者的話不但討好了項思龍，又表了他們二人的功量，當真是有些水準，項思龍聽得心下暗笑，卻是又沉聲道：「好了，你們仔細守住洞口，尤其是得防那項思龍，本座進洞去看看小魔帥他們進展怎麼樣了！」

言罷，一臉肅色昂首闊步的向冰洞深處走去。

第六章　火龍內丹

天山二魅看著項思龍往冰洞內走去，相視著，嘴角浮起一抹不為人覺的陰冷笑意。

別人都說項恩龍是個怎生精明的人物呢，原來卻也這麼好耍！進了這火焰洞，卻定會教這小子有生無還，哪自是不必說的，咱兄弟二人這次可也立了一次大功了，待主人尋到血池火龍，服了火龍內丹傷勢復元後，咱二人也就可飛黃騰達了。

這可也全仗毒手千羅所施的妙計。

天山二魅心下美美的想著，似乎榮華富貴就在眼前了！

但項思龍當真這麼好耍嗎？他會中天山二老的圈套嗎？

的確，項思龍是在往冰洞深處走去。

多災多難的項思龍啊，你卻是否能夠活著出洞呢？

「咚！咚！」的腳步回聲迴蕩在冰洞內，連呼吸聲也可產生回音。

冰洞中的冰川讓得洞內一片水晶之色，卻是並不黑暗，只是那沉沉的回音壓得讓人有些氣悶沉沉的。

項思龍凝神往前走著，只覺洞內愈來愈熱，也不知是因緊張還是洞內有什麼古怪，只是洞內「叮噹！叮噹！」的滴水聲讓得項思龍心下一突。洞水深處的冰塊怎會消融？難道……血池……

項思龍這次是真的感覺到了心情的緊張，聽到了自己「咚！咚！」的心跳聲，也不由加快了步伐。

洞頭突地赫然而止，只是又有一座向地下傾斜的冰洞出現在了眼前，冰洞閃閃的晶光有些耀人眼目，讓人看不清洞內到底是何境況。項思龍望著斜洞一時也給怔住了！

血池是否真在這冰洞裡面？項羽他們……

項思龍突地一震，似明白了些什麼！

不好，自己中計了！以項羽的精明怎會安排兩個如此沒腦筋的草包角色守衛洞口呢？至少應不是毒手千羅便是冷血封寒！

再說血池又怎會處在這麼一座冰洞裡呢？

自己可真是聰明反被聰明誤，只一心想尋到火龍內丹救活劉邦，不想卻中了敵人的圈套。

這冰洞內定有什麼凶險，會不會是他們想用雪崩來把自己埋在這冰洞之內？不行，自己得儘快出洞。

項思龍出神的想著，正欲轉身回返，卻突只聽得「砰」的一聲異響，剛睜雙目，頓見一團有若龍捲風般的旋轉火球向自己迎面撲來。

「啊！」的驚叫一聲，項思龍身形頓向後疾退。

但那旋轉火球也突地隨之拉長，再次把項思龍裹在其中，項思龍心下駭極的忙提功欲向上衝出火球包圍，但火球卻在此時向上一個迴旋，硬把項思龍向斜洞捲去，竟是含著連項思龍的內勁也掙脫不開的巨大吸力。

「吾命休矣！」項思龍閉上雙目準備等死了，腦中飛快的閃過許多畫面——劉邦、項羽、父親項少龍……

再接著雙眼一黑，人便昏了過去。

我已經死了嗎？怎麼全身輕飄飄的？輕飄飄？不是的，是硬梆梆的，手腳眼皮全都不能動了，甚至連毛孔似乎都已僵硬，唯有思想還可活動！

我這是成了鬼魂了麼？沒有了肉身的鬼魂……

項思龍恐懼的想著。

不！我不能死！我還有許多的事情沒有做呢！

劉邦還等著我去救他！歷史也需要自己去維護它！

還有項羽，他也不能死去！……

我怎麼能夠如此不負責任的死了呢？

項思龍極力的想掙扎著站起來——至少想掙扎著睜開眼睛來看看自己現在是在何處，是不是到了陰間？

但他所有的努力全都白費，任他的思想怎生掙扎，但他的身體任何一個部位都還是沒有動靜。

我真的是死去了！要不……

項思龍沮喪的放棄了一切掙扎……

又不知過了多長的時間，項思龍沉睡過去的思想意識又突地被一陣灼熱給燒醒了過來。

啊！自己的身體又怎麼變得這麼燙？與先前感覺的冰冷麻木絕然相反？哎

呀，好燙！好痛！

痛？項思龍腦間突地閃過這個字眼。

鬼怎麼會也可感覺到痛呢？難道……難道我沒死？

這意念在項思龍腦中一閃而過，喜得他頓然跳了起來。

啊！我的身體可活動了！我……沒死！哎呀，好熱！好熱！熱死我了！

項思龍邊蹦帶跳的伸手去撕自己身上的衣物，邊強力睜開了眼睛……是一片血紅之色模糊的呈現在項思龍的眼前，他強力抵抗身體的灼熱想極力看清楚周圍環境，但總是力不從心，只覺眼前到處都是一片火紅，連自己身上的肌膚也如燒紅了的鋼鐵一般！這……這是什麼地方？是血池麼？是那斜洞怪火冒出的發源地麼？我……怎麼會一會兒寒一會兒熱？我……這是走火入魔了嗎？

好熱！項思龍終於躍倒在地，四處翻滾不止，口中發出了淒厲的嚎叫。

連他這等心性堅毅之人也忍受不了，可見他受的是怎生的煎熬。

熱死我了！項思龍狂叫一聲，又不省人事的昏了過去。

「轟！轟！」是兩聲巨大的有若浪濤的聲音驚醒了項思龍。

一骨碌從地上爬了起來，剛睜開雙目時卻見兩條有若水桶口大的火紅巨蛇……不！應是巨龍！這蛇像自己在現代時所見過的龍一樣！

兩條巨龍從一血紅色的池水中騰空而起，池面頓然燃起熊熊烈烈的火來，而兩隻巨龍則在池水上空相視鬥嬉，似還沒覺察項思龍這陌生人的到來。

項思龍一時只給看得呆了。

這裡便是傳說中的血池？而空中的兩隻巨龍，便是……傳說中的火龍？項思龍激動得全身都發抖起來。

血池！火龍！找到了，找到了！自己終於找到血池火龍了！

又是因禍得福！項羽設計想害自己，卻讓自己找到了血池！

當真是可親又可恨的項羽！

項思龍凝望著空中的兩隻火龍，心中的興奮真是無法用筆墨來形容之，在這同時他也四下打量了一下所處之地的環境來。

卻見血池四周冰川環立，在這空間除了一池血色之水，便全都是冰的世界了，看池水平靜無波，卻也沒有任何生命的跡象，就在自己所立不遠處有一晶光閃閃的斜洞直通上層，大小正好可容一人爬行，一眼望去卻是不見盡頭，也不知有多少深淺，想來自己便是從這斜洞被那突現的怪火球吸進這裡來的。

邊看邊想著時，卻突發覺自己身體不寒也不熱了，不禁暗暗奇怪，但當瞧見身前已被自己壓得稀巴爛的一株植物「殘屍」時，又不由有點明白了。從破碎的植物枝葉可以辨出是一株靈芝草，但有些像天山雪蓮。但看其大小，只怕足有幾千年以上，植物的果實已經不見了，只有一個蒂子，許是被自己吃了吧！

這似靈芝草又似天山雪蓮的植物，看樣子是長在這斜洞之內，自己被火球捲進此地時，剛已成熟的果子被自己給吃了——自己在跌進洞來時，似感覺有一股液體流入喉洞，原先還以為是融化的冰水呢，看來應是這奇異植物的果實！這植物生長在這至陰至陽交匯的地方，吸收了數千年的陰陽精華，自是至寒至熱無比了。現刻自己安然無事，想是自己已把這植物果實精華吸收，使之陰陽並濟相調了！

項思龍所猜想的一點也不錯，地上的植物敗枝殘葉的確是一種叫作「靈芝雪蓮」的奇草，這種奇草世所罕見之極，務在地底陰陽相交的地方才會生長，它的營養不靠陽光的光合作用，而是地底的陰寒之氣和至陽之氣，它每隔千年開花一次，又在千年才會結果，最後再經千年果實成熟，端的是世上可遇而不可求的稀世之珍。其功效能讓人百病不侵，萬毒不入。並且可使人肌肉皮膚骨骼在瞬間由破碎而再生，還可讓人增添千年功力，是罕世難求的神丹妙藥，卻不想被項思龍誤打誤撞的服食了。

這可也全仗那團怪火之福，怪火把他捲入斜洞後，生長在洞內的靈芝雪蓮果剛好成熟，而項思龍又是頭下腳上的往洞內滑去，所以他入洞後不久，熟透的異果被他一撞頓然掉下，卻剛好落入項思龍口中，這過程說來神異，但項思龍卻也給碰上了。

然那斜洞怪火卻又是怎麼回事呢？這卻是因項思龍體溫引著了血池之水，這火焰洞內血池和冰川本是不相融的安然相處的，項思龍在上面冰洞站立過久，身體釋發的溫度頓然通過斜洞傳到血池，且他當時因運功抗寒，體溫降低，而血池之水說也怪異，如傳說中一般，任何物體一碰，它都會燃燒，項思龍體溫也引燃了它。本來項思龍是要被火球捲入血池的，但怎知他體內剛食的靈芝雪蓮果起了神效，寒氣撲滅了大火，因異果在項思龍體內寒氣首先發散，使他體溫驟然下降，這才救了他一命，當他體內熱毒發散時，想想那靈芝雪蓮吸收了多少年的血池熱能？項思龍體內的熱力已足夠排開血池之水燃燒的熱力了，這可又是靈芝雪蓮果救了他。現刻他能如常人一般處在這洞內，卻又是因他全然吸收了靈芝雪蓮果的功效，使他可自行調節體溫，適應此處環境了。當然，對於這些，項思龍卻是猜不出來的了。

項思龍邊想著邊看著空中那對嬉遊的兩隻火龍。

自己雖是奇逢難遇的見了火龍出池，可卻是怎生取得牠們內丹呢？

兩隻火龍怕是功力深厚無匹，自己要應付起來卻是不知生死呢？不過，為救劉邦和項羽，自己卻是怎麼也要拚上一拚的了！

心下想來，暗一咬牙，正欲飛身去突襲火龍時，卻突見眼前豪光大作，原來卻是兩隻火龍吐出了牠們內丹。

兩顆火紅內丹在空中瑩光閃爍，相互環繞而飛。

而兩隻火龍卻是去做起動物的原始遊戲——交配起來……

項思龍看得大喜，頓然收住了身形，準備伺機「竊」取內丹。

也不知過了多少時候，兩隻火龍雙雙發出了嗚嗚的呻吟聲來，身上烈火狂噴不止。項思龍知道是兩隻火龍的高潮來了，正是「竊取」火龍內丹的最佳時機。

心情顯得興奮而又有些緊張的快速飛射而出，向飛浮空中的兩顆火龍內丹抓住，入手甚是灼燙，但辛得項思龍可以調節體溫，很快適應過來。

此一得手，項思龍心下狂喜的意欲回身從斜洞「逃走」時，血池突地「呼」的一聲烈火熊熊燒起，原來項思龍因一時興奮過度，竟使體溫略略偏高了些，頓引燃血池之水。

項思龍暗暗叫「糟」，兩隻正戲娛得醉生忘死的火龍頓然驚覺過來，見項思龍這不知從何處冒出的異類竟然搶走了牠們多年苦修的內丹，頓然「嗚！嗚！」

兩聲怪叫，兩火龍飛速分開，齊往項思龍逃竄的身形張口噴出兩團烈火，把他重重裹住，再一個迴旋，意欲把項思龍吸進肚裡收回內丹。

可此刻的項思龍因服了靈芝雪蓮果，不畏烈焰和寒冰了，且內力又提升至了一個新的境界。大喝一聲中，項思龍「鏘！」的一聲拔出已從笑面書生那裡收回的鬼王劍，運足功力，快捷無倫的揮出一道劍氣，「嗤」的一聲，兩隻火龍噴出的烈火頓然被項思龍劍氣揮斷，得以脫險。不過卻也把項思龍嚇出一身冷汗來，想不到兩隻火龍失了內丹仍有如此厲害的功力，自己若是反應稍緩一點，只怕要成牠們美餐了。如牠們內丹不失，卻只怕還要厲害數倍。

心下驚慮的想著時，兩隻火龍見自己一招不成，頓然來了第二招，巨大的身體快若電光火石的向項思龍橫掃過來，一縱一橫一上一下，配合得讓項思龍無處可退。項思龍避無可避頓被二龍掃中，這自是傷他不了，正當他準備發劍攻擊時，二龍身體倏地一捲，有若孫悟空頭上的緊箍咒般，唐僧一念經文便愈來愈緊，項思龍也給兩龍纏得快要喘不過氣來了，而手臂也被纏住，無法出招

呼吸已是愈來愈急促，全身骨骼血管似乎都要爆裂了似的，眼前也漸漸發黑……唯有手下的兩顆火龍內丹還拚命握著，而鬼王劍早就脫手。

項思龍握火龍內丹的手剛好就在下巴，火龍內丹發出的豪光照著項思龍逐漸

發黑的雙目……

我難道就這麼死去麼？不！不行！我不能死！

也不知哪裡來的力氣，項思龍突發狠的向其中一條火龍強口咬去，可這一掙扎，手中的火龍內丹卻是突地一跳，只見兩團豪光一閃，「骨碌」兩聲，兩顆火龍內丹竟是跳到項思龍口中被他咽了下去……

項思龍心下大震的當兒，兩條火龍卻是突地一鬆，在空中嘶叫著一陣翻滾，過不多時，便雙雙落入血池之中，只聽「呼」的一聲，血池頓然烈烈熊熊燒起，不消片刻功夫，兩條火龍卻竟是被燒作了灰燼……項思龍看著這驟然變故，不禁又是呆住了。

微歎了兩口氣，項思龍收拾了一下心情，雖是死裡逃生，可兩顆火龍內丹盡皆被自己吞服了，卻是怎麼去救劉邦和項羽呢？如此想著，又不禁出神起來。

也不知過了多長時間，項思龍突聽得冰裂的「咔嚓！咔嚓！」聲，舉目望去，卻見自己身處的地底冰洞受血池大火這一燒烤，已開始融化斷裂了。

啊！不好！只怕這冰洞要塌！

驚駭之中，項思龍頓忙飛身往斜洞衝，可丹田突地只覺一陣灼熱，有如火焚，體內真氣是四處狂突亂竄，讓他提不起一絲功力來，才飛出丈餘，身形便急劇下跌，「蓬」的一聲落入血池之中……

是一縷光線刺入，項思龍睜開了雙目。

只見自己躺在一山谷瀑潭的草叢中，陽光當頭照下，耳中傳來陣陣悅耳的鳥鳴聲，還有陣陣異香飄來……

我這又是在什麼地方？我……沒死麼？

咬了咬舌尖，只覺一陣刺痛入心。

哈，我果真沒死！我沒被血池燒死！我沒有埋在血池！

我又一次死裡逃生了！我出了血池了！

項思龍不禁歡呼起來，意念一動，身形已是自動飛起落入岸上的草坪……

噫，這是……

我內力又有長進了！丹田中的灼熱？體內亂竄的真氣？都好了哩！

不過……怎麼只覺身體輕飄飄的？似乎體內也沒有真氣，但自己才剛想提氣上岸，身體卻……自動的飛了起來，似乎有一股無名的真力……這卻又是怎麼回事？我是又失去了內力？還是給練成了一門新的勞什子功夫？

心下詫異的怪怪想著，不由低頭往自己身體看去，卻見自己全身肌膚紅光瑩轉，有若一具火紅寶石，尤其是下體的「小兄弟」更是怪異，晶瑩而又透明，「口中」更是噴著一團團火光……

自己這是……變成個什麼人了？難道是……火龍內丹把自己改造成這樣的？還是自己在斜洞誤服的那枚異果？

「小兄弟」會噴火，這……自己今後還怎麼與眾位妻妾幹好事嘛！

心下苦惱時，又想到自己吞了火龍內丹卻是怎麼救治劉邦和項羽的難題上來。現在兩顆火龍內丹全被自己吞了，劉邦和項羽……唉，自己本是想去咬吸火龍之血的，誰知……火龍內丹卻跳進了自己口中呢？不過也幸虧這一巧合，要不自己可已被火龍勒得血管暴裂而亡了……只不知自己掉入血池之中卻又怎會不死，連生活在其中的火龍沒了內丹也被火燒了呢！嗯，或許也就是自己吞了火龍內丹的緣故吧！但自己卻又是怎生會在這谷潭中的呢？……

想了半天也沒想出個所以然來，項思龍索性便不去想了。管他的呢，這古代古里古怪的事情實在太多，想不通便拉倒唄！自己卻是要出了這山谷去想法救劉邦呢！

想到這裡，當即站起身來，赫然發覺自己赤身裸體的，這樣怎麼出谷呢？幸得這山谷中沒人！

臉上一紅，項思龍舉目望了望四周，想看看有沒有什麼東西可以遮羞的，見著前面一個山頭有一葉片厚大的植物，心下一喜當即準備飛身前去摘幾片來遮遮身體，可就在這時，突地一個聲音讓得項思龍嚇了一大跳。

只聽一個熟悉的聲音傳來：「公子，咱們把這天山已幾乎尋了個遍，還是沒有尋到公子所說的血池，依屬下之見咱們還是放棄了吧！咱們可以去尋其他神丹妙藥給公子治療你的內傷！現在江湖中武當、太平寺和五岳劍派眾人呼聲很高，中原各大門派已被他們結成聯盟，咱們的武林盟也被他們攻佔，各處分壇也都紛紛向他們投降……還有公子老爺子被困齊地，漢軍聲勢浩大的欲與公子爭奪天下……這……沒有公子出去打理，可全都是一團糟呢！何況公子現在內傷也已基本治好，至於你的怪病麼，只要公子不在圓月之夜與人動手也就不會發作，這天下還是你武功天下第一！」

是毒手千羅的聲音！項思龍驚得差點叫出聲來。

這時只聽得項羽的聲音冷沉沉的傳來道：「不！我種魔大法的缺陷就是陽氣不足，無法與圓月陰氣相抗，所以我務必尋到火龍，服牠內丹才可功成圓滿，把種魔大法練至極限，否則……我終至會走火入魔而亡的！就讓那些傢伙狂上一陣好了！哼，只待我尋到血池，捉到火龍，服了火龍內丹，那時……天下還有誰人能是我之敵？項思龍也不會是我敵手！種魔大法威能奪天造地，近來我又思忖如何把種魔大法十式合一……只要我創出此招，卻只怕是傳魔大師和盤古大師倆人聯手，卻也不是我項羽的敵手了！咱們不必心燥氣浮，最後的勝利才是真正的大贏家！我們可以成功的！」

毒手千羅靜默了一會，又道：「那外頭的那些事情我們都不去管了麼？」

項羽道：「咱們武林盟所有精英都已齊聚在了這山，那些沒用的東西被那些正派人物除卻也沒什麼大不了的！再說咱們也不是沒有收穫，烏巴達邪教不是已被咱們收降了麼？還有天山二魅也被我們降伏了！至少漢軍作亂，他們成不了什麼氣候的，漢王劉邦與我硬接一招，他體內所有經脈血管骨骼已全被我魔功震碎，大羅金仙也救不了他！

「項思龍麼……只要他來天山尋找血池火龍，我定要他來得去不得！嗯，他被困火焰洞塌了是嗎？只怕卻已被埋在地底了呢！漢軍中這兩個強敵一除，其他人又何足為患！那個韓信麼？現在只是一時的匹夫之勇罷了！只待我一復出江湖，奪了武林盟主之位，還怕這天下不為我項羽獨有？」

聽著項羽這等沒了良知的狠話，項思龍只覺心中一陣刺痛。

這還是史記中所敘的頂天立地的項羽麼？

只知一味的求天下第一武林獨尊，卻還哪是那有血有肉有情有義的項羽？魔道當真是讓人心寒而又憎惡！

自己卻還在想著救他呢！誰知他竟對自己動了殺機……

只是可憐了父親項少龍，一心一意的栽培項羽，誰知竟是教出了這麼個逆子！不對，這錯全怪那魔帥風赤行！是他把項羽改造成了如今這個模樣的！

項思龍哀傷之中又有了憤怒。

無論怎樣，我也要摧毀魔道，還中原武林，尤其是中原歷史一份寧靜！

這一激動，不由自主的雙手緊握，頓發出「啪！啪！」的關節活動聲，這一聲音頓然驚動了項羽等人，只聽得毒手千羅冷喝道：「什麼人？出來！鬼鬼祟祟的算什麼英雄？」

項思龍知道自己是不可避免的要被對方發現的了，當下也不再隱藏，飛身出掌一吸，距離足有十多丈的對面山頭那巨葉植物頓然「轟！」的一聲，頓被思龍連根吸起，閃電般落入他手中。

項思龍似也想不到自己功力進增如斯，「噫」了一聲，可也來不及細作多想，飛快的摘下幾片大葉片遮住自體，這些才剛做畢，項羽和毒手千羅、冷血封寒等人已是飛身馳至。

見了項思龍的怪模樣，幾人均是大吃一驚，項羽更是臉色變了數變，脫口而出道：「你還沒死？」

這話一出口，頓知自己出語過激，不僅是一臉窘狀，但很快便回復平靜，只詫異的直盯著項思龍。

項思龍心下冷「哼」了聲道：「你很想我死嗎？只可惜閻王爺還不想收我！很失望是吧！」

項羽沒有答話，而毒手千羅卻是忍不住心下疑惑，訝聲道：「你是怎麼逃出那火焰洞的呢？洞口已被我們封住，而洞內又有食人火龍，且我們造成雪崩，炸沉了那冰洞……」

項思龍截口冷聲道：「在下自有辦法逃生的了！只想不到爾等自命不凡、目空一切，卻會使此等奸計陷害在下！」

不料毒手千羅竟道：「所謂兵不厭詐，我們也沒有做錯啊，只怪閣下太過粗心大意罷了！」

項思龍再次冷哼了聲，沒理毒手千羅，只轉頭對項羽道：「項羽，你真執迷不悟的要走極端，與天下為敵嗎？」

項羽道：「什麼極端？我只是在走我所想走的路！人各有志，項大哥也不用再勸什麼的了！」

項思龍吸了口氣道：「你難道為了滿足自己的野心便不顧天下生靈了麼？戰爭已是奪去了眾多天下人的性命，卻要到哪一天才可終止呢！」

項羽道：「這種悲天憐人的事情是項大哥這等俠義之人去做的，我已被天下人公認為魔頭，行事自是自私自利。為了實現自己的人生目標，為了證明自己生命的偉大，我是決定走這條不歸路的了！

「除非是項大哥殺了我，否則總有一天我會親自殺了你的！我已經變了，變得不可救藥了，項大哥已不必再對我存有什麼幻想，希望我能做一個好人，其實這天下本就充滿戰爭和殺伐，充滿虛偽和勾心鬥角，弱肉強食，這是自古不變的真理，我是在用自己的一套方法來拯救這可憐的天下——當然，在你們這些俠義之人眼中，我是邪惡之人，但當真正與邪、魔與道卻又有何實質的區別呢？勝者才是正，才是道，才是天下的主宰者！」

項思龍見說服不了項羽，只怕再說下去，說不定會讓得雙方即刻動手翻臉，當下沉默一陣，轉過話頭道：「血池火龍你不必去找了，因為我已經殺死了兩條火龍，且已服了牠們內丹！」

項思龍此言一出，項羽等齊都驚呼出聲，項羽臉色大變道：「你……已經找到血池火龍？且服了牠們內丹？」

項思龍點了點道：「不錯！所以你不必再去妄費心力了！」

項羽聲音發抖道：「那麼兩條火龍的屍體呢？」

項思龍道：「已經被血池之火燒為灰燼了！」

項羽臉色發白的怔愣了好一會兒，自言自語道：「沒了火龍，我種魔大法卻是怎麼能夠練至極限？完了！完！這世上還有什麼靈藥可比火龍內丹？我……」

呢喃了好一陣，突地目中邪光大火直望著項思龍，臉上肌肉動了幾下，嘿嘿陰笑道：「沒了火龍內丹，卻有服了火龍內丹的人呢！只要我吃了你的肉喝了你的血，火龍內丹功效還不是可轉入我身？」

項思龍聽得全身一震，想不到項羽竟會想出這等惡毒想法來，看來他魔念中毒太深，當真是無可救藥了！

自己確實再也不能對他存有什麼幻想，對父親項少龍的承諾也只有失言了……只等五年後楚漢相爭一完畢，自己務必除去項羽，否則……只怕會遺禍人間！

不過，還要讓他活五年！不知他會做下多少惡事！

項思龍心下又氣又惱的想著，悲聲一陣大笑道：「項羽，你……你好狠！

竟然生出這等毒念！看來我當真是看錯你了！好，有本事的就來吸我血吃我肉吧！」

項羽果真向毒手千羅和冷血封寒一使眼色，竟是想群鬥項思龍。項思龍的心都快痛苦得滲出血來，他本還一心想取火龍內丹救項羽呢，誰知……雖說自己想救他，也是為了維護歷史，可也確是出於一份真心，且是有感情在內的啊！

項羽真是太傷人心！太讓人失望了！

項思龍悲鳴一聲，身形飛起，在空中一陣旋轉，還沒出手，身體卻是突地射出數道烈火分往項羽幾人擊去。

項羽和毒手千羅幾人均是大吃一驚，想不到項思龍身體噴出烈火後，突又釋出一道一道旋轉白光，有若一個氣鏢似的接連向項羽幾人攻擊。

「波！波！波！」項羽和毒手千羅幾人終究不愧是魔道一等一的頂級高手，雖遭突襲，可也臨危不亂，飛快的轉動身形發招還擊，烈焰和氣鏢悉數被他們破去。

項羽驚中有喜道：「火龍內丹果真神妙無比，項大哥功力卻是比先前大有長進呢！好，你們幾人退下！讓本座來領教一下項少俠服了兩顆火龍內丹後的威力！」

言罷，身形縱起，口中大喝一聲道：「種魔大法第八式天地滅！」狂猛無倫的勁氣在項羽大喝聲中頓然從他手臂噴出，有若一道驚雷閃電般直向項思龍攻去。

項思龍想不到項羽對自己一出手就下如此狠手，心中更是悲憤，也大吼一聲道：「迴夢心經第十式摩河無量！」吼聲中，身上氣勁也有若長江決堤般狂湧而出。

「轟！轟！轟！……」一陣陣驚天動地的巨響直震雲霄。

一旁觀戰的毒手千羅、冷血封寒等人頓給氣浪震得拋飛出十多丈遠，幸得他們功力深厚，沒有喪命，可嘴角卻是也給震得溢出血來，而項思龍和項羽的身體更是已給二人所發氣勁包圍，有若浸在大海狂浪中的兩隻帆船，周圍山石草木皆被炸得掀起數丈，再如暴雨般落下。

項思龍和項羽就淹沒在氣勁塵土中

良久過後，爆炸聲才漸漸消去，塵土斂去時，卻見項思龍和項羽二人身體已沉入地底至了胸部，兩人雙目對望著，誰也沒有動，而雙手都指著對方。

又是過了好一會兒，項思龍才開口道：「項羽，你輸了！」

項羽臉色發白的道：「是！我輸了！你殺了我吧！」

項思龍搖了搖頭道：「我不殺你！我要你有朝一日會自我反悔自己罪行而自盡！」

項羽道：「我永遠不會反悔的！今日你不殺我，只怕日後後悔的是你！我看你不要錯過這機會！」

項思龍道：「那我們就走著瞧吧！不過，我今日向你提個要求，就是你務必遵守與劉邦的五年之約，在五年內你不得殺劉邦，不知你能否應承？」

項羽冷冷道：「那小子我根本就沒放在心上！再說他也活不了多長時間了！我知你能治好他，我自不會殺他的！」

項思龍身體從地底縱出，沉聲道：「多謝了！」言罷，剛欲轉身高去時，突又停住對一旁的毒手千羅道：「你身上是否有可盛物的器皿？」

毒手千羅從驚愣中斂回神來，莫名點頭道：「有！」說著從懷中掏出一個玉碗，向項思龍拋來。

項思龍伸手接住玉碗，把它放在地上，突地咬牙，手刀一揮，發出一道氣勁往另一手腕上劃擊，手腕冒然冒血。

項思龍把手臂翻過，讓鮮血流進碗中，差不多放了大半碗，才出指點了手臂幾處穴道制止鮮血流出，抬頭對正訝然望著自己的項羽道：「這碗鮮血中已含火龍內丹功效，你拿去服了吧！說不定對你內傷有幫助！」說完，再也沒有理會項羽，轉身往外飛馳而去，只留下項羽等幾人望著項思龍遠去的背影怔怔出神……

項思龍別過傷心欲絕的項羽，心頭在悲憤之時，深感沉重異常。

項羽已經是深陷魔道不可救了，他已成了高度危險的人物，自己今後可得格外小心提防著他，絕對不可讓他殺了劉邦……只盼五年楚漢相爭早一點過去……也不知自己血液能否救治劉邦？如若救不了他，那也是天意所定，自己也無能為力的了！

自己與項羽方才硬接了一招，他的魔功當真是深不可測，自己使出了十層功力才險勝了他半招——本可以殺死他的，但總下不了手。這還是自己服了兩顆火龍內丹增進了功力，要不……

項羽也似乎沒有盡全力，如被他創出了種魔大法十式合一的魔功，那可以想像其厲害了！

自己得儘快收集齊十二枚聖火令，看哪一面有何破解種魔大法的武功沒有……要是項羽無人能克，那這古代歷史……

項思龍當真是不敢再細想下去了。

但願天佑自己，能在這古代完成使命吧！

項思龍一路心事沉沉的想著，向赤仙谷方向走去與聖火教主他們會合，這一日，才走出距離天山百里，路上卻碰上了正欲趕往天山的聖火教主和了因和尚，二人毫髮無傷，劉邦臉上也略有血色，但仍在昏睡，可見他已服過赤龍內丹了，不過聖火教主和了因和尚二人卻是一臉傷感之色，似發生了什麼傷心事般。

項思龍心下疑惑，了因和尚一開口就道：「公子可取到火龍內丹了？」

項思龍便把自己上山取得火龍內丹而卻被自己誤服了的危險經歷說了一遍，了因和尚聽了頓破口大罵道：「這項羽也太惡毒了，設計陷害公子不說，還想吃公子的肉喝公子的血，真是良心給狗吃了！公子卻還想著救他呢！那一碗血便是拿去餵狗也不應拿去救這等狼心狗肺的傢伙！」

聖火教主也氣憤的道：「小兄弟也太心慈手軟了，這等魔頭還留著他幹啥呢？殺一個這世上少一禍端啊！」

項思龍心下苦笑道：「我也知道啊，可你們卻是怎的瞭解我心中的苦衷呢？」心下想著，口中卻是反問道：「你們可取到赤龍內丹給漢王服了麼？」

聖火教主和了因和尚聞問臉色頓了一沉，過了好一會，聖火教主才語氣低沉的道：「我們並沒有動手殺天地赤龍，而是這可愛的靈物自己吐內丹犧牲了自己來救牠的少主人……漢王傷勢已壓下了，並且有了少許起色！想來公子把你身上含有火龍內丹的血液給漢王服下兩碗，他當可痊癒的！」

項思龍聽得一愣後歎了口氣道：「赤龍尚且念著小主人，可是人類呢？卻竟有人不如此類！唉，人性的悲哀啊！」言罷，目中滿是深沉的憂鬱之色。

劉邦的傷勢已經差不多基本復元了。

他因服了赤龍內丹和項思龍含有火龍內丹功效的血液，武功不但沒有消退，反是比先前更進了一層。

這一次死裡逃生，使得劉邦的整個人又顯得沉默穩重了許多，他身上的皇者霸氣也顯得更為讓人睹之心震了。

對於韓信等的勝利，劉邦是興奮不已，不過他對項羽的懼意卻更深了一層——人哪有不珍惜自己生命的？當日在武當山與項羽一戰可是一時意氣用事，差一點連性命也丟了。他劉邦可捨不得世間的榮華富貴和美女呢！

人吃一塹長一智，今回劉邦可學乖了，他把兵權盡力的交給韓信，讓韓信在外頭去為他打江山，而他則坐享其成。

對於項思龍，劉邦可就不敢耍什麼心眼了，他可還得借用項思龍去為他抵抗項羽這強敵呢！

救治好了劉邦，項思龍心頭的一塊巨石終於落下。

近來，江湖中還沒有傳出項羽已經復出的消息，想是他喝下自己那半碗鮮血，一心的修練他的種魔大法去了！如此也好，可以讓劉邦多擴充一下他的勢力。不過自己可也不能閑著，現在已到了楚漢相爭的緊要關頭，為了幫劉邦對付項羽，自己可也得加緊參悟破解種魔大法的武功。

江湖中有聖火教主、了因和尚他們照看著應可行了。只苦了一幫思念自己的親人朋友，不過自己可也深思他們，但為了歷史，為了圓滿完成自己的使命，只好狠下心腸來不想他們了，要不只怕自己脫不了身，也捨不得脫身了。

還有父親項少龍，但願他也多多保重吧！劉邦自傷勢好後，士氣一直甚為低落，自己有機會可也得激勵他一下，增強他與項羽抗戰到底的信心才是！要知劉邦可才是這古代歷史的主角啊！

自武當山項羽與劉邦一戰，項羽與毒手千羅、冷血封寒等一眾魔道高手失蹤後，中原武林就漸漸恢復了平靜。

不過政治戰火卻是四處點燃。

韓信擊敗章邯，收降司馬欣、董翳，奪取了關中，接納了董公建議，為懷王發喪，聲討項羽。

果然，這一招大收奇效，各路憤懣項羽的各路諸侯認為漢軍是在主持公道，伸張正義，於是響應紛紛。

於是，在很短的時間內就聚集了五六萬大軍，實力一下子大大增強。漢王已成另一個大可與楚軍相抗的盟軍頭領。

劉邦見自己勢力日增，而項羽還未出現，膽子又不禁漸漸大了。

「項羽失蹤多日，會不會是死去了吧！項大哥也沒跟自己提起過項羽！如是這樣的話，自己何不趁勢一舉攻上楚都彭城，端了項羽老窩呢？反正楚軍主力現還被困齊地！如占了彭城，既可報項羽向來打得自己落花流水之仇，又可奪得項羽留在楚宮的無數美女和珍寶……」

主意一定，劉邦便找來項思龍相詢，問他此計可成，不想項思龍一口應承，這更壯了劉邦膽子，於是一個攻打楚都彭城的計畫落定了。劉邦留下蕭何治理櫟陽，負責前方打仗所需的人力、物力，留下魏王鎮守咸陽。然後拜韓信為大將——本欲封項思龍為大將的，可項思龍推辭了！張良還是軍師，把大軍分為北、中、南三路，中有劉邦、張良、陳平、司馬欣、董翳、張耳、司馬卯、申陽、韓王信、夏侯嬰、靳歙、盧綰。北路有曹參、樊噲、周勃、灌嬰及陳餘的援軍。南路有薛歐、王陵、王吸等。五十六萬漢軍自洛陽出發，打著為義帝報仇的旗號，浩浩蕩蕩的殺向項羽老巢彭城。

彭城地理位置十分重要，自古以來就是兵家必爭之地，它的周圍被大大小小的丘陵所圍繞，中間是一片平原。彭城的正南有廣山、子房山，西南有相山，東南有呂梁山，城池北有泗水流過，由於這裡群山環抱，又有大河作為屏障，是一個易守又難攻的地方。

對於彭城這個兵家必爭之地的重要性，項羽也是清楚的，因此，在他尚在軍中時就作過妥善安排，當然那時可也並不是為防範劉邦，而是為了讓彭城成為一座堅城，讓任何反叛勢力都動搖不了它的一根毫毛。

但是項少龍在項羽失蹤後，因與項思龍有了約定，對彭城防守力量作了些調整，當然都依了項思龍所授計宜，如史記所載般項羽佈置一般無二。

劉邦率領五十六萬大軍分三路同時攻擊各自目標，在楚軍防線上全面展開戰鬥，不給楚軍以互相支援的餘地。

不幾日三路大軍各自大獲全獲，至了碭縣、蕭縣地區後，三軍會師，碭、蕭二縣不攻自破。劉邦率領大軍直取彭城。

彭城守將見漢軍勢強己方數十倍，知曉守城無望，於是果斷的決定放城突圍，因漢軍太過興奮疏忽，卻也給彭城項羽一眾主力將領突圍而去。

劉邦本欲派兵追趕，但項思龍卻勸阻他說窮冠莫追，任他們罷了，於是率領大軍耀武揚威的進入了項羽苦心經營的都城。諸侯部隊一入彭城，由於不滿項羽之人甚多，便在彭城展開了瘋狂洩憤。許多兵卒見人就殺，而且搶掠姦淫，一時間，繁華富遮的霸王之都也遭遇了當年楚兵進入咸陽般的悲局，被糟蹋得不成樣子。

劉邦則大搖大擺地進入了項羽宮室，此刻，他簡直已經歡喜若狂不知東西南北了。

他環顧楚宮，得意地想道：「一年前，項羽對我百般刁難，把我貶到偏僻、貧困的巴蜀漢王，我以為天下會就此姓項了呢！可轉眼間，我聽從張良意見、燒毀棧道，採納蕭何舉薦，起用韓信為大將，竟一舉出其不意地攻佔三秦，進而一發不可收拾，現在已經佔領了項羽老窩。如項羽沒死的話，他要知道了，還不活活氣死？不過，他要找自己報仇也沒用了，我再也不會跟他直面對敵，又有項大哥等一眾絕世高手護著我，且我現在兵力只怕是勝出了項羽數倍，還怕他個鳥！」

佔領了彭城，劉邦終日盡情飲酒作樂，自己整天泡在美色當中，但聚集楚宮裡幾十個貌美質嫩的美女按色豔排列，輪流入宮侍寢……在燃燒的欲望面前，劉邦忘卻了一切，讓勝利沖昏了頭腦。

他暫時忘卻了項羽的威脅，忘卻了自己爭霸天下的宏偉志向，對於佔有自己一生最強大也最懼怕的對手的一切，這對於劉邦來說是在發洩長期在心中的一個悶氣。

在他的腦海中這刻已是只有享樂觀念，除了這些，他把一切都拋到了腦後，連唯一害怕的項思龍也不來管自己，其他的還算個鳥！先樂夠了再說。

項羽確如項思龍所猜想般還在天山練功，他喝下了項思龍的半碗鮮血，只想盡力吸收其中功效，讓自己魔功再上一個台階。

敗於項思龍手下，對項羽的打擊很大，他本以為自己已經天下無敵了，雖然魔功有著缺陷，但他卻自信只要自己的怪病不發作，一定可以無敵於天下的。來天山尋找血池火龍，只是因他從魔帥風赤行遺下的雜記中看到了一段有關天山血池火龍的傳說記錄，而他與劉邦一戰，初次引發魔功缺陷——在圓月出現時體內魔功會出現自殘現象，為了治好此症，所以才決定上天山來尋找血池火龍，以讓魔功達至圓滿，同時也想借這段時間靜下心來，自創一套自己一直意念模糊的武功，讓魔功更上一層樓。

可誰知……自己卻是不敵項思龍！

他是饒過了自己，且放了一碗血來救治自己，可他臨去時的那神態……那簡直是在憐憫自己，是一個強者在向一個弱者施乞……這是在深深地侮辱自己嘛！終有一天我項羽會打敗你項思龍的！我要全天下的人都俯伏在我腳下向我項羽俯首稱臣！大丈夫能屈能伸，這侮辱我就暫且忍了。可此仇若是不報，我項羽就不是人生的。

這種極端思想下，項羽接受了項思龍的「恩惠」，癡癡的醉迷於種魔大法的參研之中，對其他的一切都漠不關心了……

可這一日當毒手千羅向他傳來彭城已經失陷於劉邦之手時，項羽一顆迷癡武學的心頓然醒了。

他想到了他至愛的虞姬……自己這一生的目標全是她的鼓舞而致勝的，自己決不能讓她受到任何傷害！

項羽被激怒了，一顆心也不安寧起來。

「不行！自己得返回軍中去救虞姬！」

此念一想，當即收拾行裝召集人馬風風火火的趕往彭城……

路上，他聽說自己楚軍主力和義父項少龍被困齊地，當即折返往齊地趕去——手中沒有兵馬卻是怎麼去與劉邦交戰救人？他先得去點撥兵馬啊！

一至齊地軍營，頓有對前方戰事甚為清楚的探子來向他傳報戰況，全軍上下也頓時一片歡欣，士氣大增。

項羽從探子口中瞭解到，劉邦進入彭城以後，把楚宮當作了他享樂的場所。他不但把楚宮中美人財物據為己有，而且天天醉酒高歌，觥籌交錯，歌舞不絕，以此來慶祝佔領彭城的勝利。現在，儼然已經不把霸王放在眼裡，聽劉邦說項羽也不過此耳，武當山一戰就不敵於他等等。這可只把項羽氣了個七竅生煙，他從來就沒看得起劉邦，認為他一個流氓出身，有什麼能耐呢！只是項思龍在為他撐腰罷了，可不想劉邦不但被項思龍救活，且乘他不在軍中的時日，襲占了彭城，又說自己也不敵於他，還把彭城當作了他劉邦淫樂的地方，這能不讓項羽氣怒麼？

當即決定點撥人馬離開齊地去收回彭城，可就在大軍準備起程時，虞姬被一眾突圍而出的將士帶來了齊地，項羽頓時大喜，氣才消了些，對一直勸他要先三思而後動的范增與一批大將的話也聽得進去了些。

是啊，自己現在處境甚是不利！強攻彭城，劉邦有六十萬大軍，又有項思龍一眾好手在側，自己毫無勝算。現在自己是北面有齊人纏擾，南面有劉邦逞凶，而且都城已經淪陷，自己苦心經營的根據地落入敵手。防守彭城的守軍已被打垮了，現今全部的兵力僅有這齊地的數萬騎兵，劉邦漢軍則有六十餘萬，力量懸殊！

從來不知道什麼是困難的項羽，這一次也感到了處境的艱難。他不由得對自己面臨的險惡局勢擔憂起來。為此，他陷入了痛苦的抉擇之中。

然而，這些險惡的局勢並沒有使狂妄自大目空一切意欲獨霸天下的項羽惶然失措。

他對劉邦一向是毫不放在心上的，雖然劉邦現下有六十餘萬大軍，但項羽領軍作戰從不把敵方兵力放在心上，自鉅鹿之戰項羽以兩萬精兵大敗章邯二十萬大軍後，他就一向藐視敵人兵力，認為兵貴精而不在多。

項羽細細思量了一下，現今己方兵力從數量上看是大弱於漢軍，但從實力上看仍不失其優勢。義父項少龍領來齊地作戰的將士乃是己方兵力的精銳，主體力量是騎兵，尤以江東八千子弟兵為優，他們都兵強馬壯，久經沙場，勇猛異常。以此精良強悍的騎兵對付劉邦的一些烏合之眾，極有可能在局部戰區形成相對優勢，其勇猛的衝殺定會所向披靡。如果能以最快的速度回師彭城，定有可能會殺劉邦個措手不及，從而一舉擊潰劉邦的諸侯大軍。

自從關中起事以來，我項羽在爭霸天下卻還沒有遇到什麼強硬敵手呢！連大秦猛將章邯也成自己手下敗將，劉邦又算個什麼東西呢？以自己的領軍之能，有什麼打不垮呢？

就拚他一拚！再創昔日鉅鹿之戰的奇蹟，回師彭城，雪洗彭城失陷的恥辱！

自己雖然承諾過五年之內不殺劉邦，但沒說過不殺他的妻兒父母吧！擒到他們，一定要當著劉邦的面殺了他們！自己一定要讓劉邦內心承受的痛苦比肉體更甚十倍百倍！

主意一定，項羽頓召集軍中大臣，商討此事，不想一向處事穩重的范增也贊同項羽觀點，這事就當即拍下板了。

項少龍聽說項羽回軍，心中是又喜又憂。喜的項羽還活著，沒有像傳言中那般真的失蹤了。憂的是項羽成魔，與劉邦搞天下之爭了。

對項羽，項少龍心中是一種複雜難言的感覺。

項羽是他一手栽培出來的，他也曾生出助項羽改變歷史讓他成王成帝的野心，可是自項羽成為魔帥傳人後，自從發現被范增囚禁的美蠶娘，從她口中得知劉邦是他親生兒子後，項少龍的心性開始逐漸發生轉變了。

「一個是自己的養子，一個是自己在這古代的親生兒子……自己卻是幫哪一個好呢？」

項少龍在痛苦的矛盾中選擇了項思龍的勸戒。「還是順應歷史吧！如此自己就哪一方也沒有偏心，項羽是成是敗是生是死，就一切看老天的安排了！」

其實也是，這……叫項少龍怎麼抉擇呢！

都是他的兒子，兩人卻是歷史註定的生死之敵！

項少龍只有痛苦地閉上眼睛不作多想了。

唉，老天這是在跟自己開一個怎生殘酷的玩笑啊！親情與殘殺這本是絕對矛盾的，可卻偏偏讓自己……承受了這痛苦的矛盾……唉，或許是老天在懲罰自己當年把小盤締造成秦始皇的罪孽吧！如果自己沒來到這古代，那麼一切的痛苦也就沒有了，歷史的錯亂紛爭也就沒有了，自己在現代裡可以與妻兒一起共度天倫之樂……那將是一種怎樣美好的生活啊！但是命運……

項少龍內心都快滲出苦水來，他已經是欲哭無淚了。

本來，一切是都可以平靜，都怪自己突發奇想，想再一次轟轟烈烈的活過一回，誰知……要不自己現在還在塞外的大草原裡，享著生命晚年的歡樂了，所有的戰爭與殺伐自己也就可以眼不見心不煩了，項羽與劉邦給自己的困擾也就沒有了……現在自己使得自身痛苦不說，還害了寶兒，害了千千萬萬為戰爭犧牲的生命……自己可真是罪深重啊。

歷史，還是認命歷史吧！自己的過失已是給了自己夠多的打擊了。認命歷史已是自己今生唯一的歸宿。

項少龍深深地吸了口氣，思想又回到了面臨的現實中來。

項羽已是變了，真正的變了！是練魔功改變了他嗎？還是戰爭改造了他？他已經再也不是自己意想中的項羽了。

他身上所釋發出的那股森冷殺氣，他雙目閃動的那種讓人心寒的異樣邪光，還有他對自己再也沒了以前的尊敬。

項羽已被魔念所控，已被心中膨脹的野心所控，他變得冷漠而又無情了……再也不是以前的項羽了！

項少龍本欲找項羽談心，但項羽只冷應了聲：「現在沒空。」便不再理會項少龍了……

項少龍可真是冷了心，他對項羽徹底失望了，但心中卻是無盡苦痛之餘唯有是祈禱上蒼了……

「唉，自己終是老了，不中用了！」

「思龍，這時候的歷史就唯有靠你去主宰了……」

項羽佈置了一下兵力，留下鍾離昧、蒲將軍、項莊、季布、季心，繼續在齊地攻打被田橫占下的城陽，自己則帶了桓楚、范增、項少龍及三萬騎兵，日夜兼程的奔趕彭城，準備一舉奪回自己的都城。

鑒於敵眾我寡的形勢，項羽的戰略是利用騎兵特長，實施猛烈的突襲，迂迴彭城以西，切斷漢軍的西退之路，繼而包圍攻擊，將漢軍殲滅在彭城地區。

計議一定，項羽親率騎兵三萬疾馳南下，首先攻擊駐守瑕丘的樊噲一軍，樊噲猝不及防，很快被擊敗撤退。

項羽繼續揮師向南，對胡陵至蕭縣實施包圍閃擊，漢軍措手不及下抵擋不住，倉惶向彭城敗退，項羽乘勝直追彭城，與漢軍展開大戰，漢軍因對項羽的突然來攻沒有準備，在楚軍的猛烈進攻下，完全陷入被動，難以組織有效抵抗，指揮失靈，潰敗四散，項羽為報復劉邦攻陷彭城，同時發洩敗於項思龍手下之恨，下令對漢軍展開無情追殺。

漢軍走投無路，紛紛跳入谷水、泗水，被斬殺和淹死的怕不下十餘萬人，倖存者亦如喪家之犬，沒命狂逃，根本就沒有還手之力了，楚軍大發雄威，四處狂殺濫殺，直殺得四處屍體堆積如山，可項羽還是不罷休，殺紅了眼的仍窮追逃亡漢軍。

直待聽聞漢王劉邦等一眾漢軍主要將領逃出彭城了，項羽才在震怒中漸漸平息了胸中洶湧的殺機。

如此，項羽再創他生平戰爭奇蹟，以三萬騎兵殺退五十多萬漢軍奪回彭城，大獲全勝，劉邦父母也成了項羽俘虜，項羽本欲即刻殺了他們，卻被項少龍阻住了，才想著以後當著劉邦之面殺他們更好，也就沒殺。

在項思龍等一眾高手的保護下，劉邦才領了不到萬餘殘軍狼狽逃出了彭城，為防楚軍來追，直逃出距離彭城數百里才稍稍鬆了一口氣。不過，劉邦這次可真被項羽打得心寒了。

自己五十多萬大軍，而項羽只領三萬騎兵，就被他殺得……項羽可當真是個混世魔王不敗戰神，自己一生的剋星啊！

唉，誰曉得項羽是在詐死呢？自己還在楚宮享樂呢！這下完了！自己苦心經營的基業在這一瞬間就灰飛煙滅了！

劉邦不由得對項羽畏懼中又生出咬牙切齒的恨來。

「此仇我劉邦一定要報！不報也就不是君子了！可是……自己卻是始終不敵項羽啊！這仇卻是怎麼報呢？」

劉邦唯只有無奈的沮喪了。

這一戰雖讓劉邦逃得性命，可他以五十六萬大軍東征的聲勢，如今是一敗塗地！劉邦當真是再沒信心與項羽爭天下了。

他只是深深地懊悔，都怪自己逸於享樂，沒有在佔據彭城後鞏固勝利果實，讓項羽輕而易舉地殺了過來，使到手的勝利又灰飛煙滅，好不容易聚集起來的五十六萬大軍毀於一旦，自己也是虎口餘生。劉邦面對悲慘的現狀，只有是唉聲歎聲了。

「現在自己最親的妻兒也與自己失散了，也不知他們是生是死，如他們落入項羽手中，項羽對他氣恨非常，定會凶多吉少了吧。」

劉邦當真是欲哭無淚了，他現在唯一可依靠的就是項思龍了，可項思龍又能幫他些什麼呢？這些都是歷史註定的，而項思龍唯一可做的便是安慰劉邦，讓他重振信心了，去改變歷史麼，自己卻是怎也不能去做的！

項少龍見了項羽在彭城對漢軍的瘋狂殺戮，一顆心都快破碎了，可自己卻也無力阻止，唯一可做的便是伺機放了劉邦妻兒和他「父親」吧！即便被項羽知道，想來他還不會對自己怎樣的。

項羽收回彭城大敗漢軍，心情大悅，佈置了一下彭城守勢。把軍權交於義父項少龍，便又醉心於修練他的魔功去了。

項少龍知自己已是再也無力管制項羽了，也只得任由他練功去，再說軍權在自己手上，自己也便於助劉邦一把……

在項思龍的幫助下，劉邦重新召回了彭城一戰失散的漢軍，再加上項思龍利用自己在江湖中的影響力作號召，不少武林人物也紛紛前來投效，連鬼手方朔的人馬也被他拉了回來，漢軍一下子實力又有二十幾萬了，這讓得劉邦的心情開朗了些，也略升起幾許信心來。

彭越此時也被項思龍聯絡上投靠了劉邦，不過他在巨澤一帶專拖項羽後腿，所以大軍沒有與漢軍會後，如加起來，漢軍却有十餘萬的兵力呢！

不過劉邦終是被項羽殺破了膽，為了穩重起見，劉邦率軍退守滎陽，滎陽在秦時屬三川郡，是一個地理位置非常重要的地方，往來關中和關東，這裡是必經之地。滎陽的水陸交通也都十分便利，黃河從其北邊流過，可以進行航運。

在其西北的山上有秦時修建的關東最大糧倉敖倉，那裡貯存著豐富的精食，這對於一支軍隊來說當然是充滿誘惑力的。滎陽以西大約不到一百里就是成皋，從成皋向西就可以直通函谷關。

滎陽和成皋互為牛犄角，連成一體，城高壘實，易守難攻。

這一次，劉邦吸取了彭城失敗的教訓，他命兵士在成皋和滎陽之間挖好了幾條地下通道，以備萬一，兵力移轉，安全又便捷，即有利於防守，又能有充足的後方補給，還可作為逃命之用。

並且在項思龍的建議下，劉邦編排了一支五萬人馬的騎兵，給予精良裝備，由灌嬰負責統領。

還有就是挖通了能從敖倉搬運糧食至滎陽的地道。

佈置完這些堅固的防禦體系後，劉邦就準備在這裡與楚軍對峙了，同時在項思龍的指點下，劉邦有了一個具體的作戰計畫——用主力部隊全力防守滎陽，牽制楚軍，阻止楚軍西進；派韓信一部分人馬向北面進軍，消滅項羽的附屬力量；

聯絡彭越，讓他不斷在楚軍後方騷擾楚軍，製造麻煩，讓項羽腹背受敵，同時破楚軍的軍需供應線。

劉邦是準備在滎軍與項羽打持久戰了！

項羽在彭城一戰大敗漢軍後，把軍中事務一切都交由義父項少龍和亞父范增打理，自己則閉關終日參修種魔大法去了。

對外界的一切都不聞不問，項羽自信劉邦彭城一戰大傷元氣，即便有項思龍幫他，卻也定非短時間內可以復元的，自己已命了鍾離昧、蒲將軍等去追擊漢軍，不給劉邦一個喘息機會，想來他們即便沒有徹底擊潰劉邦，劉邦卻也端不可能來反攻自己的了。

只待自己魔功大成，打敗項思龍，那這天下和中原武林定是自己的囊中之物了！

項羽的如意算盤是打得很好，但他太過於自信，低估了項思龍的能力，想不到漢軍已是不但恢復元氣，反而有餘力向他反擊了，況且他義父項少龍又成了他軍中的「內奸」，項羽是又要栽跟斗了！

項少龍依了范增和眾將提出的追擊劉邦的建議，率軍追至滎陽，可因劉邦堅守不出，大軍受挫，只得與漢軍對峙下來。

如此耗了數月，卻傳出漢將韓信已深入齊、趙之地，並且平定兩地，其勢日盛了。

終有楚將按捺不住去驚擾了練功中的項羽，把這些消息一一相告。項羽聽後吃驚之餘又是大為光火。

「想不到劉邦可真有能耐，這麼快恢復元氣不說，反派韓信吃了自己的齊、趙兩處轄地，又借滎陽拖住己軍主力，使自己求援齊、趙兩地受阻，如此下去，待韓信吃完自己各方勢屬附力，羽翼漸豐，却只怕又要演出當初彭城落陷之危了！」

驚急之下，當即領了毒手千羅、冷血封寒等一眾心腹高手，風塵僕僕的向滎陽趕來。

聽了前方軍情彙報，項羽已知劉邦作戰意圖，可己軍確需奪下滎陽，才可去收回齊、趙二地，再說劉邦火焰如此之高，讓得項羽也不服氣，思想著自己就非要奪下這滎陽城不可，哪管你是銅牆鐵壁，我看你劉邦能鎮守多久！

如此由項羽親自領兵攻了數日，可劉邦就是閉門不與項羽戰，使得項羽損失不少將士可仍沒攻下滎陽。

這下項羽雖是不可一世，可也甚感頭痛了。

要知攻城不比守城，攻城需以十倍兵力方可抵守方一倍兵力，而劉邦有的是兵馬，城中糧草又足，城牆也堅固無比，又有項思龍一眾高手相助，而項羽方兵馬倒少於對方，後方補給又時斷時續，多日沒攻下滎陽，倒是讓得將士疲乏，軍心動搖了。

項羽雖是氣得咬牙切齒，可也只有無可奈何了。

「我項羽自出道以來領軍作戰從來是戰無不勝，攻無不克，已成了舉世公認的『不敗戰神』，難道攻不下這滎陽城？」

項羽心下氣悶，一時破口大罵起劉邦來，怒火激怒得他忘了自己對劉邦許下的承諾，恨不得把劉邦碎屍萬段。

可氣怒又有什麼用呢？仍是沒法取下滎陽啊！

還是范增足智多謀，建議項羽拿劉邦父親劉太公來威脅劉邦投降。

於是項羽命人在滎陽城下架起爐鼎，著人押來劉太公，衝城樓上的漢軍喊道：「去告訴你們漢王，他如再不開門投降，我項羽就把他老爹煮了，分給兵士吃了。」

守城漢軍聞言一望，卻果見被押往爐鼎之旁的是劉太公，當即有人匆匆退去向劉邦報告了。

劉邦聞項羽要煮食自己父親，心下又驚又怒，頓隨了傳報之人飛快的往城樓趕去，舉目遠眺，一眼便見父親劉太公被幾名凶神惡煞的楚軍押著，旁邊的爐鼎已燒得沸水騰騰了，不過他已從母親美蠶娘口中得知劉太公並不是自己親父，所以只驚不急，至於生父是誰，美蠶娘因也知道了項少龍與劉邦的敵對關係，又因項思龍的交代，所以也沒告訴劉邦，劉邦並不知曉，即是如此，他也大可不必太過驚慌的了，反正死的不是自己生父，有什麼大不了的呢？

雖說劉太公對他有養育之恩，可他要辦大事，犧牲這養父也是無可奈何之事了，只是事後，自己隆重的葬了這老頭子以報此恩就是了嘛！

劉邦的從容平靜，讓得城下的項羽見了心中有些怪怪的感覺，卻又說不出個其中滋味來，只仰首衝著城樓上的劉邦道：「劉邦，快開城投降，本霸王可免你父一死！否則，可別怪我心狠手辣！」

劉太公乃一介凡夫俗人，這等仗勢可已嚇得他是屁滾尿流了，見了劉邦，忙也衝著他哭腔道：「邦兒，救我！救我啊！老爹還不想死，還想為你抱抱孫子啊！」

劉邦見了太公慘狀，心底自是悲憤非常，無論怎樣劉太公也是他養父，養育過他，收留過他母親美蠶娘，在小時候也曾真心實意的疼愛過他，可如為了私情而棄城，這……劉邦心下可是矛盾痛苦非常了。

「不！自己決不能投降！好不容易自己才重振旗鼓，如就此向項羽投降，將受盡侮辱不說，只怕自己也再難有東山再起的機會了！欲成大事者，就要心狠……」一定下決心後，劉邦望著項羽，發出一陣悲憤的哈哈大笑道：「想不到不可一世的楚霸王也會用這種下三濫的手段！哪有什麼你西楚霸王的氣概？還想獨霸天下呢！有種就與我劉邦對戰好了，何必去為難一個手無縛雞之力的老人呢？」

說到這裡，頓了頓接著又道：「項羽，你給我聽著，你我都是做大事的人，當也會知道，事業重於一切，這句話，我劉邦是不會受你威脅的！有種你就殺我父親好了！要知道天下人可都知你我曾是拜把兄弟，我父親亦即是你父親，你殺我父，你煮我父，亦即是殺你父煮你父！」言罷，放緩語氣又道：「你不怕天下人恥笑你就殺吧……煮吧……你煮了人肉湯，可也別忘了分給我這義兄一杯！」

劉邦狠下心腸來說了這番話，笑聲中卻是哭意了。

項羽想不到劉邦如此撒賴，竟當真不顧父親性命，反說自己煮了人肉湯，別忘了分他一杯！這等大逆不道的話，也只怕這世上只有劉邦這等流氓才會說得出口了。

項羽氣得暴跳如雷，目中怒火噴射，卻也對劉邦這無賴手段甚感沒法，沉吟了好一陣，才大喝一聲道：「劉邦，你不要以為我不敢殺你老爹！被天下人恥笑又怎麼樣？我項羽已經是天下人人記恨的魔頭了，還怕被人取笑嗎？我數一、二、三，你如再不答應投降，我可真要下令殺人了。」

劉邦不為所動道：「想不到你項羽也會學我劉邦要無賴手段！你要殺便快殺吧，我是怎生也不會投降的。」

項羽聽劉邦說得如此斬釘截鐵，怒火攻心，對手下兵士冷聲喝道：「好！來人！給我把劉太公拉下去殺了，放進爐鼎！」

押著劉太公的楚軍得令，頓有人拔出佩刀，其他兩人按住劉太公，眼看就要手起刀落，人頭落地，就在劉邦痛苦得閉上雙目不忍細看時，突地只聽得一人大叫道：「刀下留人！」

劊子手聞喝頓忙住了刀勢，因為來者可是霸王義父項少龍啊！

項少龍面容有些蒼白的衝馳至項羽身前，氣喘道：「羽兒，不可魯莽行事，給世人留下話柄嘲笑你啊！想你和劉邦曾結為兄弟，你都不顧……你把劉太公殺了劉邦仍不投降，這還不是於事無補，反落了個惡名！天下人會怎麼看羽兒呢？別忘，你可是打遍天下無敵手的西楚霸王，難道會怯了眼前困難？如你下令殺了這毫無反抗之力的老頭，那豈不是壞大事有損你的威名？」

聽了項少龍的這一番話，項羽臉上殺氣稍稍消去了些，卻仍是陰沉沉的，只突地衝手下兵士冷冷道：「拿我神鞭來！」

在城樓上剛剛升起了些希望的劉邦聽了項羽這話，不由又是心下一突，神情緊張起來。

「項羽……他是不是要……親自下手殺我老爹了？」

第七章　滎陽之困

項少龍對項羽的話也是一怔，他本已是不想管項羽的任何事了，可他既已認定順了歷史，又怕項羽做出什麼過頭事來，所以對項羽做的每一件事情也都派人做監視——要知兵權雖在項羽手中，可項羽是他一手帶出來的，項羽的天下也有一大半是他為項羽打下的，軍中效忠他項少龍的人可也不少，哪怕只要他項少龍說一句脫離項羽，項羽的兵馬有一大半要跟了他走。

監視項羽行動這麼一點小事，自是有人為他效力的。只要項羽所做之事，沒有與歷史有出入，他也就聽之任之毫不插手。

可今回他聽說項羽要殺劉太公了，雖然歷史也有這一細節，可總覺心裡不踏實，所以也便趕來看看，卻正好阻住劊子手……

現在項羽要拿的兵器，如是用來殺劉太公，那自己只怕也是阻止不住了。這……

項少龍心下忐忑地想著時，項羽已是自一名楚兵手中接過他的麟龍鞭，臉上閃過一絲異色，許是想起當日在冰風火離洞射殺那獨角麟龍的事情來吧，神色竟是有些傷感。

自他被魔帥風赤行選為魔種傳人，得他授功種魔大法和賜贈魔帥鷹刀後，項羽就從沒用過其他兵刃了，這刻拿了麟龍鞭在手，即使他已入魔，可仍不免勾起了他對往事的回憶。

只沉默了片刻，項羽又恢復了他那陰冷之態，手中麟龍鞭虛空一抖，發出一陣「啪！啪！」的破空之聲，高喊道：「劉邦，你要是有種的話，今日就接我一鞭，我便放過你老子！」

劉邦可被項羽打破了膽，聞言不敢答話，項羽見了冷笑道：「劉邦，你不敢是嗎？放心吧！我不會殺死你的。」

劉邦被項羽這一激，可也上火了。「他這刻可是當著自己部下的面呢！如不接受項羽的挑戰，那豈不威信掃地了嗎，以後卻還怎麼能夠服眾？怎麼去與項羽爭天下？」

「拚了吧，還有項大哥在旁護著呢！自己有了危險，項大哥不會見死不救的！怕他個鳥呢，就接他項羽一招。」

劉邦心下豪氣湧生，頓時膽子一壯道：「好，咱們一言為定，我如接下了你一招，你就放了我老爹！」

項羽聽劉邦答應，嘴角浮起一抹陰笑，也不再說話，只斂神凝功，把體內魔功提升至了十層以上，將功力貫注手中長鞭，麟龍鞭頓刻像活了過來般，在項羽內勁的充盈下，有若一條火龍般騰空飛舞，待做好一切攻擊準備後，項羽才狂喝一聲道：「劉邦，接我這招狂龍威震九霄！」

喝聲剛落，只聽得「呼——嗤——」一聲，貫滿氣勁的有若火龍般的麟龍鞭頓如電光火石般與空氣摩擦發出「啪！啪！」的火電光，以肉眼看不見的速度，射向城樓上的劉邦。

劉邦只覺一道無堅不摧的氣勁迫體而來，鞭未至而氣勁先至，當下絲毫不敢怠慢大意，忙也抽出了腰間的天劍，把全身功力提升至了極限，心中祈禱道：「天劍……你可要爭氣啊！這一戰可關注著你主人和老爹的性命呢！」

項思龍在旁見了項羽發鞭氣勢，心下暗暗吃驚，看來項羽內力在這段時日內已大有長進，只怕劉邦接不下項羽這一鞭之擊！

心下想著，頓忙也凝聚內力，準備隨時相助劉邦。

麟龍鞭破空而至，氣勁割膚生痛，劉邦這一擋可押上了他自己和他老爹的性命，心中雖懾懼項羽，可也只好咬牙擠出吃奶力氣硬接項羽這一招了。

成敗就在此一舉！

天劍光芒四射中，劉邦也已發劍出招，大喝一聲道：「劍魂七式第七式君臨天下。」

喝聲中，雙方兵器還未相接，那先發制人的氣勁已先短兵交接起來，只聽得「轟！轟！轟」一陣氣勁狂炸聲。

項羽看著那氣勁四射的爆炸場面，心中冷笑道：「這一鞭已凝注了我十層功力的種魔大法功力，我項羽自練成神功以來還是初次使出十層功力，我以氣成弓，鞭成箭，使出這招近來苦思自創的狂龍威震九霄的空前絕後以鞭當箭的無敵箭法，你劉邦雖得赤帝真傳，卻也定擋不住我這必殺之招的吧！劉邦，我已忍夠你了！今日你如被我項羽殺死，我項羽自會厚葬你以抵失諾之過的！」

項羽這一招確有驚天地泣鬼神之勢，麟龍鞭所過之處連空氣全冒出火光焦煙，再加上鞭勢剛猛而又靈活多變，大有毀天滅地之威，觀者無不失聲驚呼，項少龍更是亡魂大冒地高喊道：「羽兒，不可殺劉邦！」

可這時劍鞭已是相觸，雙方貫注於兵器的氣勁頓然交擊放射出劇烈的電火花來，所過之處轟炸不絕，而項羽正沉浸於他的狂喜之中，項少龍的呼聲項羽卻又哪裡聽得清？

劉邦在勁氣轟炸聲中，同時也被震得慘呼一聲，在城牆被二人氣勁轟得石飛塵揚的廢墟中，劉邦隨之身形向後暴飛，淹沒在了塵屑之中，連旁邊的七八名武功低弱的漢軍也當場被炸得血肉橫飛而死！

劉邦又不敵項羽……

全場都震怔於這驚天動地的場面之中，過了好一會，楚軍才轟然為項羽喝采，而漢軍則是被嚇得魂飛魄散——自己主公……是否被項羽打死了呢？

項少龍此時也驚呆了，臉上肌肉劇烈地抖動著。

「劉邦……！項羽殺死了劉邦……！」

項羽臉上也是浮起一抹勝利的笑容，只有項思龍臉上沒有什麼神色，無驚也無憂，顯得高深莫測，這不由讓項羽心下一突——劉邦莫不會沒有……

這想法還沒想完，驀地只聽得「轟！」一聲巨響，卻見劉邦身形突地從廢墟中凌空飛出，天劍光芒在空中劃出一道絢麗軌跡，幾個翻轉，劉邦降落城樓，向項思龍投去一束感激之光後，才把目光投向城下臉色正變得紅一陣青一陣的項羽，沉聲道：「霸王神功果是驚世駭俗，想來天下已無人是你的敵手了，在下僥倖接下了霸王一招，想來霸王不會失言的吧！」

劉邦說這話時，驚魂未定的漢兵見了主公無恙，頓然歡聲雷動，大呼：「我王萬歲！」

項羽只氣得橫眉怒目、咬牙切齒，但自己當著兩軍數萬兵士面前對劉邦承下的諾言，卻又怎可反悔呢？

當下板著臉叫人放了劉太公，下令暫時收兵。

漢軍被楚軍圍困滎陽，還從來沒有這等大快人心的時候——自己大王可是打走了不可一世的項羽呢！

頓時歡聲雀躍，又是一番激動。

劉邦待項羽大軍撤退，才舒了一口氣，久壓心頭的一口鮮血頓即脫口噴出。

原來劉邦功力遠不及項羽深厚，要不是他服過元神金丹，身俱化功大法，化去了項羽的一半功力，又得項思龍暗輸功力相助，只怕是已經當場斃命了。項羽在場時，劉邦為了不露出自己負傷的破綻，只得死死撐住，這刻項羽一退，他便再也捱不下去了，昏了過去。

張良、管中邪等見了大驚失色，項思龍則是面色沉沉的上前把了一下劉邦的脈，舒了口氣道：「漢王沒事，死不了的，只需調息幾日，就可復元了！」眾人聽了這話才都大鬆了一口氣。

項羽見久攻不下滎陽，本欲撤軍，可范增卻一再堅持，這項羽身邊的智囊人物自從美蠶娘口中逼供得知劉邦和項少龍的關係後，就把劉邦看作了項羽的最大敵人，主張項羽除去劉邦。怎奈項羽在未成小魔帥前，因念著他與項思龍和劉邦是拜把兄弟，所以怎也不聽他言。

項羽成小魔帥後，卻又在武當山當天下群雄之面承諾在五年之內不殺劉邦，范增可正感無計可施呢！把這秘密告之項羽吧，不說項少龍對他監視嚴密，說出去會招殺身之禍，只怕項羽聽了震驚之下也會殺他滅口，因為項羽怎也不會對他敬愛的義父項少龍怎樣的吧！項羽知了這秘密後，只怕卻是更不忍對劉邦下手了！項思龍不洩此秘，他范增自也不會傻得去告訴項羽了。

現在項羽對劉邦生了殺機，范增又怎會錯過這機會呢？雖他也明知滎陽難攻，可這是個難得的機會啊！只怕錯過此次，項羽以後對劉邦的氣恨一消，卻又不會狠下心來殺劉邦了，要知項羽終是個重信守諾且喜好感情用事的人，喜歡憑他自己一時意氣用事，他許諾過不殺劉邦的……

經范增一挑撥，項羽對劉邦的氣恨又來了，於是也同意了范增之見發誓要攻下滎陽。

項少龍自也不能勸阻，因這劉邦兵敗滎陽卻是歷史上有記載的，他又能多說些什麼呢？

於是楚漢又以滎陽僵持了下來。

劉邦自被項羽一鞭擊傷後，又閉關調氣養傷起來，心下對項羽是又氣又懼，他坐守滎陽，乃是聽了項思龍之言，本也等著韓信、彭越、英布之軍前來救援的，所以仗著城內糧草充足，閉關死守，與項羽楚軍相持了已是足有三月，但現在援軍既是沒有消息，城中糧草也漸少了，兵士已是顯得有些人心惶惶，項羽如知了己方虛實大舉攻城，恐怕己方支持不了一月就要敗下陣來，那時自己就又要過亡命生涯了……

劉邦心事重重，得知項羽之所以堅持要攻打滎陽，乃是因他身邊軍師范增的主張，只氣得劉邦破口大罵道：「這個老不死，老雜毛，想整死你阿公啊！將來有朝一日你范增若是落在我劉邦手中，看你阿公怎麼整你！」

張良這劉邦手下的一代謀臣頓勸解道：「漢王息怒，多罵無益，反只會氣壞了身體！還是冷靜下來想想辦法，解決眼下危機才是緊要正事！」

劉邦平息了一下胸中怒氣，歎了口氣道：「我也知道要想辦法解決問題，但是咱們數度派出去向韓信他們求援的人馬總是沒能衝出項羽重圍，被楚軍悉數格殺。韓信這傢伙也不知怎麼回事，攻下齊國也有一個多月了，也是連一點音訊也沒傳回來。照目前這般情勢發展下去，咱們這滎陽城只怕要不了一個月就會不攻自破，咱們就全要做俘虜或被殺頭或落得逃亡下場了！唉，我劉邦難道此生當真註定成為項羽的手下敗將？」

張良等聽得也是面上一沉，劉邦這話說的可也是實情。

沉悶的靜默了好一陣後，一直還沒有開口說話的項思龍突地道：「我有一計，不知能否行得通？」

劉邦聽了大喜道：「項大哥想出的辦法哪會有行不通的？什麼高見，快快說出來讓大家聽聽吧！小弟可快急死了呢！」

項思龍笑道：「你可不要拍我馬屁！」

說罷，面容一肅地環視了一下在座的漢軍文臣武將，見眾人無不準備聆聽自己發言，心下生起一股怪怪的感覺——「我要講的可也全是史記所載的辦法呢！若是我不熟悉歷史，只怕卻也如爾等一樣一籌莫展了！唉，真實的歷史卻是自己主宰著呢！如沒了自己在這古代，或許史記也不一定是那般寫的吧！」

心下怪怪想著，當下沉聲道：「楚軍此次來破滎陽是勢在必得，憑咱們城中這點兵力與物資和楚軍打持久戰，看來是行不通了，倘欲硬拚，也無異是自取滅亡，而咱們援兵又遲遲不至，看來咱們只有實行自救！」

劉邦聽得一愣道：「自救？打持久戰又不行，硬拚也不行，卻是怎麼實行自救？」

項思龍笑了笑道：「咱們硬拚不成，卻是可以來個軟攻的嘛！項羽身邊有兩大最為得力的助手，一是項少龍，一是范增。現在聽說項少龍因與項羽鬧矛盾而精神不振，根本不再打理楚軍事務了，那麼也就只剩范增一人了，咱們只要設法除去了他，那就等若使項羽失去了左臂右膀，必會對他乃至整個楚軍造成重大打擊，如此一來項羽也必分心，咱們就可以乘此良機偷逃出滎陽城，項羽那時即便攻下城池，可也只剩一座空城了，不把項羽氣個屁股冒煙才怪！」

劉邦點了點頭又搖了搖頭道：「這道理大家也都知道，可現在咱們的難題是，如何才能除去那可惡的范老增呢？」

項思龍好整以暇道：「項羽對范增表面上雖是言聽計從，但實際上他為人剛愎自用、狂妄自大，心胸也甚狹窄，對范增的才智高過他甚是嫉妒，只是目前他軍中需人打理，天下又不太平，所以在利用他罷了。以我之見，只要咱們實施離間計，卻十有八九可以挑起項羽對范增的殺機。」

劉邦聽得臉色一喜，卻又皺眉道：「此計雖是可行，但離間計卻要時間和機會，日積月累方能奏效，要是進行快了，只怕會適得其反，況且項羽為人也甚精明，而咱們至多可守一個月了。」

項思龍道：「這事就包在我身上好了，只要漢王放手任我而為，我擔保可讓項羽在十日之內猜疑范增，破壞他們之間的感情，讓項羽不再重用范增。」

劉邦似是嚴肅又似是開玩笑地道：「這可是君無戲言！」

項思龍心下怪怪地道：「臣願立軍令狀！」

項思龍召來陳平，對他密授了一番機宜，陳平聽了眉開眼笑，連連點頭，如此項思龍所立的軍令狀也就完結了。

歷史上可寫著陳平用離間計害死范增的，雖是自己想出的主意，可也只有便宜陳平了，再說這人詭計多端精得很，這事交由他去辦，也最是合適不過。

劉邦見了項思龍還是終日打坐練功，不由心下又焦又急。

「項大哥啊項大哥，你說去離間項羽和范增的，怎還沒有什麼行動呢？現在都是什麼時候了嘛！」

可項思龍對劉邦的焦態只是淡然一笑，說道：「你耐心的等幾天，會有好消息的，要知道我可是立了軍令狀的呢，又怎敢粗心大意，不兌現諾言呢？」

聽此一說，劉邦也只好捺下心中的焦躁不安了，只是心中在納悶著：「項大哥葫蘆裡賣的是什麼藥呢？」

項羽大軍圍困滎陽已是幾個月過去，可依然沒有什麼實質性的突破，劉邦自為救劉太公接了項羽一鞭後，也就再也沒有露面，只是守衛得更緊了，也還是不出城迎戰楚軍，任是楚軍怎樣謾罵，漢軍也都充耳不聞，可真有些急煞了范增。

堅持攻打滎陽可是他出的主意，現在楚軍久攻不下滎陽城，項羽卻只怕都要把氣發在他范增頭上來了，要不項羽怎有幾天不再傳他去商量軍務了呢？

這一日，楚軍無功收兵回營後，又開始佈置崗哨，埋鍋造飯，支搭鋪了，軍中上下一片忙忙碌碌。

范增心懷不安地踱步向項羽帳營走去，準備同項羽商量一下下一步攻取滎陽城的計策，可項羽沒在大帳中，有護衛武士告訴他說項羽和虞姬、項少龍一行出去了。

范增沒找到項羽，只好重回帳中，可這晚他是翻來覆去怎也睡不著，心中思緒萬千。

「項羽本對劉邦恨之入骨，巴不得即刻攻下滎陽城，他應召集各路將領商量破敵之策才是，怎麼還有閒情逸致去閒逛了？難道是項少龍將軍在這裡面搞鬼，劉邦可終究是他的親生兒子啊！項羽只是他義子，他自是偏著劉邦多些了。」

「唉，只可惜項羽還被蒙在鼓裡，自己又不便把這秘密說出，卻是如何是好呢？」范增愈想愈煩躁，加上年齡較大，入睡困難，直感到渾身上下直冒汗珠。

由於心中焦慮不安，范增當下披衣走出營帳，來到一處荒丘，獨自一個人琢磨著破敵之策。

夜深人靜，郊外顯得格外淒涼，歪斜的枯枝和斷殘瓦礫在海風的吹動下發出一種古怪的聲音，如泣如訴，如悲如哀。暗淡的月光無精打采地投在地上，參差不齊的土丘變得猙獰恐懼。

范增只覺得腦袋在混亂的膨脹，這時，他忽然看見遠處有幾個黑影在晃動，並且還帶著金銀的撞擊聲。

他揉了揉眼，定神定眼，欲看個仔細，仍是模糊不清，當即便舉步向黑影走去，可沒走幾步，就重重地摔倒在地，待他支撐著站起時，黑影已是遠去了。

正當范增心下納悶之時，項羽、虞姬、項少龍幾人剛好回營路經此處。項羽見了幾個黑影在鬼鬼祟祟，頓大喝道：「什麼人？」可當他策騎馳近時，卻只見范增正顯得有些驚惶不定的一人站在一廢丘上，當下訝聲問道：「亞父，這麼晚了怎麼還不睡？外面風大，咱們還是回營歇息吧！」

范增心下對項羽有成見，可嘴上不敢說出，老臉脹得通紅地道：「睡不著出來走走透氣。嗯，大王方才回來看見了幾個黑影？」

項羽點了點頭道：「看見了，許是夜間出來方便的士兵吧！」

范增道：「我看不像，如是咱們士兵的話，為何一看見咱們就跑？只怕是漢軍派來刺探我方軍情的奸細呢！」

項羽見那幾個黑影早就不見了蹤跡，當下淡淡道：「即便是漢軍奸細也沒什麼大不了的，量他們也弄不出什麼名堂來，既然已經跑掉了，也就算了吧！明天再查查就是！亞父，你還是早一點回去休息，別著涼了！」

范增見項羽對此不太熱心，自己再說只怕要讓他生煩了，當下苦笑道：「大王慢走，老臣隨後會回的！」

在回營途中，項少龍有意無意地道：「不知范軍師一人去郊外做什麼？那幾個黑影一見咱三人靠近就當即跑了，只不知范軍師卻是在弄什麼玄虛？」

項羽本對范增深更半夜一人在野外徘徊產生了疑心，但當時他沒作多想，現經項少龍這麼一提，不由心念一動，當即想起范增見了自己三人時似顯得有些神色不定，當下也訝聲道：「是啊！亞父深更半夜一人跑去荒丘幹什麼？那幾個黑影是誰？他們不會和亞父有什麼關係吧！」

虞姬道：「大王，你別胡思亂思了，亞父難道你還信不過嗎？」

項羽想想也是，范增與自己共事幾年，不知為自己打天下立下了多少汗馬功勞，自己怎可對他產生懷疑呢？

想想也覺汗顏，當下便不再言語了。

一宿無話，不想第二天軍中便四處傳出許多令人不安的消息。

有許多士兵在背後議論，說范增為霸王打天下出謀劃策，可說霸王有一半天下是他的功勞，可沒有得到封王賞爵，只怕心裡悶了一肚子氣。又說范增昨晚與漢軍奸細聯繫，出賣楚軍軍情，欲借漢王之手大敗項羽，以便日後圖個王侯封地。還說什麼范增疑忌項羽成為小魔帥，性子暴躁殘忍，且又嫉妨他范增才智，對他生了殺機，范增才會對項羽生出叛心的。

一時間，軍營裡謠言四起，范增因患了風寒臥在帳中養病，對這些風言風語倒沒聽到。

但項羽可就聽到了，不由臉上布起陰雲，他雖沒對范增起疑心，但心裡可就感到有些彆扭了，因他昨晚確實看到范增行為怪異神色慌張之情形了嘛。

此後，項羽對范增態度冷淡了許多，又心急攻城，幾番狂攻，仍還是沒有效果，反聽得後方運送的糧草被彭城搶劫的壞消息，這更讓得項羽心下更加煩躁。

劉邦這方可也驚慌開了，已經又是五六日過去，項羽發動一輪一輪的猛烈進攻，滎陽城已是岌岌可危，也不知能否支持下一個月，而項思龍仍是沒有採取什麼行動。

劉邦終於又捺不住性子的找來項思龍問道：「項大哥，你不是已經在實施你的計畫了嗎？怎麼現在還沒收到一點效果，反是滎陽的境況越來越糟了？」

項思龍不緊不慢道：「邦弟不要著急嘛，我不是已經讓陳平潛入楚營行動去了嗎？項羽已經開始對范增動疑了呢！探子回報的楚營情況你不是沒聽過吧？過不了幾天就可見到其效了。邦弟營中可有位叫隨何的食客，據聞此人能言善辯，我現在要向邦弟藉此人一用，派他去楚營去向項羽求和，這可是我整個計畫成敗的關鍵一步！」

項思龍的話頭才剛落下，劉邦就叫了起來道：「項大哥要我去向項羽求和？這……這……」

見了劉邦的樣子，項思龍笑道：「這只是咱們在使計嘛！邦弟放心吧，我不會讓你真向項羽屈服的。大王可也答應過一切但聽我的安排，你可不會阻止我這麼做吧？」

劉邦哭喪著臉道：「項大哥但管放手而為就是。」

於是，項思龍召來了隨何，對他授了一番計宜後，隨何連連點頭，即日便組成專使隊，起程去楚營了。

聽說劉邦派人前來跟自己講和，項羽心下冷笑之餘也感納悶，倒想看看劉邦派來的專使怎麼說法，當傳召隨何進見。隨何一見項羽，心中一寒，嚇得不由自主地跪了下去，但一想到項思龍的援計，當即趁著涕淚交流地對項羽哭泣道：「漢王和大王原是對天盟誓的結拜兄弟，項少俠也是與大王結義情深，你們都曾並肩作戰共同伐過秦。後來大王把漢王封在巴蜀之地，可漢王沒有絲毫怨言，還常念及兄弟情深意長，十分佩服霸王的英武豪氣和神力雄膽。

「他本不想再回關中，燒毀棧道就是一個證明。沒想到漢軍將士在巴蜀水土不服，都想回到土生土長的地方來，漢王根本沒有和大王相爭之意。他現在得到關中之地早已心滿意足。兩虎相爭必有一傷，讓老百姓跟著遭殃。

「漢王這次派我來，想和大王訂立盟約——把滎陽以東地方都劃歸大王，滎陽以西算是漢界，各守自己陣地，化干戈為玉帛，不僅大家都能安享富貴，而且能讓千百萬可憐百姓也過上太平日子。這可是一件於己於民都是功德無量的大好事啊，請大王慎慮了！」

聽了隨何的這一番慷慨陳詞後，項羽雖覺虛偽，但也不由心動，一方面他被隨何說得勾起心事，想起了自己與項思龍、劉邦曾經合作的往事，雙方之所以弄成這等局面，可以說有一大半原因是在自己身上——自己想獨霸天下嘛！不由心虛。另一方面劉邦的條件也甚優越還有誘惑力——他項羽現在種魔大法還尚未突破之極限，雙方如果久戰，那麼他也就沒有足夠閒情可以不分心的專心參研武功了，只待自己魔功大成，那時再來反悔，卻也不算太遲！

反正只是讓劉邦暫且苟活一會，自己與他也有五年之約，且現在滎陽難攻，己方人馬糧草缺乏，雙方不知相持何時，如劉邦援軍一到，反於己方不利，再說韓信他們也退兵，自己可說是不費一兵一卒收復失去的齊、趙兩地，這等便宜好事，何樂而不為呢？就讓劉邦多活些時日吧！

想到這裡，當下道：「嗯，讓本王考慮一下再說吧！」

隨何退去後，洞悉了項羽心思的范增頓時心急如焚地對項羽道：「大王，我們已經快要攻下滎陽了，那時劉邦也就可手到擒來，漢軍主公在手，還怕韓信他們不降嗎？大王，你可要三思啊，這只是劉邦的援兵之計，咱們可千萬不能與他講和，放棄艱苦奮戰的成果啊！」

項羽已是對范增有了成見，只是冷冷道：「這個我自有主張的了！亞父不必多言！」

范增仍不死心的進言道：「大王，現在劉邦被困滎陽城，四面無援，孤單力薄，糧草將盡，只有頑守之殘勇、困獸之餘威了，而我大楚將士正是意氣風發，精神抖擻，鬥志高昂的士氣如虹之時。如今劉邦已瀕於敗亡邊緣，大王切莫錯過此可以一舉殲滅漢軍除去大患的良機。劉邦這小子狡計多端，以項思龍的個性自是不會當真讓劉邦屈服大王，他們只是想藉此暫緩滎陽之困罷了。大王萬不可姑息養奸，貽此後害啊！」

項羽被范增這話又不由說得沉吟不語了，靜默好一陣才道：「那亞父認為我們現在該怎麼做呢？」

范增見項羽被自己說得鬆了口氣，不由欣喜道：「以臣之見，殺掉隨何，大舉攻城。」

項羽「嗯」了聲道：「好，這事明天再召君臣相議吧！」

范增知項羽心下還在猶疑不決，不過自己只怕也只能說得動他至此了，當下行禮辭去。

范增一走，項羽心下又犯了嘀咕：「范增對自己到底是忠心耿耿呢？還是他在耍什麼陰謀詭計？不過他所說的也是言之有理，自己今日放過劉邦，只怕他逃回巴蜀去龜縮起來，自己可很難得有這般除去他的機會了！」

尋思了好一陣，項羽才定了決心：「就聽了范增之言不與劉邦講和，同時放隨何回去，以此算報項思龍賜血之恩吧，自己保留了漢軍的一員大臣性命呢！」

想到這裡後，當下又派人召來隨何，準備對他講明自己立場。

隨何一見項羽臉上神色，頓知定是范增向項羽進言，讓他不答應議和了——項思龍少俠可真是料事如神啊！

不待項羽發話，隨何便當即向項羽跪地就拜，依項思龍所教之言道：「大王英明果斷，行事向來不受他人左右，想必大王已決定向漢王講和了吧！小臣聽說韓信將軍已是率了幾十萬大軍回返來救漢王滎陽之圍了，大王此時與漢王議和，又可避免一場戰爭，可真是天下萬民之福啊！」

項羽被隨何這一搶白，心下暗震，同時也是氣惱自己本作了決定的又怎會聽范增一說就改變主意了呢？這樣豈不是自己被范增左右了？

不過在暗震韓信援軍將至的同時也暗暗震怒。

聽隨何之言，韓信援軍來了自己難道就擊不敗劉邦了？

這一反感，當即讓他臉色陰沉的對隨何冷聲道：「韓信來了又怎麼樣？難道我懼怕他嗎？哼，咱們不必再提議和之事了，本王對議和沒有什麼興致。」

項羽語態非常堅定，隨何聽了不禁暗暗叫苦，知道他把韓信搬出來引起了項羽的反感，但事已至此，他也已經無計可施了，當下只有把項思龍授給他的最後一計使了出來道：「大王既然把話說到如此地步，我也就不再多言了。不過，可否請大王派遣使者和微臣一道前往漢營，把大王的意旨向漢王當面說明？如此，微臣也好向漢王有個交代！」

項羽聽了隨何這麼一說，心念一動，思忖道：「很有道理，禮尚往來！我何不趁機會派遣使者去刺探一下，漢軍在滎陽城內的虛實！想來我沒殺這隨何，劉邦也不會殺我使者！」

心下想來，當下道：「好，如你所請，我派人與你一道前去見漢王就是！」

隨何聽了，心下暗喜，果真如項少俠所言一般無二，項羽中計了，只不知項少俠下一步又是如何安排的？

隨何與項羽派使者一道打道回漢營，在臨行前，項羽把使者召到一邊道：「此次你們到漢營有兩個任務，一是察探漢軍在滎陽情況，二是……」

說到這裡，遲疑了一會後道：「你們可有聽到軍中相傳咱們軍中文武官員通漢的言語？」

使者一愣後，如實道：「我們早就聽過了！不過……想來是官兵們在閑得無聊時信口胡說造成的謠言吧………也未必可信的！」

使者不知項羽問自己這話的虛實，因項羽一向看重范增，所以言詞小心謹慎，不敢枉下斷言了。

項羽「嗯」了聲道：「我也不完全相信這些傳言，不過，你們到了漢營後留點神，看看有什麼蛛絲馬跡可尋，如真有內奸的話，務必要把此人姓名查個清楚，這就是你們此行的第二個任務了！」幾個使者對望一眼，點頭應是。

隨何與幾名楚軍使者來到漢營，依項思龍的安排，陳平負責以盛禮相迎，有彩旗、有鼓手、有瑟、有琴、有箏，有鐘，彩旗飄飄，鼓樂協合，好不隆重。

陳平迎至城門，施過大禮，領著使者去見漢王劉邦，所行夾道歡迎。各楚軍使者見了好生納悶——漢軍對自己等怎麼如此熱情呢？街道兩旁先是十幾名戰將持械而立，威風凜然，氣壯山河。接著便是裝束一色，手持長槍，排列整齊的漢兵。使者過處，兩旁兵卒就揚一下手裡的長槍，以示尊敬。

幾名使者生平還是第一次受過此等禮遇場面，納悶之中又是得意地想道：「也許是沾了霸王的光吧！若不是霸王威懾天下，武震九州，我們何以能有這等氣派！」

幾名使者如此一想，頓即來了神色，於是昂頭挺胸，環目四顧，跟著陳平一眾接待官員去見劉邦。

他們首先是被引進一間佈置豪華的休息室。不多時，又被引到劉邦臨時王宮的宴會場。

當然，這一切都是項思龍設計安排的，劉邦是心裡大為不解的老大不舒服，可項思龍說此般安排有妙用，叫他一切聽他之言就是，劉邦卻又能怎麼說呢，只得裝著春風滿面的去宴會場與幾名楚方使者見面了。

楚方使者見了劉邦，他終為漢王，身分可比他們尊貴了不知多少倍，頓忙都起身迎接表示敬意。

劉邦強抑心中不快，和氣地對他們連連道：「幾位專使大人，遠道來我漢營作客，本王由衷高興啊！大家不必拘禮，請坐，請坐！」

幾位使者還從來沒有見過劉邦，只是聽了他人言傳劉邦相貌十分高貴，乃真命天子之象，這刻見了劉邦如此和氣，又因受過隆重歡迎，心中對漢軍敵意少了許多，只覺劉邦在眼中果有幾份王者氣概，也都不由衷地道：「漢王儀態，確與凡人不同，當是真龍之身也？」

劉邦聽了幾人馬屁之言，也情緒略轉，與幾名使者舉杯暢飲。

由於漢營的熱情招待，項羽派來的幾名專使漸漸消除了對劉邦的敵意，對項羽臨行交代之言也給忘卻一邊了。

在觥籌交錯之際，漢王劉邦滿臉堆笑的和幾名專使寒喧。使者們的任務原本是向劉邦傳達項羽峻拒和談的意旨，但在如此隆重的款待下，一時只覺如此直接說項羽拒絕和談有些不好意，甚感難以啟齒了。

然而他們畢竟是有任務在身的，不說也得說啊！幾名專使在昏昏呼呼中對視一陣，躊躇了好半晌才由一人出面站了起來，恭謹地向劉邦施禮道：「項王特派微臣等向大王問安！」

這名專使以為自己對劉邦如此客氣一番，劉邦肯定也會向他寒喧一番，這樣他們也就可以比較委婉地將項羽的意思告訴劉邦，不至於引起雙方的尷尬了，但是，劉邦聽了他話後的反應卻是……

第八章　范增之死

劉邦臉色驟然一變，語氣轉冷道：「怎麼，你們是項王派來的專使，不是范軍師……」

使者聽得心下一突道：「我們是奉霸王之命前來與漢王商量議和之事的，卻是與亞父有什麼關係呢？」

「啊，是項羽派來的人！」

桌上所有漢將無不冷目以對。

使者望向一旁的隨何，對劉邦道：「難道隨大人沒有告知大王嗎？我們是項王派來的人！」

沒待劉邦答話，隨何頓忙接口道：「我只聽范軍師密告我說，你們是他指派來的人，卻是……」

劉邦這刻走離座位，皺眉道：「既然你們是項羽派來的人，那本王也就沒話對你們說了。對不起，我先走一步。」言罷拂袖而去，一股陰沉之色。

幾名使者一時被晾在一邊，心中好不是滋味。

漢營上下對待楚使的態度也馬上改變了，與他們剛來漢營時簡直是有天壤之別。

盛宴撤出了，使者們從豪華接待居所搬入別室，是一間很普通的房舍，給他們吃的也不再是盛宴，而是僅可充饑的粗茶淡飯而已，且所有漢兵對他們態度冷漠。這讓得幾名使者心中的那個氣啊……

范增這人一定有鬼……

幾名楚使根據他們在漢宮中前後所受的截然不同待遇，判斷事情的根源就出在范增身上，要不怎麼漢軍上下聽他們是項羽派來的人而不是范增派來的人就這般待他們呢？

幾人商議一番，自覺已經調查到了重大秘密，又由氣轉喜，對所遭冷待也不以為意了，反大感興奮。

查到這等機密可說是大功一件，回去告知項王後，還怕不有重賞？卻哪用稀罕漢軍的什麼盛待了？

於是幾人立即草草決定向劉邦辭行，離開了滎陽城。

劉邦見了他們那副大有所獲的得意模樣，心下暗笑。

看來項大哥真有兩手，這下只怕范增有難了！

幾名楚使回到郊外的項羽大營，立刻秘密前去求見項羽，把他們在滎陽城的所見所聞一點一滴都詳盡說了出來，並且添油加醋，盡說范增有鬼。

項羽聽了心中怒火狂燒，雙眼冒火，聯想前夜所見范增一人在廢丘獨處和幾名黑影鬼鬼祟祟的情境，再加上軍營裡說得熱火朝天的傳言，立即斷定范增就是內奸了。

「好啊亞父，虧我項羽向來待你不薄，且對你信任有加，卻想不到……當真是知人知面不知心。」

項羽心下雖怒，但也沒有把這事聲張出去，也嚴令幾名使者不要亂說，因怕如此一來會擾亂軍心。

范增對這一切都是並不知情，聽說使者回營，當下忙趕來項羽帳中想聽聽他們帶回來了漢軍的一些什麼情況，剛進帳裡，只見幾使者對他一臉不悅之色，項羽也是滿面怒氣，當下心下忐忑的小心道：「怎麼？劉邦怠慢了不成？霸王，即便如此，你卻又何必為如此小事生氣傷身呢？只待拿下劉邦，還怕沒機會整他嗎？」

言罷，卻見項羽突地大聲道：「慢著，這裡是楚營，不是漢營！我還有事要問他們呢！」

幾使者也坐在原處動也沒動。

范增被項羽喝得莫名其妙一頭霧水，不曉項羽為何衝自己發這大火，難堪非常之下當即告退，心下卻是在想：項羽今日是怎麼啦！我又沒得罪他什麼事，他幹嘛脾氣那麼大？

第二天，范增想來與項羽溝通一下，項羽態度顯得甚是冷淡，甚至有些厭惡，既沒請他坐，也沒稱呼他為亞父。

范增仍沒在意項羽對他態度的轉變，還是很熱情地向他建議道：「滎陽城已是若病入骨髓之人，欲振乏力，現在正是我們發動大舉進攻的大好時機，應立即派遣精兵猛將全力攻城，定可以活捉劉邦。否則，一旦己軍疲累，士氣低落，只怕境況將會對我們不利。」

要是在日前，項羽聽了這話定會應同，可現刻只覺范增所說的一切都是假惺惺的，骨子裡卻定在暗算他項羽。

「好狡詐的老鬼，我可是被你耍了！說謊話居然連眼睛也不眨一眼！要不是我已經知曉了你與劉邦暗中有了勾結，說不定就會上你肚子裡壞水的當！」

不過，項羽一向尊敬范增，也不違背意思跟他驟然翻臉，也不反駁他，思量著讓范增自己招供，或許他還會給范增一個改過自新的機會。

冷冷的項羽禁不住順著范增的話頭道：「活捉劉邦？只怕要被他劉邦活捉了呢！」

范增不知項羽說的是諷刺話，其中暗含意思，只道：「他劉邦有多大能耐來活捉大王呢？他現在是自顧不暇了呢！」

說到這裡，頓了頓，接著又道：「大王，滎陽城已多日斷糧，城內儲糧定然無幾了，械中無糧，將士心慌；將士心慌，打仗就會失方寸。現在已是到了關鍵時刻，大王可要冷靜，此時局勢，誰能堅持誰就會勝利啊！」

項羽對范增的話是一句也聽不進去了，索性閉上眼睛閉目養神起來。

范增見了，心下一冷，也知項羽不耐煩了。

他可是個老於世故的精明人。

「定是項羽聽了軍中謠言不信任自己了！現在他正在氣頭上，自己也就不要去打擾他了吧，省得他見了自己就有氣。反正自己問心無愧，也沒什麼好怕的，時間會證明一切的！」

范增認為，事實會證明自己清白的，過些天，項羽調查清楚了，定會對他態度有所改變的。

可沒想到事態的發展，完全出乎范增的意料。

項羽把范增由專管前方的作戰計畫工作，調到了掌管後方的交通補給，也不讓他再參加機密度較高的軍事會議，重要的決策也不再和他研議商討了。

他現在把重要事務都交給義父項少龍打理。

說親還是自家人，義父當不會背叛自己的！

項羽有項羽的打算，把范增的軍權消弱，如此他也就不可能向漢軍提供己方的軍事機密了，自己沒有對付他，可也還是給定了他這老頭的面子，念在他當年的功勞上呢！

范增兵權被奪，心下又氣又冷，可仍希望項羽有一天能查明真相，還他一個清白。

項羽的悶悶不樂讓虞姬見了，心懷疑惑，當下追問他到底有何不開心的事，項羽就把楚使出使漢營的經過說了一遍。

虞姬對范增可較親近，也甚瞭解他的為人，當下為范增辯解道：「大王，亞父不顧年老休邁，以七十歲高齡跟隨大王東奔西走，征南討北，吃盡辛苦，幾個春秋，兢兢業業，為助大王滅秦立下汗馬功勞，他圖個啥！難道是貪圖榮華富貴！你沒看到亞父一向生活簡樸嗎？他如此為大王賣命為的只是為了興楚大業！

「亞父對大王忠心耿耿，不倦教誨，諄諄誘導，大王才尊之為亞父，他對大王的愛護，大王對他的尊敬，全軍上下及至天下哪個不知，哪個不曉？君臣禮節，父子情意，皆令世人敬仰，怎麼大王忽然間就懷疑亞父並疏遠了他呢？我看大王一定是誤會亞父了，他決不是那種朝三暮四的人，如大王當真是誤會了亞父，讓亞父傷心欲絕不說，也讓大王損失一員將才啊！我看大王對此事需明查一下，不要誤會了好人！」

項羽沒有說話，他不想與虞姬爭。「雖然虞姬的話說得也很有道理，但有太多的私人情份在內呢！做大事的人，哪能顧念私情呢？劉邦連他父親的性命也可不顧，我項羽會不如他？」

項羽感到煩了，他所認定的事就算真的是錯了，他也要讓它錯到底，就如他雖明知身入魔道是一條錯誤的不歸路，可也決定要義無反顧地走下去。

何況他有證有據之下才認定范增有問題的。

空穴不會來風嘛！沒問題怎會出這麼多怪了！

項羽就是這麼個固執的人，可他不知道他這次當真是錯了。剛愎自用將會毀了他的一生！

一連幾天，項羽的心情一直不好，攻了幾天城沒有絲毫進展，這本來是已夠讓他惱火的了——他項羽生平大小戰役打過不知多少次，還從沒有像這次這麼失敗的！

現在使者又在滎陽城遭受凌辱，而且是他一向敬重的范增有通敵嫌疑，這讓他惱火萬分。

軍中對范增謠言愈傳愈是沸騰，想想也是，項羽對范增的冷淡有誰看不出來？又加上幾名使者可能說出了他們在滎陽城的遭遇，連原先不相信的人這麼一來也由懷疑而至相信了。

軍師通敵，這麼大的一件事，怎不讓軍士議論紛紛？

項羽到處都聽到軍士議論范增，心下愈想愈不是滋味。

「對待范增的使者是那樣，對待我項羽的使者卻是這樣，這簡直就是在往我臉上撒尿嘛！范增定然與漢軍有不可告人的秘密！」

項羽愈想愈氣，人也顯得愈來愈煩躁不安。

他下不定決心怎麼處置范增。

虞姬這人是個精靈鬼，這些年跟隨項羽東征西戰，人也顯得成熟了許多，更見美人風韻了，對於軍事、政事也懂得不少。

見項羽仍然不能消除對范增的懷疑，於是又好言相勸道：「大王，你千萬不能對亞父存有猜測，亞父對大王可以說是一片丹心，報恩盡忠，倘若疏遠他，軍心定有亂跡不說，反讓大王失了一可用之才。大王在這攻城的關鍵時候，軍心可千萬不能有絲毫動搖啊！大王，想當初咱楚營可說是人才濟濟，可後來韓信走了，英布走了，陳平走了……這些人可都是能夠擔當重任的人才啊！亞父乃我大楚軍師，對我大楚興亡可說有著舉足輕重之用，倘大王又棄了他，只怕我大楚基業要為之一晃啊！我勸大王一定要慎重，千萬不能因聽他人閑言和一時想不通而誤了大事！」

項羽對虞姬的話可是一句也聽不進去，只心想：「你一介婦道之見，哪曉人心善惡真偽？軍中大事我自小就讀諸子兵法，見識會比你淺？范增之重，我自知曉，可如他對我生了異心，縱有通天之才，卻也不能用了，決不能存婦人之仁，否則說不定反成自己大患……我之所以沒對付范增，還不是怕影響軍心？要不，他范增哪有那麼快活！只怕是人頭落地了……」

范增見項羽對自己態度越來越冷淡，絲毫沒有好轉的跡象，心裡不禁傷感的咒道：「項羽啊項羽，你空有一身勇猛，但卻是個可憐的沒頭腦的笨蛋！看這情勢，定是漢軍在搞鬼，你卻連這粗淺的離間計也看不出來！居然會懷疑我和劉邦串通，這簡直是笑話嘛！」

雖然感到很是委屈，但范增心想：「項羽現正在氣頭上，自己去向他解釋，說這全是漢軍在搞鬼，反說不定會被認為是自己在掩飾過失，更激起項羽對自己的惱怒。」

「君臣之間彼此的互相信任是非常重要的，項羽如今竟因讒言中傷而對我失去了信任，即使是我勉強留下來，可彼此之間已經有了一層心理情感隔閡，我再也起不了多大作用了，那樣還有什麼意思呢？」

范增第一次萌發了告老還鄉的念頭。

考慮再三，范增還是決定告老還鄉算了，「如此也可平項羽心中怒氣，讓他冷靜下來去分析敵我形勢，也許終有一天他會知道真相的，那他便不會再氣我這老頭子了……」

決定下來了，范增正式去向項羽說了自己想法，並且交還大印，向項羽請辭，最後道：「今日天下，十之有八九已落入大王掌握之中。滎陽破在旦夕，滎陽一破，劉邦已勢無不可為，大王可乘勝追擊，把他迫至死地。老朽以駑鈍之資輔佐大王，承蒙大王寵信，對大王非常感激，但我自慚獻謀無多，而且年邁體衰，已經不堪軍旅生活，請大王准許老朽生返故鄉，老死壟畝。」

范增的聲音因激動而顫抖，眼眶中也不禁流出眼淚。但是他面容上，卻顯露不出他內心激動的心情，他只暗恨自己，為何如此怯懦！也許是歲月不饒人，他無法逃避暮年的傷痕。

項羽對范增可說是氣得不得了，他聽范增請辭，不但不失落，也大是高興，也不出言挽留，大作考慮的痛快答應了范增告老還鄉的請求，心裡還在想：「走了最好，也省了我難堪的不知怎麼處置你是好！」

范增終於要走了，要離開他兢兢業業為之付出了不知多少心血的事業崗位了！

項羽並沒有意識到：范增這一走，他此生的事業也就開始走入低谷了！

時節似乎對於范增的離去也深感痛惜，下起毛毛細雨來，淮北平原在雨中迷濛的顯出幾許悽楚和悲涼，讓人產生一股傷感的情懷。

范增要走了！對他眾說紛紜的楚軍將士也都默然無聲，心中湧出一股難言的痛來。

他們雖不敢來為范增送行——怕項羽懷疑他們也通敵！可目中都已湧出淚來……

「亞父，路上保重了！」一聲渾沉凝重的聲音在形影相弔的范增身後響起，范增轉身一看，卻是一臉愧疚的項少龍。

范增嘴角抖了幾下，他想笑，笑不出；他想哭，哭不出。「項少龍，此次楚軍中的謠言定是他搞的鬼！大楚的滅亡將來或許也將是葬送在他的手上……他可是劉邦的親生父親……」

范增又恨又敬，望著這唯一來為自己送行的人，久久說不出一句話來。叫他說些什麼呢？痛罵項少龍一頓嗎？那也無濟於事了，他現在已經是成了個落魄的孤寡老人……

再說，他范增之所以能來楚軍軍中助項羽打天下，一施生平抱負，卻也還是項少龍遠涉西域請他出馬的呢！這知遇之恩……范增只覺心中是酸甜苦辣諸味皆有……

二人對望著沉默了良久，范增才長歎了一口氣道：「項將軍，老朽終於敗給你了！今後將軍可也多多珍重！」

項少龍臉上肌肉抖了幾下，語音傷感的道：「是我對不起亞父！不過項羽……你也看見了，他現在是魔性越來越重，易暴易躁，冷酷凶殘，目空一切，無情無義，……讓這樣一個人做天下之主……卻是怎麼教人安心呢？」

范增臉上現出一抹悲壯的笑容道：「項將軍不必多言了。老朽已經老了，沒有用了，從今以後只是一介布衣之身，也就不必再過問其他任何事了，將軍日後想怎麼做就怎麼做，只要是無愧於天地良心就是！」

說著范增臉上又不禁老淚橫流了。

項少龍也只覺心中一酸，沉默一陣，突地沉聲道：「我告知亞父一個天大秘密，不知亞父會不會相信？」

范增搖頭道：「不用了，什麼秘密都已對我無關緊要了！」

項少龍卻是自顧自地道：「我說自己是來自我們現處的這時代二千多年以後的人類，通曉這時代的歷史，亞父可相信嗎？」

項少龍這話剛落，本是如古井不波的范增臉色卻也不由變了數變，幾乎是不相信自己耳朵的顫聲道：「將軍說你是……來自……二千多年以後的人類，通悉我們這時代的歷史？」

項少龍點了點頭道：「是的！所以我也知道……羽兒將來的命運是必定敗

亡，而劉邦卻是必定成為天下之主！」

范增心下的驚駭已是無法用言語來描述出了。

他相信項少龍對自己說的是真話，卻怎麼也不相信這事實。

瞪大著眼睛望了項少龍好一陣，范增才突地恢復平靜，心中對項少龍的氣大概是沒有了，他現在也只深深地體會到項少龍心中的那股無奈和悲傷，及對自己的一份真誠。「這秘密可以說是破天荒之語，若是傳入私利小人耳中……卻是只怕……天下將要大亂了！項少龍不顧後果的對自己說了出來，可見他對自己除負疚感外又有一份真摯的感情。項羽必定敗亡，劉邦必定勝利！」

范增心中現刻可體會到項少龍抉擇的痛苦了，他現在何嘗不是心中如針刺般痛！

茫茫不可測的命運啊，卻原來早為天意所定！

范增的老淚又不由自主地來了，有對感謝項少龍信任自己的淚，有對項羽命運傷心的淚……

又是一陣沉默，范增突地伸出手去緊緊握住了項少龍的手，真誠地道：「將軍也不必對我多說什麼了，老朽現在只覺心情很快活！希望……將軍多多保重！」言罷，突地鬆開緊握項少龍的手，轉身大踏步而去——

項少龍望著范增那瘦弱單薄的身影，眼淚也上來了，只覺模糊中范增的身影在眼前越來越雄偉巨大。再見了，可敬且又可親的范老……

范增離開楚營，踏上了遙遠的回鄉路。

一路上，他情緒低落，餓不思食，乏不入眠。

他想著自己一生為項羽盡心盡力，鞠躬盡瘁，所有心血都只是為大楚江山著想，可到頭來落了個通敵的罪名，不由越想越氣，越想越悲涼。

唯一能安慰他的就是陷害了他的項少龍在他臨走一刻向他的坦誠，這讓他落寞的心感到了一絲慰藉。

人啊，有時候不需要太多的言語表述就可以溝通的！

范增一天天消瘦下來，使之原本虛弱的身體不知不覺給染上了疾病。

身上熱得像火燙一般，起初是胸口氣悶，全身發抖，四肢無力，後來感到背像蛇咬一樣疼痛，有時又像針刺心頭。

范增越發的鬱悶，背處的青瘡越來越大，疼痛越來越鑽心，他知道自己活期不多了，便撕下自己袍襟，用抖動的手為項羽寫下了他生平最後一次為項羽效命的遺書，他這樣做倒並不是想證明自己的清白，只是他確實不放心項羽，不忍心看著有自己一份心血的大楚基業毀在項羽手中。

忍受著巨大的痛苦，范增用顫抖的手寫完遺書後，終因背上青瘡潰爛含恨而亡。

後來，有人把范增死在歸途的消息報告了項羽，項羽雖氣恨范增，但想起二人曾經建立的深厚感情，范增為他打天下作出的巨大貢獻，也不由傷心落淚。

於是，命手下人厚葬范增，舉行隆重葬禮。

在清理范增遺物時，有人發現了他臨死前寫給項羽的遺書，於是立即呈給了項羽。

遺書中這樣寫道：「老臣常恨年邁，不能掣托征途，自勵忠心耿耿，為復楚大業盡力盡責，縱然老死他鄉，也絲毫不會有半句怨言。誰曾想，小兒劉邦心貪氣狂，欲與大王一試高低。楚漢相爭，誰勝誰負老臣不敢定奪，只是遺憾再不能回到大王身邊，為大王分憂解難。

「軍中大事小事，西楚千里疆土，教之於民，都在大王肩上，真是大苦了。望大王多聽聽將士忠言，思前謀後，盡善盡美。西楚營裡賢者可謂雲集，望大王剔除疑心雜慮，親之，信之，用之，這是老臣臨終前向大王的最後一句言，老臣在九泉之下保佑大王戰勝劉邦，再振西楚雄威。」

項羽看完范增遺書，悲痛欲絕，立刻覺察到是自己中了劉邦計謀。他對自己冒然懷疑范增，不聽虞姬之勸，不去查明真實情況而斷然否決范增，以至於他慘死歸途，心下深感後悔。

但是現在一切都已是悔之晚矣，范增已經死了，項羽失去這唯一智囊，猶若孤舟航海，失去舵手，對他與劉邦爭霸天下產生了決定性的影響。

可以這樣說，項羽的事業至此就開始走向衰敗了！

想到自己中了劉邦的離間計，以致迫走范增，項羽就悔恨交加，對劉邦只惱怒得咬牙切齒，發誓一定要親自拿下劉邦人頭，以補償自己過失，用攻破滎陽的勝利告慰范增的靈魂。

他已經是完全忘卻自己與劉邦許下五年不殺劉邦的承諾了。

他現在是怒火中燒，只巴不得把劉邦碎屍萬段。

漢營中的劉邦聽說項羽中計逼死范增的喜訊後，不由欣喜若狂，對項思龍道：「項大哥神機妙算，離間計果也成功！現在項羽只怕是有若氣瘋了的狗般嘵嘵大吆吧！」

項思龍卻是肅然無意道：「邦弟不要得意過早，項羽也因自己之失致使范增病死，定會對邦弟恨之入骨，必然也會採取更加凶猛的攻勢進攻滎陽，咱們不可得意忘形。而應更加提高警惕，嚴陣以待，以防楚軍攻城！」

劉邦聽了，頓斂笑容，不安道：「那咱們該怎麼辦？」

項思龍道：「自是堅持守城，待看局勢而變了！」

劉邦心畏項羽，只好應從項思龍之言。

楚軍又開始向滎陽發動進攻了。

漫山遍野都是盔軍鮮明，兵戈閃亮，士氣高昂的楚軍。

他們都知范增被漢軍施離間計害死，心中悲憤愧疚把滿腔怒火都發洩在了漢軍身上。

對他們主公項羽的過失，他們又能怎麼樣呢？

項羽也猜出離間計定是項思龍為劉邦出的主意，對項思龍也產生了強烈的仇視心理。

「這一次我就要一舉攻下滎陽城不可，看看是你項思龍厲害，還是我項羽厲害！武功上我不如你項思龍，難道戰場上我也不如你！我項羽就偏不信這個邪了！」

項羽親率他的精兵主力，氣勢自是不同凡響，他自語道：「這一次，一定要一舉攻破滎陽，生擒劉邦，讓世人看看我項羽的雄風！」

但是由於劉邦早下令要嚴陣守城，漢軍早作了防備，楚軍一輪又一輪的猛攻還是被擊潰了。

攻城不比守城，守方居高臨下自己利於攻擊，何況滎陽城城牆既高且厚又甚堅固，楚軍自也一時難以有所突破了，光有士氣激昂，可漢軍抵死頑抗，卻也於事無補。

想想，漢軍害死范增激怒了項羽，如城被攻陷，只怕項羽會把心中怒氣發洩到漢軍將士頭上，即便他們投降，卻也或許難逃被殺之劫，漢軍將士為了自己性命而戰，能不拚死守城麼？

攻了兩日兩夜，仍未有絲毫收穫，倒是兵將都吃不消了，項羽只得心懷懊惱的下令撤兵休整調養，以後再戰。同時也暗暗思索，如此強硬攻城，只怕十天半月也還是難以攻下，漢軍有倉庫存糧，足可維持一段時日，沒有後顧之慮，倒是己方，後援受這廝搗亂，難以補給。

自己既然硬攻不成，何不採取側攻，截斷漢軍運糧的通道呢？如漢軍糧草補給不足，軍心必定動搖，再來攻城也就容易了！

主意一定，在以後的戰略佈置上，項羽把主力都側重改為堵截漢軍地下通道。通道是漢軍運糧的動脈，卻也是防禦弱點，雖由漢將灌嬰把守的漢軍將士誓死守抗，可因楚軍攻勢太猛，卻也漸漸不支，通道被楚軍分割成若干段。

儘管漢軍抵住了楚軍對滎陽的進攻，但已經有些強弩之末的感覺，劉邦在長久激戰以後，不但疲累、焦急也更加動搖了堅守的信心，他常常喟歎著道：「看情形，滎陽很難堅守下去了！我還能有機會擊滅項羽嗎？也許滎陽就是我的最後的葬身之地了。」

雙方就在攻守之間反覆爭奪，但無論哪一方都無法取得絕對優勢，處於一種膠著狀態，但從雙方的精神狀態來看，從中可明看出有些細微的不同。

防禦的一方，因為有高城堅壘掩護，作戰遠比攻擊的楚軍有利，官兵死傷也不多。此外，漢軍的後方，黃河上游以西的地方都是漢軍所有。函谷關以西的關中之地獲得大豐收。蕭何全力在後方部署，儘管前方戰況激烈，後方仍然秩序井然。

反過來看楚軍方面，由於長久堅攻卻一直沒有取得實質性的進展，楚軍已經師勞兵疲、人困馬乏。戰地的糧草已經消耗殆盡，而不得不從遙遠的鼓城追補。而且漫長的補給途中，各地的反楚力量雖都不夠強大，但時常襲擊阻滯楚軍的後勤補給，使得楚軍大為頭痛。

龐大的作戰部隊，需要有大量的後備補充，而因為沿途出匪的滋擾，常常發生補給不繼的情況，大大影響了士氣。

另外，楚軍面臨著的一個最大問題就是兵源的補充，由於楚軍是攻城方，作戰時相對處於不利地位，因而攻防雙方死傷人數幾乎是三比一。也就是說，漢軍死一人，楚軍就得死傷三人。漢軍方面，由於蕭何在後方隨時徵兵，稍加訓練後，立即可以送至前方補充。楚軍要想從千里之外挖他兵源，談何容易！因此自然形成了兵力愈戰愈少的狀況。隨著局勢的不斷繼續，形勢對楚軍反越顯不利起來。

對於敵優己短的情勢，項羽自己看得出來，內心是既怒又憂，如此下去，只怕漢軍可守一月有餘，而己方則是不支了！

必須速戰速決，攻下滎陽，才能扭轉己方劣勢！

項羽為阻截漢軍，把兵力轉移到了對滎陽的進攻上來。

他將全軍分為三個梯隊，第一梯隊為步兵，負責運用雲梯，拋車攻城重兵器攻城；第二、三梯隊為騎兵，伺機攻敵城一角分兩批衝進城內。項羽身先士卒，直接指揮第一梯隊的攻城戰。因為這頭仗是整個戰鬥部署的關鍵，只有攻破漢軍藉以屏障的城牆守，騎兵精銳才可衝進城內發揮威力。

面對楚軍的新戰略下的猛兵攻勢，漢軍終於漸漸顯得有些不支了。

項羽把大軍分作了四批——鍾離昧負責攻擊東城，曹咎負責攻擊北城，蘇公角負責攻擊南城，項敢負責攻打北城，這四位大將是經由項羽一手提拔出來是可猛擋一面的人物。

項羽自己負責準備殂殺突擊之人，尤其是雄心勃勃的欲擒下劉邦和項思龍這兩個漢軍隊伍中重量級的人物。

他已作過吩咐，如發現劉邦、項思龍他們蹤跡，便當即發出信號通知他！

項羽也實施了攻城策略，他讓各路人馬採取日夜輪班的攻城方式，每次攻城都是新銳，是剛休息充足的精力充沛人馬。同時項羽下令調拔軍中所有糧食，在這幾天攻城中給全軍都吃個飽。

項羽當真是準備與漢軍孤注一拚了。

項思龍也不得不佩服項羽的勇氣和軍事才能了。

可項羽手段還不僅於此，他又實施了心理戰術，讓士兵將寫有說要火攻全城的竹筒紛紛射入城內，城內居民要先搬家，否則遭受戰爭之害，以致城內混亂之局。

雖然派出了張良、陳平四處安民，並且在全城要道街口張貼公告，要求民眾以平常心去看待此事，不要中了敵方詭計，未遇敵先自亂。可當稍有成效時，楚軍卻又紛紛以勁弩和投石機發出火箭和油彈，集中攻擊某一區域，使得附近居民住宅紛紛起火，燒成一片火海，造成大量無家可歸的民眾流落街頭。更有甚的是搶劫時有發生，使得城中治安秩序大亂，人心更為惶恐。

一切似都在項羽的算計之中，他又命隊伍高舉火把，於夜半時在城外吶喊，鑼鼓喧天，淫夜不息，只讓得人心更為不安，不少人竟是被迫至精神失常。

可就在這當兒，楚軍的全面進攻發動了，身心皆已疲憊之極的漢軍見了如潮水般湧進的楚軍，只嚇得牙齒打顫。迫於軍威雖勉強與楚軍抗衡，但士氣已散，雙方激戰了大半個晚上，城門終於被攻開，楚軍騎兵按照預先的計畫分兩批衝殺進了滎陽城，控制戰略要點。

楚軍和漢軍相互縱火，也不知是為了照明，還是想藉此祛除心中對戰爭的恐怖。

滿城火頭四起！火！火！火！到處都是熊熊燃燒的戰火！

項羽看著自己策略成功，不由臉上露出一抹舒心的微笑，不過這內中只怕也含有幾分陰毒和殘忍。

「項思龍，在戰場上終究不是我項羽的敵手！終有一天，待我武功大成時，我會打敗你的，我項羽要成為天下無敵的至尊霸主！我要讓所有的人都臣服於我項羽腳下，唯我是從！我要讓魔道稱霸天下！我要成為魔霸至尊！」

項羽看著滎陽出城中四起的戰火，目中射出狼一般殘忍的目光。

「取下滎陽，我要下令全軍血洗滎陽城之日，以洩我項羽生平最失敗的一戰之恨！」

「項思龍！劉邦！你們等著看我項羽的手段吧！」

第九章　戰退逃亡

滎陽城終於被楚軍攻破了！

被戰爭之火驅出家園的平民百姓，畏縮著四處逃竄，尋找戰火燒不到的角落，躲避著戰爭的殘酷。

他們驚慌四竄，親眼看著自己的親人被踩死或被交戰的軍士殺死，親眼看著自己辛辛苦苦建立的家園在戰爭的烈火中無情毀去。

他們有的偎在親人懷中恐懼顫慄，有的伏在地上呼天搶地，還有更多的人在高聲咒罵——

「我咒劉邦和項羽的十八代祖宗，你們為了爭奪天下，卻不顧我們這些受苦受難的百姓死活！你們說是為了拯救天下萬民，實則哪把我們生死放在心裡。」

當然，對於百姓的這些慘狀和咒聲，劉邦和項羽卻是看不到也聽不到的了。前者正在尚未被楚軍攻到的滎陽行宮中忐忐不安的相詢眾位大臣，現在己方該怎麼辦呢？

連一向足智多謀的張良，現在也亂了方寸毫無良策了。

楚軍已如洪水猛獸般攻進城內，己軍兵敗如山倒，楚軍只怕已是把滎陽城重重包圍，連隻蒼蠅也飛不出了。

現在是守無法守退無力退了。

難道就真的要在這行宮之中坐以待斃？

劉邦心下又是恐懼又是焦躁，見眾文臣武將無一不愁眉苦臉，不敢吭聲，不由破口大罵道：「怎麼都啞巴了？說啊！快說有什麼妙計可以退敵……不，可以逃得性命也成！你們平日都那麼能言善道，現在卻怎麼一個個成木頭了？這危急關頭，才是寡人需要你們顯能的時候啊！」

正當劉邦怒氣洶洶地大罵群臣時，外出視察軍情的項思龍突地行色匆匆走了進來，開口就道：「我有出城妙計了！」

眾人聞言頓齊都向他望去，劉邦更是喜極道：「項大哥有何出城妙策，快快道來，小弟都快急死了！」

項思龍喘了口氣道：「我方才出去視察了一下敵情，聽說項羽此戰旨在活擒漢王和在下，我們正好利用此點，略施妙策，卻是可以逃出城去的了！」

張良眉頭一揚道：「思龍此言怎講？」

項思龍見了張良受此一點的神色，知他已想到計策，頓笑了笑道：「但看軍師神態，想必想出什麼妙計來了吧！那軍師何不先說出來聽聽呢！」

張良知項思龍是在把功勞讓給自己，不由衝他投去一束無奈目光，也不推辭道：「困守危城，絕對不是只守一座城池，接受被動挨打。滎陽城已是失陷在即，咱漢軍也瀕臨全軍覆滅之危。此等形勢之下，誓死頑抗，是為不智。軍不可一日無主，眼下情勢，咱們首先要做的就是護送主公出城，軍士再行突圍，能逃出多少人便是多少。咱們已不求贏敵而只求自保！」

劉邦見張良還沒說出實質性的出城計畫，不由又不耐煩道：「子房有何妙計良策，就快說出來吧，不要再賣關子了！」

張良微笑點頭道：「大王不要急嘛，微臣自會說的！」

說到這裡，頓了頓接著又道：「為今之計，是必須將漢王安全的送到關中去，使他能憑藉關中、漢中和巴蜀的人力物力，重組新軍。再由大王親率出函谷關，擊破圍城楚軍，以解救滎陽，才是上策。

「目前滎陽城內，存糧極少，而十萬軍民，日食所需，消耗大大。至少，必須將城內的百姓，驅出城外，讓他們能夠到戰外的地區去覓食。城內父老，當然都知道項羽破城以後，會因久攻不下，積怨極深，將會對他們加以屠戮。而且，到目前已經沒有餘糧供苟延殘喘，只要能有一條路，讓他們安全出城謀生，他們必然會樂意逃出這座死城。

「至於軍糧，與其兵多而食不足，還不如兵少而不虞糧食匱乏能發揮力量。我認為把城內守軍減少掉五分之四，僅留下五分之一，滎陽仍可堅持相當長一段時間，以待大王統兵增援。」

在座的人都對張良的分析點頭贊同，這時灌嬰站起向張良道：「子房先生說的甚是，可現在滎陽城被楚軍重重包圍，水洩不通，卻是如何才能保大王脫離危城重返關中去？」

這才是問題的關鍵所在，劉邦又沉不住氣的焦躁道：「灌嬰的顧慮不錯，在楚軍的重重包圍中，要想拒守，或許還可堅守一時；要想開城突圍，成功的機會卻是渺茫得很！」

張良好整以暇道：「我也知道突圍的成功希望極是渺茫，不過，我想的不是突圍！」

劉邦訝問道：「不突圍？那……難道能從天上飛出去？從地下鑽出去不成？咱們退路已全都被項羽截斷了！」

張良笑道：「這就是思龍所說的出城妙計了！」

眾人聞言頓又把目光重新投到了項思龍身上，劉邦急迫地道：「項大哥，你有何妙計出城，快說出來！」

項思龍見張良又把擔子推給了自己，不由搖頭苦笑，當然這問題卻是難不倒他的，因為他可悉知這古代的歷史啊！

沉吟一陣，項思龍道：「項羽揚言說要生擒漢王，即是如此咱們就可以施李代桃僵之計，把漢王來個調包，讓個假漢王去向項羽投降，用以迷惑項羽，只待他此時戒備一鬆，咱們就可以護送漢王突圍了。同時可用美女財物誘惑楚軍，把他們牽制住，如無意外，此計應可成功。不過，施使此計，尚有兩個前提，必須完全解決，方可著手進行！」

劉邦這下也聽出了些精神來，頓忙道：「快說！項大哥有什麼問題需要解決？只要小弟能力可達，無不照辦！」

項思龍緩緩道：「其中一個問題，只要邦弟點頭同意，就可迎刃而解。另一問題才是緊要，就是必須找出兩個死士，一個負責率軍守城，一個負責裝扮邦弟。此項任務可說是九死一生，此兩人不但要有捨身忘死及對大王絕對盡忠的精神，而且要勇中有智。成敗關鍵就在選人身上，只要他們略顯躊躇，露出馬腳，大事便會功虧一簣。」

聽了項思龍的話，眾人全都眉頭緊鎖，思考選死士。

沉默良久後，劉邦才率先開口道：「第一個問題無論是什麼我都可答應下來！第二個問題麼，我看看……盧綰和夏侯嬰兩人怎樣？」

劉邦為了逃命，見眾無人開口，頭下一急，頓自己提名點將了。

項思龍卻是搖頭道：「這兩人都不行！盧綰忠貞有餘而氣勢不足，不能擔此重任。夏侯嬰身為主要戰將，更需他衝鋒陷陣，為邦弟開路，顯然，他們不適合作為死士人選。」

眾人又是一陣無言，這時在漢軍中素有「鬼才」之稱的陳平開口道：「我想到一個合適人選，就是周苛，此人我接觸過多次，感覺他重義輕生，既忠且勇，又足智多謀，我看他是個合適人選！」

劉邦見有人舉薦，項思龍又沒開口反對，當下忙道：「那就算周苛一個好了，但另需一人呢，卻是選誰為好！」

張良這時也道：「周苛這人我也聽說過，是個不錯人選。軍中相傳他有個拜把兄弟名叫紀信，他們兩人關係甚好，曾誓言不能同年同月同日生，但願同年同月同日死，我看另一人就選紀信好了。如此，周苛和紀信也可相互形成默契！」

劉邦聽了，頓拍板道：「就選周苛和紀信二人好了！來人，去把周苛和紀信二人召進宮來進見！」

果然，周苛和紀信二人聽了情勢分析後，慨然領命毫無懼色，一副視死如歸的大無畏氣概。

紀信因身材相貌都跟劉邦有些相似，便由他裝扮漢王，由項思龍給他施了易容術後，連劉邦見了也分不清自己和紀信誰個就是漢王了，想來應可騙住項羽一陣子。

周苛則由劉邦頒令，任命他為御史大夫，負責領軍守城。預定留在城內的守軍將士，多半都是滎陽附近的人，這裡是他們的故鄉，想來這些人會死命守城的。

安排好城內事情後，就是隊伍突圍的事宜了。

根據項思龍的周密計畫，撤軍被分成了兩批，一批是漢軍主力，負責吸引楚軍，轉移他們注意力；另一批就是劉邦和一眾軍機大臣了，由項思龍和聖火教主、了因和尚、笑面書生等一眾人，及夏侯嬰幾名大將領軍三千伺機出城，同時也召集了從滎陽城中強召來的三千姿色不俗的少婦，以備所用。

對冒充漢王的紀信出降隊伍，項思龍也派了三千親衛軍伴隨左右，以增加可信度。

這一日午夜時分，紀信登上改裝過的豪華御車，在兩千親衛軍的隨侍下，突打開東城門，向楚軍大營緩緩而去。

正在攻城的楚軍見了，忙擂動戰鼓，四面八方的楚軍聞得告急鼓聲，頓齊都向這裡集來，他們把這漢軍圍得水洩不通，準備將他們一舉殲滅，以備劉邦逃跑。

可當他們走近一看，卻見這支隊伍沒攜兵器，漢王特用的御車上英綾作蓋，插著表示漢旗，車後的兩千漢軍同時高喊道：「漢軍糧草已盡，漢王出城投降！」

漢王投降了？楚軍將士聽了又驚又喜，真有些不敢相信自己耳朵。

可再側耳細聽，確實聽到這支漢軍高喊「投降！」之聲。

那御車，卻也不是漢王所乘的嗎？

只短暫的平息了片刻，楚軍將士突地歡聲雷動地道：「漢王投降了！我們勝利了！」

伴隨著這驚濤般的歡呼聲，楚軍將士拍手相慶。

他們終於盼到了這一天，可以凱旋返鄉了！

他們終於可榮升高遷，衣錦還鄉了！

滎陽城破了，漢王投降了！

不多一會這音訊馬上傳遍了楚軍上下，於是所有將士都放鬆了警惕，沒有人再注意到其他漢軍。

項羽也得到了劉邦投降的消息，他有些將信將疑，但也心懷興奮地率兵趕到了東城門。

他下了馬，心情激動地走進漢王馬車，幾位楚軍兵士高舉火把，衝漢馬車高喝道：「楚王駕到，劉邦你還不下車投降？」

楚軍千萬雙眼睛一齊投向漢王專用御車，他們在等待著，等待著勝利時刻的到來！

車上帷幕終於被掀開了，是漢王！是漢王劉邦！

所有楚軍都暴發出了歡呼聲。

但紀信臉上那從容背後的震顫還是被項羽察覺到了，他與劉邦相處不短，兩人也交手數次，對於劉邦，項羽甚是熟悉不過。

「可眼前這劉邦……」項羽興奮的臉突地沉了下去，他的第六感告訴他，眼前這人絕對不是劉邦！自己又中了劉邦……不，是項思龍的計了！

項羽心下氣怒得咬牙切齒，冷厲的目光精芒倏地大作地投向紀信，一字一字道：「劉邦跑哪去了？」

這話一落，所有人都一怔，全場刹那間靜了下來。

紀信見自己被項羽識破，也就不再偽裝，仰天一陣哈哈大笑道：「項羽真不愧是項羽，一看就可看穿我這漢王是個冒牌貨！不過，你現在識穿了又怎麼樣？漢王已經從其他城門突圍，只怕現刻已經出城遠去了矣！」

項羽氣恨得渾身發抖，卻還是冷靜地道：「其他三處城門，我都已著人兵馬把守，如遇漢軍突圍，即刻會發出信號，可至現在，三處城門仍無動靜，想來劉邦還在城內，他……」項羽的話還未說完，西城門突地發出告急信號，這下項羽臉色頓然大變，也顧不得修理紀信了，只衝手下兵將喝道：「快趕去西城門，劉邦殘軍只怕在那邊突圍了！」

一時間，號角陣陣，馬蹄四起，東城門楚軍將士頓給撤了個差不多一乾二淨，只留了近千人馬把守和看押紀信。

可就在楚軍撤離東城不多久，突有一支漢軍殺出，卻是真的漢王劉邦到了，守城楚軍見了大驚失色，忙展開陣勢阻擊，同時發出求援信號，但漢軍這批人馬雖少，可全都是高手、精兵，這近千楚軍又怎可敵擋？很快就被攻破陣勢。

城門打了開來，漢軍逃了出去，待得附近楚軍聞訊趕來時，項思龍又著那強召來的三千民女向他們迎去，同時向他們拋了手中的財物。

眾楚軍常年征戰在外一直未近女色，一下子見了這麼多女人，又見地下到處都是金銀珠寶，雖是責任重大，卻也給亂了分寸，不知是那個先去拾地上珠寶，這一帶頭，追擊劉邦他們的楚軍將士頓然全亂套了，他們哪還管你什麼追擊？

如此一來，劉邦一行也就得以從容逃出了滎陽城。

張良這一代謀臣望著項思龍歎道：「思龍這一招李代桃僵、聲東擊西之計可真是精彩極了，想是由我來安排也不會這般周密！」

劉邦現刻也大是鬆了一口氣，心情大悅道：「只怕項羽現下又只氣得暴跳如雷、屁股冒煙了呢！」

項思龍則是遙望著火光點點的滎陽城，語氣沉重地道：「紀信和周苛他們卻是要成項羽的出氣筒了。」

眾人聽了這話，頓全都一陣肅然。

滎陽一戰，歷時一年有多，楚漢雙方都耗盡人力物力，疲困之極。

項羽雖大獲全勝，攻下滎陽，可劉邦、項思龍等一眾漢軍主要人物全都逃出城，而自己反損失了范增，這讓得項羽氣惱交恨，憤怒無比——項思龍！劉邦！我項羽絕對不會放過你們的！

攻下一座空城大費心力，項羽把滿腔怒火都發洩到了紀信身上，下令放火把紀信給活活燒死，同時心中起誓道：「項思龍，我一定要打敗你，打敗劉邦！我要向世人證明，我項羽才是天下真正戰無不勝的強者！我要天下所有人都臣服在我項羽腳下！」

劉邦得以逃出滎陽，雖是暗暗慶幸，卻也對項羽更加畏懼了。

「我劉邦始終不是項羽敵手，雖有項思龍大哥相助自己，可也生平與項羽交戰數十次，從沒有個勝跡，也不知是項羽太過神猛了，還是……項大哥沒有竭力相助自己？要不，以項大哥的武功當可殺了項羽的！像武當山一戰，項羽本是必敗無疑，可項大哥卻……」劉邦生平第一次對項思龍有了懷疑和妒嫉。

這為今後他和項思龍的徹底決裂埋下了伏筆，也為中國歷史上為何沒有記載項思龍和項少龍這兩個本在這古代歷史上有著舉足輕重的人物而埋下了伏筆。

歷史是不可逆轉的，劉邦的雄心壯志和他的君王殘酷也自是一種必然了——

在以後的歲月中，劉邦這本是可愛的人，更會變得讓人既愛又恨……

項思龍明顯的可以感覺出劉邦與自己的關係發生了些微妙的變化，苦惱之中又盡是無奈了。

「唉，項羽變了，成了魔師傳人……劉邦現在卻也變了，他再也不是自己以前認識的劉邦了！這就是劉邦向王者成長的一個過程嗎？好似悲哀的過程！劉邦啊，你可知道我是你同父異母的大哥？」

項思龍只覺一顆心在顫慄。

「歷史跟歷史開了個玩笑，現在命運又跟自己和父親項少龍開了一個玩笑……一個殘酷的玩笑……歷史……親情……錯誤……一切都是不真實的嗎？這古代的一切！」

項思龍又在思想自己在這古代的宿命了。

是回到現代去，還是留在這古代？歷史已經或多或少的被改變了，遺傳後世的史記卻又該怎麼寫？只怕得由自己來寫了……後世流傳的楚漢相爭歷史，卻是自己這現代人所寫下的嗎？或許是了！

這任務如不由自己去完成，那這古代的歷史……只怕是不成……歷史……現代史記所載般的歷史了！現在劉邦是開始在變了，項羽也已經在變了……

自己的使命也已接近尾聲！可自己在這古代的親人和朋友……他們……對自己的感情卻是沒有變啊！姥姥上官蓮、妻妾張碧瑩、曾盈……還有自己在這古代所生的兒女……難道是要自己背叛他們嗎？

項思龍痛苦得都快呻吟出聲了。

「歷史！歷史卻是不容再有動搖了啊！自己和父親留在這古代，只怕這古代的歷史永遠也不會平靜……啊！好痛苦的一個抉擇！」

項思龍不由得咬牙閉上了眼睛。

第十章　嗟歎歲月

項羽的雄心極大。

他要做天下無人能敵的西楚霸王！他要征服一切力量強大的人！

童年時他把義父項少龍看作偶像，在他幼小的心靈裡就播下了長大後一定要功蓋義父的理想，現在他成功了，他已成了一代威震天下的西楚霸王，對義父項少龍的挑戰心理已得到了平息。

可是當他認識項思龍後，這個風雲中原武林的少年英雄的精彩風姿又打動了他，他是敬仰項思龍，也感激項思龍，可項羽內心深處那自傲的心態同時也激起了他挑戰項思龍的熱情，他已暗暗發誓要打倒項思龍、打倒劉邦，他要成為天下真正獨一無二的強者！

項羽已非當年的寶兒，也非項思龍剛識時的項羽了！

他已有些看不起義父項少龍，因為義父自被他從武當山接回後，就變得一副萎靡不振的樣子，在項羽眼中的項少龍再也沒有當年讓他崇拜的英雄氣概了。

他甚是嫉恨項思龍，因為項思龍不但在中原威名大大蓋過他項羽，而且項思龍還是他此生事業最大敵人劉邦一方的人，他已不能容忍項思龍的存在。雖然劉邦和項思龍都是他項羽的結拜義兄，但是戰爭是可以讓人變得冷酷無情的！權力的誘惑太大了，它足可以腐蝕任何人的正常心理，更何況項羽是在打打殺殺中過日子？他的血液變得只有武力而沒有親情了，他已成了個欲以武力稱雄天下的狂人。

滎陽一戰項羽是勝了，但他勝得很氣餒、很惱火。

他下令煮烹了紀信，也煮烹了留守滎陽城的漢軍大戰將周苛和樅公，他有些瘋狂的發洩他心中的怨恨。

項少龍對項羽的一舉一動都看在了眼裡，他真是有些心灰意冷了。

當年他一手把小盤締造成了秦始皇，落得個逃亡塞外的結局，如今他把寶兒締造成了西楚霸王，難道又要落得個歷史重演的悲劇？

「這就是宿命麼？戰爭與權力淡化親情的宿命？小盤成了秦始皇就與自己隔

離成了兩個世界的人，他變得殘暴奢侈……寶兒呢？成了西楚霸王項羽後，也變了……變得與自己疏遠了……這是人性的困結……只有平淡才有真情，只有困苦才有真愛……」項少龍只覺內心一陣陣的鑽心劇痛。

自己錯了？自己真的錯了麼？轟轟烈烈的人生，創造歷史的動人滋味……原來都只不過是一場夢一杯苦酒……自己終究是不屬於這時代的人，唯一真實的就只有思龍與自己的父子之情了！

人世間唯一能夠永存和不變質的還是血緣之親……思龍說得不錯，待處理完這古代歷史的殘局後，自己父子二人是應離開這古代了！

這有情有愛的古代也是個讓人傷心魂斷的古代……

劉邦兵敗滎陽，成了喪家之犬，終日唉聲歎氣，大罵韓信不義，對項思龍不能助他脫離困境也心存鬱結，在他心目中項思龍本是個無所不能的神仙級人物，劉邦對項思龍也一直敬服得五體投地，可項思龍在滎陽之戰的表現，讓得劉邦對項思龍失望不已，項思龍在他心目中的形象也大打折扣。

只有張良對項思龍仍是一如既往的信任。

人非聖人，滎陽一戰項羽勢大己方勢弱，項羽又為一代戰神，憑項思龍一人之力又怎可扭轉乾坤呢？如無項思龍的良機妙策，恐怕己方還要全軍覆沒呢！何況除去了范增，己方也有收穫！這一切可全是項思龍的功勞！漢王對他心有了芥蒂，恐會是成為他的損失了！

心下雖如此想著，不過劉邦現正在氣頭上，張良也不敢直言說出。

項思龍見了劉邦對自己的淡漠，心中有些失落的苦。

自己的感覺沒錯，劉邦在幾年的政治生涯中已成了個功利主義者！這是命運中無可避免的悲哀，歷史上有幾位君王是有情有義之人呢？政治就是這樣，冷酷而又無情！唯有心冷如鐵，才能成就大業！難怪世人感歎——我寧可孤立，也不願把自己的自由同王權交換！這句話已可充分揭露政治的複雜和可怕了！

伴君如伴虎，王者的心情本就是脫離了人世間的許多感情的！為了歷史，自己能說些什麼呢？即便劉邦怎樣待自己，自己還是得助他登上帝位！這是自己的使命！自己是不能逃脫也無法逃脫的！不過完成了這使命後，自己是可以功成身退了！現代……屬於自己的時代，自己和父親也是該返回現代的時候了吧！母親周香媚，還有鄭翠芝阿姨，她們是否依然安好呢？

項思龍倏地只覺自己非常想念以往的現代生活來……

許多的記憶淡了又濃，濃了又淡，以前的項思龍一直徘徊於是留在這古代，還是返回現代的矛盾掙扎中，因為這古代確實有著許多讓他放不下的東西，妻妾兒女還有親人朋友。

但是在經歷了許許多多的事情後，他的思想發生變化了……

留在古代自己可是歷史的一個隱患，還有劉邦坐上漢高祖之位後，他會容忍自己這超時空的人嗎？

人總是有私心的，劉邦除去項羽後，自己就成了威脅他政權的心腹大患了，誰說得準他不會對付自己？劉邦登上帝位後，他排除異己的手段自己可是清楚，韓信為他打江山立下汗馬功勞，最後還不是淒慘死於獄中？還有彭越、英布，不都是被劉邦誅除了！甚至連劉邦曾在瘟神任橫行欲殺他時共患過難的盧綰也避不了被劉邦誅殺的命運！由此可見劉邦在成為一代帝王後，他的手段是如何毒辣！三十六計，走為上策！自己打是不能與劉邦打的，那逃自是唯一之路了！

但是讓項思龍最為苦惱的是如何處理自己的妻妾兒女了。

自己在這古代消失後，劉邦還會不會對付地冥鬼府呢？有一得必有一失，自己造就了劉邦，想不到到頭來卻會為他的成功而苦惱。

現在楚漢相爭在自己和項少龍的聯手左右下，已快進入最後的垓下決戰時機，自己也是需要為各項後事安排一下的了，時空返回器還藏在當初相遇盈盈的峽谷……

在自己離開這古代之前，自己還需不需去地冥鬼府探望一下妻兒呢？

項思龍心下患得患失地想著，悠然長歎了一口氣。

既是要狠心離開她們了，又何必去打亂她們已平靜下來的生活呢？自己失蹤兩年多，在她們心中生死未卜，悲痛已是逐漸平靜，自己離開這古代，也只是給了她們一份永久美麗而又殘缺的傷感罷了！可如再與她們相見，只怕那生離死別的悲痛自己也承受不了吧！

項思龍用牙齒咬了咬下唇，沉思良久，不知在心中做著什麼決定。

項羽對劉邦一直窮追猛打，多次殺得劉邦狼狽而逃，心中大感一種遊戲了項思龍的快感，同時也覺遺憾的是總被劉邦逃脫，不能大快人意。「總有一天我項羽會把你們迫至窮途末路的吧！」

項羽在遺憾中卻還是這麼狂妄地想著，不過他卻不知自己在追擊劉邦的日子，他卻疏忽了劉邦手下大將韓信已發展成為他今後致命的勁敵。

韓信已成為擁兵四十萬的齊王了！還有彭越、英布也都已分別擁兵十多萬！

劉邦的漢軍實力各方加起來怕有八十萬兵力！

這一切都是項羽只顧追擊劉邦而顧此失彼的錯失，卻殊不知也成了他致命的錯失！不過項羽卻想，只要漢王劉邦一敗，那其他的烏合之眾又何足懼哉！

他始終是這般狂傲自負，不過也是他項羽生平已經歷大小戰役數百次，可是從無敗績，何況他還有以十萬大軍大破章邯四十萬秦兵的驕人功績？劉邦當初在彭城擁有各方盟軍五十六萬，可還不是被他項羽以三萬騎兵擊敗了？

「自己最大的敵手還是項思龍，只要有他在漢軍軍營一天，那劉邦就不會有失敗的一天！一定要打敗項思龍，否則自己就永不能稱霸天下！」

項羽眼中射出灼灼厲芒，為了提升武功，他正在勤加修習魔道秘功種魔大法！此乃當年與赤帝齊名的一代魔帥風赤行的獨門神功，此功奪天造地，共分七重天，第一重白雲炮，第二重怒雷管，第三重九霄震，第四重定乾坤，第五重虛空勁，第六重石日寒，第七重天地滅，第八重玄宇宙，第九重血蒼穹，第十重為求速成，項羽想出了「以情制情」的殘酷方法，即讓心底滋生魔種克制各方親情，把親情化作仇恨來提升魔種。此法甚是凶險，如一旦把握不好，便會真正墜入萬劫不復的魔界，成為絕情絕欲的冷血動物。

但是項羽已顧不了那麼多了，他知道憑自己原來的武功只可勝過劉邦，但要勝過項思龍，卻是一點希望也沒有，在波斯國時，他親眼目睹過項思龍那超人般的速度和一劍毀去日月魔教大法王功力的神功異能。

要打敗項思龍，成為真正天下無敵的強者，就唯有走極端修習種魔大法！項羽為了稱霸天下，已經是不擇手段了！

項少龍對項羽修習魔功自是知曉，親眼見著自己一手造就的義子變得如此看重權勢，項少龍只覺傷心失望之極，他本欲施法救項羽脫離烏江自刎的悲劇命運，但見項羽不聽自己勸告一意孤行，也便狠下心腸決意與項思龍聯手毀去他了，免得項羽今後成為惡人間的一大魔君。由魔入道，由道入魔，都本在人的一念之間，項羽已是無可救藥的步入魔門了！長痛不如短痛，就依歷史必然結局毀了他吧！

項少龍痛定思痛之下，無可奈何的把騰翼他們都調回去了塞外草原，他不想這些經歷過患難，感情始終如一的好兄弟，與項羽一起受牽連。

以劉邦的性格，他帝業大成後，必不會放過項羽死黨的！

與項少龍一樣，項思龍也在考慮著自己離開這古代的後事了！

只要自己的親人和朋友據守塞外不入中原，劉邦即便登了帝位，也無可奈何他們的吧！

不過一切都是宿命，將來到底怎樣卻也不是自己所能知曉的了！

劉邦次次敗逃，讓得他對項思龍心結也愈來愈深，認為項思龍是不全心全意幫他了，要不項思龍為何把上門拜訪投靠的武林人物都拒絕了回去呢？還有項思龍在中原武林中聲望極高，可他為何不利用這點讓中原武林各門派來助自己呢？再有項思龍作為地冥鬼府主人，匈奴國把他當作恩人，波斯國也只要他一句話，當會發兵中原相助自己，可他就是不動用這些後援勢力，任得自己被項羽追得灰頭土臉，過著逃亡生活，只在自己每次兵敗後出點力為自己重振一下旗鼓，他可真是不夠義氣了！

項思龍對劉邦對自己的誤解只得啞巴吃黃蓮有苦自己知，他能說些什麼呢？所有的人本把滿腔熱情和希望寄託在了自己身上，可自己卻沒給他們帶來勝利，讓得漢軍上下都對自己有成見了。但自己能助劉邦打勝仗麼？歷史中註定他現在是次次敗亡的啊！

自己可不能改變歷史！不過你們的勝利在後頭呢！

並且是決定性的勝利！

項思龍只有忍受一切的冷眼，但劉邦他們怎知，他們能捱至今日仍沒遭毀滅性打擊，卻是誰在幫他們？

尤其是劉邦，他與自己還是同父異母的兄弟呢？卻也這般不信任自己！你可知道要沒有我項思龍，又豈會有你劉邦的今天！

項思龍心中也發著牢騷，不過卻還是緊鑼密鼓的為劉邦與項羽的垓下之戰做著暗中準備，他秘密交代了來訪的向問天，著他通知各大門派某月某日集人隱伏垓下一帶，同時也著了來看望他的上官蓮等地冥鬼府的人調遣門人高手，與向問天、青松道長他們配合隱伏垓下，聽候自己調派。

眾人知道項思龍是準備有大動作了，雖對他的這些佈置大感不解，滿腹疑問，卻也知他如此吩咐必有深意，都應承下來。

項思龍安排好這一切，又做起了劉邦的思想工作，著他按自己如此這般的吩咐下去，叫他命令各路人馬執行，劉邦知了項思龍安排的各方江湖勢力，對他信任恢復不少，再加上他一直依憑項思龍慣了的心理，所以也按捺下心中疑惑依言辦了。項思龍這才舒下心來，現在萬事具備只欠東風了！

項羽把擊敗項思龍看作了畢生最大心願，使得他的「以情制情」修練種魔大法的方法大獲成功，魔功進長神速。因為他本對項思龍大懷敬意，彼此又是結義兄弟，可謂有情，可現在他把項思龍當作了他的最大敵人，又可謂是無情，正合種魔大法的心法「以情制情」，但又因項思龍從沒有與項羽交過手，使得項羽對項思龍武功深淺虛實不知詳細，所以項羽的種魔大法也終沒達至大成之境。

項羽修練種魔大法是把項思龍當作對手的，他魔功的進境也只能達至他所能想像出的項思龍武功的克制之境，如欲修成大法，他就必須與項思龍一戰，以試探項思龍武功底細，不過項羽卻苦於沒有與項思龍過招的機會。

這一日，項思龍坦然自若的逕自向楚軍陣營走來，頓有楚軍擋駕阻撓。項思龍道出自己乃是漢軍使者，前來拜見項羽，有要事相商的。

楚軍中雖有人識得項思龍，但是他現刻本來面目已經隱去，認識他的人自是沒幾個了！不過項思龍身上所釋發出的氣勢使得楚軍卻也不敢怠慢他，進去通報了，不大一會兒便返回，卻是傳話說項羽不見來使，同時動手欲擒項思龍。

項思龍冷冷一陣大笑，發動體內異能運功於音，使出孟姜女所授的音波功，把聲音傳出道：「羽弟，大哥來訪你卻也不見嗎？」

話音剛落，欲擒項思龍的幾名楚軍頓時被音波擊得昏倒過去，可就這時，只聽得一破空之聲傳來，一道光影電閃而至，待現出身形時，卻不是項羽是誰？項羽在項思龍身前五尺之遙處站定，全身上下散發出一股冷森邪氣，面無表情，只雙目放光地直盯著項思龍，良久才仰天一陣哈哈大笑道：「項大哥到來，小弟有失遠迎，還請多多見諒！不過大哥一向神出鬼沒，行蹤飄忽，小弟想找你也找不到呢！大哥來了就好！來了就好！」

項思龍雖聽父親項少龍對自己說過項羽種魔大法功夫，但一直也未放在心下，這刻見了項羽，他身上所發出的邪氣竟讓得自己體內異能也一陣心浮氣動，這可是自打自己出山回來從未有過的現象，不覺心下一緊，默運新近自創的無為神功心法，才平定下心神，淡淡道：「三弟武功近來似大有長進嘛！」

項羽傲然一笑道：「彼此彼此，大哥功夫小弟也感高深莫測呢！這次正是個大好機會，咱兄弟倆可得切磋切磋！」

項思龍只覺項羽變得真是厲害，自己自滎陽一戰後也潛入楚軍陣營與父親項少龍相見時曾偷偷見過項羽，那時，他體內發出的氣勁還不能擾亂自己心神，可只半年多沒再見他，不想他卻變得殺機濃烈，身上滿俱邪氣了！難道是種魔大法改變了他？項羽真把種魔大法練到極限，創出十式合一的無上魔功了？

心念電轉間，項思龍卻轉過話題，直接說出自己來意道：「這次來見霸王卻是受漢王之命來向霸王議和的，切磋武藝之事卻是日後再說吧！」

項羽對項思龍這話也大感驚訝，一怔道：「議和？此話怎講？」

項思龍正容沉聲道：「楚漢相爭已連五年，既是勞命傷財，又是讓得天下百姓無得太平日子，這樣下去對雙方都沒好處，天下百姓更是怨聲載道。霸王和漢王本為結義兄弟，如此無止無休的鬥下去要至何日才能分出勝負呢？傷了兄弟和氣不說，軍中將士也有厭倦之心，所以雙方不如來個和平協議中分天下，豈不皆大歡喜？」

項羽聽了卻是冷笑道：「項大哥原來是作說客來。哼，劉邦沛縣流氓有何德何能與本王中分天下？他劉邦之所以能有今日，全是因他運氣好結識了項大哥，他算什麼東西？只不過是我項羽的手下敗將而已！當初若不是看在項大哥份上，他劉邦早就作了我刀下鬼了！叫我與他中分天下？哼！哼！」

項羽面上泛起陰冷色，連哼數聲，卻突又沉默下來，望了項思龍好一陣道：「這提議也無不可，不過大哥得與小弟比過一場，分出勝負來後再說！如小弟敗了，大哥說什麼都行，倘如小弟勝了，嘿嘿，那自是什麼也不用再談了！」

項思龍明顯感到了項羽再次湧生起對自己的殺機，心下一凜，仰首把目光投向遠方，沉吟良久才緩緩道：「那咱們就一言為定！」

項思龍答應與項羽比武，是知道此事看來已避無可避。

「自己今日即便不答應，可項羽仍會設法跟自己比定了的。他對自己都動殺機了；二是為了歷史，自己也別無選擇，照現在情形看來，自己如不答應與項羽比武，歷史上的鴻溝和約也談不成了。」

項思龍心中覺有一絲沉重和悲哀。「項羽為了滿足權勢欲望，為了稱霸天下，竟是修練魔門邪功，變得這般無情無義，還哪有自己喜愛的三弟的影子？」

「這便是歷史上所記載的項羽麼？是因自己的存在而改變了項羽的心性？歷史中的西楚霸王自始如一可都是一位頂天立地的大英雄，可是眼前這西楚霸王……是自己改變了歷史嗎？要是如此的話，自己的過失可真是大了！」

項思龍只覺心中一陣刺痛，對項羽他也與項少龍一樣，頓然間感覺是多種複雜的心緒湧上心頭，但最後還是內疚和失望……

項羽答應項思龍提出的中分天下提議，卻是多方面的原因了，其一是經歷了五年的楚漢相爭，他項羽雖成為戰無不勝的神話級人物，但他的兵力卻是越來越少，而劉邦卻是越來越多。至今天他項羽只剩十多萬可戰之軍，而劉邦漢軍加上他的各方面同盟軍卻有八十餘萬，這大半的原因是因為項思龍乃劉邦陣營的人，項思龍的威望吸引了各方人馬去投靠劉邦吧！

其二是因項羽這方人少勢薄，許多事情都不能面面俱全，而軍中只他項羽一人可威脅漢軍，其他將領皆不成大氣候，以至後面糧草供應不足或被漢軍截擊，對楚軍來說確實是不宜打持久戰，可劉邦卻有這個本錢。

其三，也是項羽認為自己如敗在了項思龍手下，那己方也等若是敵不過漢軍了，能中分天下對自己來說已是驚天之喜，既可乘機養精蓄銳又可修練種魔大法，待日後魔功大成氣勢已足之時，還怕沒有捲土重來的機會？

二人各懷心事，定下了比鬥時間和地點。

劉邦對項思龍提出與項羽議和的方案本不是快快樂樂。「自己雖然目前形勢不大樂觀，可自己後備力量強大啊！韓信、彭越、英布各有數十萬大軍，如集合起來，項羽雖是不敗戰神，可他只有不足二十萬的兵力，卻也定鬥不過自己吧！與他中分天下，可太便宜項羽了！」

可當項思龍說出這只不過是惑敵之計，並且說出了以後的作戰計畫時，劉邦卻又眉開眼笑了！

通過議和先緩解目下危機，待項羽鬆懈下來時，再調配全部實力給他一個致命打擊，這就是項思龍的計畫。劉邦現在勢緊，確實需要緩過一口氣來。

項思龍可不再理會項羽、劉邦變得怎樣了，反正他與父親項少龍約定待楚漢相爭之事完畢後，就返回現代去，再也不理會這古代的什麼事了。

眼下最主要的是擊敗項羽，給他心理上造成一個致命打擊！

漢軍和楚軍各自擺開陣勢，在鴻溝之北的一足有數平方公里的曠野中架起了讓項思龍和項羽比武的戰場。雙方均是士氣十足，旌旗飄展，可敵對之氣卻是既濃且烈，氣氛顯得肅穆而莊重。

在相距四五百米處雙方各自立定，中間是供項思龍和項羽比鬥的戰場。

項少龍看著站在場地中心相互眼神交擊著的項思龍和項羽，心中痛苦非常。「這兩人都是自己最親的人啊！可是因得歷史之故不得不成為仇敵！」「多麼殘酷的命運！」項少龍閉上雙目不忍觀看。

劉邦、張良、陳平等卻是都心神緊張，目不轉睛地盯著場中二人。

楚漢兩方將士也都是大氣不敢吭地看著這即將發生的驚天之戰。

項思龍終於緩緩移開落在項羽身上的目光，舉目遠眺灰濛一片的長空，語音悲沉道：「三弟，請出招吧！」

項羽臉上也掠過一絲不為人覺察的哀色，但轉瞬即逝拔出玄鐵神劍在手，冷冷道：「那小弟就得罪了！」

第十一章　垓下之戰

項羽戰敗項思龍手下，受了嚴重內傷，頓時各種思緒湧上心頭，有仇恨，有沮喪，也有洩氣，但他項羽也乃一介出言九鼎的英雄，依了原先承諾與劉邦簽了鴻溝和約。

自此楚漢中分天下，戰火四起的局面也該暫告一段落了！

雙方簽了和約後，各自承諾收兵回返劃定的己方地界，不得逾越。

項羽也放回了劉邦老婆呂雉，下令全軍折回楚地，不過他卻做夢也想不到劉邦會毀約，趁他撤兵時，沿途已對他灑下了天羅地網，給了他致命的打擊。

然更讓他項羽料想不到的是劉邦的這一切計畫都是他認為值得信任的項思龍所一手策劃的，要是他知項思龍不可靠，卻是怎也不會與劉邦簽和約撤兵返楚的。

不過他項羽更料想不到的是他一直敬仰信任的義父項少龍竟也會作了內奸背叛了他，在他被漢軍圍困垓下時，他項羽的行蹤就是項少龍用暗號告知漢軍的。

當然他項羽撤兵也是身不由己，他已被項思龍迫回他體內的自己內勁嚴重的震傷了心脈，功力不到平時的四成，卻還怎麼率軍作戰呢？全軍中他項羽可是頂樑支柱，如他倒下了，那楚軍也就完了！大丈夫能屈能伸，待治好內傷整頓全軍後大可捲土重來，再與劉邦決一高下的嘛！何況項羽楚軍現在定是因他戰敗人心不定，軍中又缺糧草，漢軍兵力比他楚軍多出數倍，還有項思龍這等絕世高手坐陣，他項羽如小不忍就亂大謀！

但是項羽做出撤兵決定卻是因對項思龍的信任！

是絕對信任！

可人算不如天算，誰想得到項思龍也會因歷史，出爾反爾呢？

一切都是定數！歷史的定數！歷史判決了他項羽的命運，項思龍也無可奈何！

他只有懷著愧疚之心狠下心腸背叛項羽對自己的信任，在項羽撤兵東進返楚時著，劉邦率軍尾隨追蹤，等待時機給項羽以致命圍擊。

一切都得如史記所載般的發展，絕不能讓歷史有絲毫差錯！

這是項思龍來到這古代的使命，一個深重而又滿是哀傷的使命！

對項羽，他只能是感情複雜，歉意地說一聲：「兄弟，對不起了！」

項少龍呢？他現刻心中又是何想？當然想是懷著比項思龍更沉重的對項羽的歉意和一陣陣鑽心刺痛！項羽是他的義子，也是他一手締造出來的，但是現在他卻要與項思龍一起聯手毀去他，這能不讓項少龍心中悲痛萬分麼？

不過他又能怎樣呢？在項羽和劉邦中他必須選擇其一！

這是一個痛苦的選擇，但是他卻又非做出選擇不可。

「自己並非這古代的人啊！這古代的一切對自己來說都是虛幻的不真實的！小盤拋棄了自己，項羽呢，他也正在變得越來越極端……如此……自己也就只有背叛他了！為了中國的歷史，為了現代的親人……自己只有忍痛背叛項羽了！歷史的危機過去後，自己也便只有回到現代去……這古代雖有關心和疼愛自己的親人和朋友，但自己親手害死了寶兒，卻叫自己如何去面對他們呢？」

「事後自己在這古代就只有失落和傷感了……還是隨思龍返回原本屬於自己的時代的好，那裡也有親人和朋友，也有一些以往遺落的真實的愛，自己回去後可以重新過上另一種生活……」項少龍在悲痛中卻也自我安慰的憧憬著未來。

至於劉邦，卻是興奮異常了。「打敗項羽，那中原這天下就唯我獨尊，自己也就可以面南背北的高高在上，享受皇帝的豪華生活了……那時美女大大的有，金銀滿倉都是……那時普天之下莫非王土，普天之民莫非王臣……我劉邦就是要風得風要雨得雨的九五之尊了！那時就是大哥項思龍……也得對自己俯首稱臣……哈哈……過癮！過癮！項羽，你就快點上西天去吧！」

項羽率兵往自己楚地王都彭城進發，開始一路毫無風波，沿途漢軍見他楚軍都開城出門恭迎。全軍飯食也全都照應俱全，可當項羽提出借糧草時，漢軍將領則婉轉拒絕了，說霸王班師回朝，沿途各方漢軍楚軍哪還會不照顧周全？平城糧草也並不多，軍士戰馬都有些供應不足呢！霸王威震天下，現漢楚又已議和，霸王有得吃喝可安然到達彭城就夠了！又不是出征打仗，帶糧草幹嘛呢？只累了軍士延誤了全軍行進速度罷了！

項羽見這些漢將對自己態度恭敬異常，又說得條條是道，還以為是項思龍下令關照自己呢！也沒起什麼疑心。

項羽魔功因負傷大大消減，身上邪氣也隨之大大退去，他本是個有情有義心性耿直之人，自是想不到這一切都是項思龍著劉邦下令安排來對付他項羽的計畫。

只是項羽戒備之心一鬆，也不強征糧草，那他項羽也便中計了！

這一日行軍至陳留，項思龍安排設下誘惑項羽的麻煩終於來了。

先鋒官策馬飛馳至項羽座前，翻身下馬，單膝跪地語氣不自然的恭聲道：「報告大王，陳留城有大批漢軍把守，城門緊閉，不讓我楚軍通過！」

項羽得報先是一怔，接著虎目厲芒激射，罵道：「竟有此事？」言罷，騎烏騅馬飛馳電閃般親自到城前看個明白。

果然，城門緊閉，城樓上守衛漢軍遍佈，氣勢極是森嚴。

項羽還沒想到壞處，只以為這陳留城的漢軍還沒接到有關鴻溝和約的通知，當下冷冷地衝著城樓上的漢軍大喝道：「快開城門，放楚軍通過！你們漢王已向我項羽議和，約定鴻溝為界中分天下，你難道不知此事？」

城樓上一漢軍將領卻是冷笑道：「嘿嘿，你項羽發什麼夢呀！你現在只不過有二十萬兵馬，而我漢軍加上各諸侯軍有近百萬兵馬，漢王怎會跟你議和？」

項羽見一漢軍將領竟也用這等語氣跟自己說話，只氣怒得火冒三丈，大吼道：「混帳！本霸王與你漢王立有約章為證！你這等狗東西竟敢不依約辦理……」

項羽的話還未說完，卻只聽一陣熟悉的哈哈大笑聲傳來道：「一紙空文而已！項三弟何必當真呢?正所謂兵不厭詐，三弟，你上當了！一山不容二虎，你我只能獨存其一！」

項羽聽音心下已是狂震，舉目往出聲處望去，怒目圓瞪又驚又火狂然喝道：「劉邦！你……」話只說了一半，項羽卻因氣怒攻心再也說不下去了。

劉邦的出現，不只是說明劉邦不守信義，最主要的是同時也證明了項思龍欺騙了自己，這才是最讓項羽痛心和震怒的！

是他項羽最尊敬和信任的項思龍大哥欺騙了他嗎?

雖然他項羽把項思龍當作了生平勁敵，甚至不惜冒著走火入魔的危險修練魔功種魔大法，可他這只為了證明他項羽是強者啊！項思龍在他項羽的心目中還是他生平義父項少龍之後第二個所真正敬服和信任的人！

「可是……項思龍竟然欺騙了自己！」這能不讓項羽心驚嗎?

劉邦卻是接著又道：「項三弟，嘿，也不能怪我背信棄義，只怪你威名太大，二哥我如不去你這顆眼中釘肉中刺，我想我這一輩子也別想睡上安穩覺過上安穩日子。想來想去，還是只有與你決一死戰啦！戰死沙場可也總比一輩子坐立不安的過日子是好，總落得了個一世英名！」

項羽心下的氣憤與怒火已膨脹至了極點，舉手指著城樓上的劉邦，臉色鐵青地道：「你……你……劉邦，你夠膽氣！好！今日我項羽誓要與你劉邦決一雌雄分出高下！咱們也不用再玩什麼遊戲了，這次來場硬的！」

言罷，接著又大喝一聲，雙手揮出兩拳，道：「種魔大法五重天怒雷鳴！」

項羽話音甫落，兩道夾殺著陣陣雷鳴的狂猛氣勁直向劉邦所站處電射衝來，只嚇得劉邦大呼「我的媽呀！」急忙飄身退開。

「轟！轟！」兩聲巨響，城牆被項羽所發拳勁轟踏半邊，石飛灰揚。

項羽也知自己這兩拳傷不了劉邦，一來雙方距離較遠，二來項羽體內內傷嚴重，功力還只復至六七層境地，不宜動用全力加重傷勢，他發拳只不過是發洩一下心中悲傷與憤怒，二是借勢向劉邦施個下馬威！

見劉邦被自己拳勁迫退，項羽趁這造成的氣勢向身後將士高呼道：「兄弟們，向背信棄義的漢軍發動進攻，殺了那千刀殺的小人劉邦！」

項羽現在所領的這所剩二十萬楚兵可都是跟他出生入死作戰多年的精兵良將，尤其是他漢中起兵的八千鐵騎更是忠心，在項羽坐上西楚霸王之位分封天下後，各路諸侯軍都背叛了他，但是這二十萬將士卻一直跟在他身邊。劉邦早得項思龍授計，只激怒項羽後當即撤退。

他此行到時敗給自己了，也是敗得心服口服。

當然這卻也是項思龍的意思，自己仗了通曉歷史的天機運籌謀策對付項羽，對項羽來說確實是不公平，讓劉邦來提點項羽一下也算是給自己一點自我安慰吧！項羽的命運終是天意所定了的！

陳留城只是劉邦所說的一個幌子，起個告示楚漢相爭再度開始而已，守城的漢軍自也並不為多，不費多大功夫便被項羽所佔領了。

此時只要項羽能有所覺醒，他一定可以看出這只是個陷阱的出台戲，後面的才是對他的致命打擊圈。

但項羽一來怒火填膺，二來傷心失落，三來狂傲自負，竟是沒作細想。只思忖還是就此來與劉邦、項思龍作一了結算了，誰勝誰敗誰主沉浮誰落為是，就全由這一戰來作了結吧！

見劉邦他們逃跑，項羽想也沒想的就向全軍下令道：「追！今個兒一定要斬了劉邦這廝的人頭！真是欺人太甚了！」

血洗陳留城後，項羽串領大軍馬不停蹄的沿劉邦逃亡方向奮力直追。

因項羽心神太過激動而生浮躁，竟是不顧大軍的狂命追擊，大軍也給落後，只有不到四百的騎兵跟緊了他。項羽也不以為然，在他心中現在只想著與劉邦拚命與項思龍拚命，雖然他項羽敗在了項思龍手下，但他也還有一壓陣絕招沒使出呢！只是此招與敵同歸於盡的亡命招式，他項羽還沒練至大成，所以也不敢隨便動用。不過這次卻也管不了那許多了，如真要拚命不可，那也只得拚死一戰了吧！至少總落個一世英名！

劉邦退逃的方向竟是一處丘陵處處的山區，沿途也無伏兵埋伏，讓得項羽心中煩躁不安。

這樣的追擊遊戲直玩了兩三天，劉邦等忽地在項羽等的視線中消失不見了，項羽這才警覺過來，隱約覺著自己已進入了劉邦設置的埋伏圈，可是進是退，項羽一時也拿不定主意了！

「幾天的追擊征程，讓得己方軍士已是既疲且躁，劉邦如在此地埋下伏兵，這裡是山區，不利騎兵攻擊，這……但願不會出什麼意外吧！」

項羽終於冷靜下來，知道自己因煩躁而犯了致命錯誤。

不過他項羽終究是一代霸才，臨危不懼，反是鎮定下來。

於是吩咐大軍就地休息片刻，造飯飲水，飼餵戰馬，同時著人去察看地勢嚴密防守，可就在他項羽傳令之後，突地一陣怪風吹來，項羽心中莫名一寒，只覺甚是不安，烏騅馬亦感到有異，竟是嘶鳴躍跳不止。

項羽也不禁暴喝一聲，方將心中的不安寒意驅除。

「媽的……怎麼會這樣的？這地方好邪……一定有什麼不對勁？」

項羽心下想著，虎目掃視了一下四周，心神倏地一緊，第六感告訴他有大批敵人正向己方所在之處悄悄潛圍過來，這感覺剛一湧生，頓即臉色大變的沉聲對身旁將領道：「傳令下去，立即開拔撤退！這裡有危險！」

眾軍士正在埋鍋造飯。聽這軍令，人群頓即一陣騷動。

「霸王在搞什麼嘛，追漢王劉邦都追了三天，人沒追到。還累得自己又疲又餓，好不容易下令休息，又說這裡有危險要撤退，可也真是的！」

雖有滿肚牢騷，卻也沒有人敢吭聲，都依令紛紛收拾行裝上馬。

項羽管理他的軍隊用的可是鐵的紀律，軍令如山倒，沒有人敢違抗的！

「霸王，不好了！不好了！」遠遠的就聽返回的探子喘息的驚慌高喊著。

「嗚……嗚……！」「咚……咚……！」

就在探子回報同時，倏地擂鼓號角聲大作，響徹雲霄。

氣勢即時進入緊張狀態！

「咚咚咚咚……！」「嗚！嗚！嗚！」隨著鼓聲和號角聲的愈來愈激昂密

集，楚軍處山谷的不遠小山丘上四面八方湧出了大批兵馬，戰旗上「漢」字醒然入目，顯是劉邦引誘項羽至此，而在此處早就埋有伏兵，一聞開戰訊號便齊起而來，來個網中提龜，一網打盡，一舉擒獲。

「一切都是算計好了的！這計策定是項思龍一手策劃！他著劉邦與自己簽訂鴻溝和約，一是想緩解劉邦當時危機，調集兵力，二是想趁自己撤兵殺回時，佈置好對付自己的陷阱，想一舉殲滅自己！好陰毒的計謀！項思龍利用了自己對他的信任，欺騙了自己的感情！」

項羽只覺心中又怒又恨，目中都快噴出火來，現在己方陷入敵方重圍，唯一出路，便是誓死相拚了！

虎牙一咬，項羽率先策馬向漫山遍野喊殺著逼近的漢軍叢林中揮劍馳去，口中狂喊道：「跟他們拚了！」

楚軍訓練有素，處驚不亂，見自己頭頭率先衝鋒陷陣，當即也都提起武器，策馬緊跟項羽之後，喝喊著上陣迎戰。

項思龍已是據史記所載著劉邦去引誘項羽，而他則指揮各路漢軍布下天羅地網，在垓下各處山崗埋伏下來等君入陣，這一陣式就叫作——十面埋伏！第一面樊噲；第二面夏侯嬰；第三面曹參；第四面灌嬰；第五面張耳；第六面酈食其；

第七面彭越；第八面呂布；第九面陳餘；第十面主將韓信，還有劉邦、張良、陳平、項思龍！

每一面都按其職能主次安排了一定兵力，總兵力達一百萬！

事實上還不止十面埋伏，因為還有上官蓮、向問天等各方武林勢力也已隱伏在這垓下，只等項思龍一聲令下，就會殺出來助漢軍的啊！這幫人怕也有兩三萬之眾，又個個身手不弱，高手更是濟濟，論比起來可也不下於十萬兵馬的實力！

百萬雄師圍攻項羽不足二十萬的兵力，楚軍即便再厲害也飛不出漢軍的手掌心了！

但是項羽的神勇卻是人人皆知的，現刻他更因悲憤燃燒的怒火變得有若一頭發了狂的猛虎，逢人就殺，所過之處無不披靡血流成河，讓得漢軍各路將領都心神忐忑，祈禱著千萬別碰上這煞星，要不就只有上西天了！

緊跟項羽左右的騎士也似受項羽感染，個個都把自身戰能發揮至平時許多時候都達不到的境界，勇猛非常，面對強大漢軍夷然無懼。

只要項羽所過之處，漢軍力量再強大也被殺得節節敗退。

不過楚軍終是人少，被漢軍阻截擊殺，項羽身邊的人是越來越少了。

項少龍就在項羽身邊，他負責保護虞姬，不過他的心都快麻木了。

「戰爭！好殘酷的戰爭！這是一場屠殺的戰爭啊！」劍勁拳勁所過之處，就是只見血肉橫飛肢體被解。項羽已殺得雙目，釋放出一股讓項少龍看了都覺心悸的邪光。

項羽已成了漢軍的一死神！殺！殺！殺！就只見血光四濺！垓下，成了有史以來的大屠場，生命在這裡猶如一張薄紙！屍體確是只能用堆積如山才可形容！

每個交戰的漢軍都只祈望菩薩保佑，求項羽早點筋疲力盡，好可以取他首級領大功，可是這只能是個短暫的幻想罷了，項羽這有不敗戰神之稱的西楚霸王不是疲倦了，反是愈戰愈勇愈戰愈強，對項思龍的悲憤，對劉邦的惱恨，對漢軍將士的洩恨，無形中卻是把項羽的種魔大法給提升至了另一個極限。「以情制情！」他在片刻各種思潮的衝擊下，卻是真正的被他突破了情之局限！

他已成魔！已成了個絕情絕欲的冷血魔王！

他把種魔大法的最後一招一式歸一魔霸天下，在這一刻給融合貫通了！他的內傷不但痊癒，功力反是飛升至了他以前想也想像不出的境界。

現在項羽最大的心願就是再與項思龍一決高下！

對這次的成功得失他卻已沒放在心上！

「只要殺了項思龍殺了劉邦，自己楚軍即便被殺得一個不剩了。這天下還是自己的！」

項羽的雙目中閃跳著紅色的邪光，那是成魔的兆象。

項思龍和劉邦等遠遠的在一較高山丘上觀戰，見了項羽的威勢，觀者無不色變。項思龍更是面色沉重，他看得出項羽的武功比上次在鴻溝與他決鬥時更是精進了不知多少倍，魔門邪功可也真是邪門，短短數日內項羽不但內傷痊癒，而且功力比原先更是精進了一層！

「上次自己已使出了自己體內的十層異能才勉強擊退項羽，現下恐怕自己使出十二層功力的無為神功也不一定能敵項羽。這……難道要自己施展那超人類的能量？」

項思龍心下想著，劉邦卻是突地大改以往怕事神態，目中顯出冷厲之芒，看得項思龍心念一爽：「難道劉邦也練成了什麼神功一直深藏不露不成？要不他為何見了項羽這刻的神猛面不改色？這可大反他的膽小怕事性格！」

項思龍這一猜卻也給他猜對了，劉邦確是練成了外人一直所不知道的絕世神功，那是他無意中發現天劍之秘。

原來天劍手柄竟有機關，劍柄中藏有天劍主人赤帝《天命寶典》，寶典中記錄有赤帝的畢生武學精華，其中以劍魂心法和天劍七式為精華中的精華，而劉邦在赤仙谷中所得的只是《天命寶典》的一副本而已，武功並不詳盡，天劍中所藏的《天命寶典》才是赤帝的真正武學精華。劉邦雖一向不喜習武，但知自己要想在這亂世中爭霸天下，就必須身懷絕世武學以求自保，所以在他發現天劍之秘後，便痛下功夫勤練《天命寶典》中所載武功。

因他體內服過九轉銀丹和元神金丹，潛力驚人，而他身上又富天子之氣，所以一段時日下來，卻也被他練至大成之境。不過劉邦心機較深，寧可教手下去死一百一千一萬人，只要能完成某項任務，他卻也是不會出手的。在劉邦的思想中，武功是用來保命的，愈不為外人知便愈好，可以殺敵不備攻敵不防，要不這些好處可就全沒了！再說愈不顯示自己能力，別人認為自己只不過是個小魚小蝦會不以為意，可讓自己乘機鑽某些空。

總之劉邦的城府可是很深的啦！連項思龍也不交心了！

不過在政治場上打滾的人本大都是心思深沉的陰險人物。

戰場上的喊殺聲還是驚天動地，楚軍有項羽這煞星打頭陣，人數雖是愈來愈少，但士氣卻是高昂至極點，雙方這一戰直殺了一天一夜，項思龍見久攻不下楚軍，思謀著兵士也該休息一下了，便著劉邦下令暫停第一輪進攻。

楚軍浴血奮戰殺退百萬漢軍圍剿，只興奮得高呼「霸王萬歲」！

項羽也是目中邪光大熾，雖然在這一戰己方死傷得已是不到八萬之眾，但他作戰的激情卻是愈來愈高，只覺精神和體能都已達至前所未有的巔峰。

不過雙拳難敵四手，如己方軍士全亡，只剩他項羽一人，即便他武功達至奪天造地之能，卻也定敵不過項思龍、劉邦等高手的聯合攻擊吧！

剩下的這點兵力還是自己抗擊劉邦的本錢，無論怎樣也得穩住他們！

項羽雖遇機緣下練成魔功，但他的機智卻還是不會退去的。

他舉出了當初以十萬軍士在鉅鹿大勝秦將章邯率領四十萬秦兵的例子，也舉出在彭城以三萬騎兵大破五十六萬漢軍的例子以鼓舞士氣。

最後慷慨激昂地道：「手足們，漢軍雖然勢大，號稱百萬雄師，但是只要我們全體將士齊心協力，拚了性命去與漢軍相搏，我們還是有勝算的！首戰我們雖損失了十多萬人馬，但是漢軍恐怕損失二十餘萬。我們擊退了強大的敵人！以後的戰鬥只要我們再一鼓作氣，一定可以徹底消滅劉邦！消滅漢軍！一統我大楚江山！那時封王拜將，各手足們可以榮歸故里了！」

項羽的這番演說詞果也起了效果，疲憊的楚軍哄然高呼：「有霸王在一定可以消滅漢軍！」……

「霸王是戰無不克的不敗戰神！」……

呼聲此起彼落，經久不絕，震撼雲霄。

雙方停戰了一天光景，第二天激戰又再開始。

楚軍是愈來愈少，漢軍雖被項羽殺得膽顫心寒，可一來仗著人多勢眾，二來仗著項羽身邊的楚軍在減少，想著漢王劉邦頒下的「殺項羽者，可封王封侯，得黃金萬兩」這誘惑，任是如潮水般湧攻項羽。

「名利」這兩個字可不知有多少人為之喪命！自古至今都是這樣，人類總躲不過一個「貪」字，不過要貪可也得付出代價。

項羽的勇猛無敵可是貪心之人的催命符，欲殺項羽的都被項羽所殺！

漢軍也終是被項羽殺得寒了膽，於是改變戰略，只千人一批千人一批的去攻擊楚軍纏住項羽，對與項羽分散的楚軍將士給迎頭痛擊殺得一個不留，不過這方法也有行不通的時候，想想漢兵也是人，一樣會怕死，一千人死光了，另一千人哪會不怕死？再接著的是見了項羽都腳軟手軟。

後來只要是項羽所到之處，漢軍不戰而退，不過還是形成裡三層外三層的重重包圍圈困著項羽，與他打起了遊擊戰來。

如此情勢雙方對峙了十多天，項羽這方的楚軍所剩已是不到三萬了！軍中糧草也日漸短缺，軍心還是禁不住動亂起來，有將領提議道：「霸王，給漢軍困著打可不是辦法，咱們還是集中力量殺出重圍去吧！」

項羽此生也是何曾打過如此窩囊被動的仗？對劉邦、項思龍只恨得咬牙切齒，可此時不是洩私恨的時候，魔功初成時的項羽欲與項思龍再決勝負的衝動已是過去了，項羽的心態逐漸冷靜下來。

「不錯，此次敗局已定，不宜再拖，否則便有全軍覆沒的危險，只要自己逃過此劫，還怕沒有東山再起，報此大仇的機會？」

當下也眉頭一揚道：「好，明日再戰，你們跟我殺出重圍，回江東去！」

翌日未到天光，項羽已率領餘下的三萬兵馬主動向漢軍衝擊。

「誰敢擋我項羽？」一聲暴喝已是嚇得退避漢軍。

雖只三萬兵馬，但全都是楚軍中精英的精英，所過之處漢軍亂成一片。

經過兩個多時辰的浴血奮戰突圍，項羽終於佔領了一處山頭，叫作九里山，不過仍未逃出垓下，漢軍圍困山下，不斷殺上。

此番衝殺，兵馬損失慘重，只剩下了一萬五千左右人馬。

突圍不比迎戰，要衝破對方構築工事，難度自是要大許多。

項羽暫可在九里山上喘息一口氣，重整殘餘兵馬。

如此雙方又對峙下來了！這可讓得劉邦有些心浮氣躁，時時大罵道：「他媽的，百萬人馬也敵不過項羽的二十萬大軍，真他媽的都是膿胞！」

各路將領都被劉邦罵得垂下頭去，他們可全都盡了力呢！只是項羽實在太過神勇了，無人能擋其鋒，除非是項思龍去對付他……

當然眾人只敢心下如此想著，嘴上卻也不敢說出來。

項思龍知大家心下埋怨自己不出戰，可他有自己的苦衷啊！不可以改變歷史！

苦笑著，項思龍當下說出了史載對付項羽的另一招，道：「我有一計，可令楚軍——不攻自破！」說著當下道出了一切計畫，張良這一代謀臣聽了擊掌嘆服道：「思龍你真神人也！如此妙計也可想出！」

劉邦也愁眉一展，哈哈大笑道：「這下項羽又要暴跳如雷了！」

當夜，烏雲密佈，寒風怒號，項羽著一部分人馬守衛其餘之人好好休息。

可當夜半時突地傳來陣陣讓人愁腸寸斷的哀聲，且有哀怨的楚歌聲傳出來

——白髮依門兮，望穿秋水；稚子憶念兮，淚斷肝腸；終生在外兮，何時返鄉？

……歌聲淒涼，讓人聽之確是默然神傷。

楚歌中大意是說戰爭等待他們的只有是死亡……不如散了回歸故鄉去……項羽敗局成了定數，大家不要陪他送死……家鄉的妻兒父母還期盼著他們回去團聚……歌聲一遍一遍的重唱，並且聲音愈來愈大……

心懷沮喪又疲又累又餓的楚軍終於被這故鄉的哀歌感染了，他們俱然淚下，厭戰的情緒在他們心底擴展……不知是誰突地拋下手中長矛，邊向山下衝去邊痛哭道：「我不打仗了，我要回家鄉！」

這一開端帶來的後果可不得了，拋下兵器的楚兵紛紛不絕，雖有人去向項羽作了報告，項羽下令對逃亡之人格殺勿論，可被歌聲感染得癡了的楚兵仍是寧可被殺也要逃亡……

一夜間逃散的楚兵竟達一萬多人！

項羽看著此等場面，知殺令也無濟於事，心中冰冷，知這定又是項思龍所施計策，對他更是恨之入骨，只衝著人心惶惶的殘餘隊伍悲狀大喝道：「走吧！走吧！你們都走吧！看我項羽一人怎麼取劉邦項上人頭！」

項少龍這時也知項羽大勢已去，已快走至他生命的最後里程，還有虞姬……看著他們二人一時也不覺聲淚俱下，心中悲痛異常。

「寶兒，爹也不能幫你了，這是歷史給你所定的命運！你恨義父吧！都是我害了你……我不該讓你赴這條不歸路的啊！如不入中原，仍在塞外桃源，現在過的應是一種怎樣的天倫之樂生活啊！都是我！是我害了你啊！老天你為何不懲罰我項少龍？」

項少龍親眼看著項羽勢起，卻又要親眼看著他兵敗身亡……這是一個多麼殘酷的現實！可是……卻又是無可避免的現實！

項少龍只覺心中痛如刀割，驀地拔出腰中百戰寶刀，悲呼道：「寶兒，爹對不住你！希望咱們來世能再作真正的父子吧！」

言罷，提起百戰寶刀，就欲向自己肚腹刺去，就在項少龍身旁的虞姬見了失聲驚呼道：「爹！」驚呼聲中已向項少龍撲救過去。

「嗤……！」利刀入體之聲響起，鮮血順著虞姬雪白的衣裙流出。

百戰刀已刺入了虞姬背部三分之一！項少龍驚得呆了，抱住虞姬嘴角喃喃抖動道：「姬……姬兒！」項羽本在氣憤之中沒注意項少龍和虞姬，直待聽得項少龍悲呼時才驚覺過來，可他出手相救已是來不及了，正心頭大震時，誰知虞姬……而項少龍在悲切中盡力出刀，虞姬撲來時收刀已是……

場中氣氛一時靜寂住了，只聞虞姬強忍痛苦的脆弱呻吟聲……

第十二章　勝者為王

項羽驀地暴發出一聲直沖雲霄的震天悲嘯。

在他這一生中，付出了真心至愛的女人就是虞姬了，可以這樣說，如沒有虞姬給他項羽的精神支持，便沒有他項羽今日的成就。

但是現在，這虞美人卻要香消玉殞了！

項羽只覺心在滴血，無處發洩的悲痛和憤怒燒得他近乎瘋狂。

連聲悲嘯著衝至項少龍身旁一把奪過已是生命垂危的虞姬，項羽強抑心中各種複雜的思緒，柔聲淒哀道：「虞妹，你……你怎麼這麼傻啊！」

虞姬掙扎著抬起無力的纖手，輕輕地撫摸著項羽的臉頰，低弱的淒然道：

「大王，妾身今後不能再陪伴侍候你了！能死在大王的懷裡，妾身覺得很滿足！

你我今日的命運都是老天註定了的，只可惜大王你也……」

說到這裡，把逐漸暗淡的目光投向了神情木然的項少龍，滿是複雜的神色，胸口急劇起伏了一陣，才接著又道：「阿爹，你怎麼能做傻事呢？娘和嫣然姨她們都離不開你，還有……歷史……但願姬兒和大王……阿爹能……」說著這幾句話時，虞姬的口中已是不斷地溢出鮮血來，只嚇得項羽連聲泣腔道：「虞妹，你不要再說了！你不會有事的！不會有事的！」

有些手忙腳亂的項羽把雙掌抵在虞姬胸前的膻中穴處，把內勁源源不絕的輸入她體內，虞姬本在漸漸閉合的秀目迴光返照地睜了開來，慘然一笑道：「寶哥哥，你……不用再為妾身浪費真力了，妾身知道自己已是不行了！寶哥哥疼愛了妾身幾年，妾身覺得很是幸福了！只可惜沒能為項家留下香火！」哽咽地抽泣幾聲，虞姬秀目泛上淚花，突又疾噴出一口鮮血，待平息下來後，目中異彩復又黯淡了下去，只低低唱吟道：「漢兵略地，四面楚歌聲。大王意氣盡，賤妾何聊生！」聲音逐漸低沉下去，最後……

項羽只覺天地一片空空，回想著與虞姬共同度過的歡樂時光和自己叱吒風雲的一時，現在卻是……美人魂消西去，兵士逃亡一空，末路英雄的感覺也不禁慨然悲歌道：「力拔山兮氣蓋世，時不利兮騅不逝，騅不逝兮可奈何，虞兮虞兮奈若何？」唱畢又是仰天連聲悲嘯，這淒涼的場面連得天公也都為之愴然淚下，突地狂風大作下起傾盆大雨來。

但是九里山上所剩的不到一千餘人卻是誰也沒動，對大雨毫然不覺。

悲壯的氣氛籠罩著九里山，楚歌不知何時也已消去，天色竟是漸漸微明。

項少龍只覺自己已成了一具行屍走肉，什麼思想也都沒有了。

「虞姬臨終前望向自己的複雜目光，那欲言又止的語氣……她似乎對什麼都知道了，知道了自己是楚軍的內奸，知道了項羽的兵敗是歷史的必然……」

「但是她卻沒有告訴項羽，是為了不讓項羽傷心？是為了不讓項羽灰心？……」

「現在她去了，一切的一切都不重要了……」有的只是項少龍心中那份已是用筆墨無法描述出的痛苦……比死亡更恐怖的痛苦……

「虞姬去了，接著就項羽，再接著就是整個楚軍的覆亡……」

「這是何等殘酷的現實啊！老天，你為何不把一切的災難歸降到我項少龍頭上？歷史……時空機器……可恨！可惡！」

項少龍只覺心在一片一片破碎，眼前的一切都成了虛幻而不真實的世界……

沉寂的氣氛也不知持續了多久，項羽驀地長身而起，仰天狂喝道：「劉邦！

項思龍！我項羽一定要把你們碎屍萬段，方可洩心頭之恨！」剩餘的近千楚軍也悲壯的齊聲道：「我等願誓死追隨霸王！」

項羽雙目通紅卻又淚珠泛起的悲聲笑道：「好！好！咱們這就殺下山去，與劉邦狗賊決一死戰！」言罷揮出一拳，只聽「轟」的一聲巨響，地面頓然現出一個足有五六立方見丈的洞穴來。

項羽把虞姬屍體抱入洞穴，再次凝望了這絕代美人一眼，狠下心腸再度揮掌，沙石終於掩埋了這絕世芳華的虞姬。

「手足們，咱們出發了！」項羽飛身躍上心愛的烏騅馬，率先往山下衝去，心懷激憤的楚軍也吶喊著緊隨其後。

又一場血戰將要拉開了！

項羽在虞姬香消玉殞後，就再也未望項少龍一眼，這讓項少龍知道項羽已從虞姬臨終前的話中感知了些什麼。他們父子倆的關係恐怕要從此恩斷情絕了……

項少龍只有是悲痛地苦笑。

他現在對什麼都麻木了，歷史也罷，生命也罷……在他眼中都已破碎！

終於與漢軍相接！見了項羽方只有近千人馬的漢軍爭先恐後的蜂湧著阻擊項羽的突圍，因為誰只要擒殺了項羽就可封王封侯啊！

雖然怯懼項羽神威，雖然明知想殺項羽將是死的代價，但還是有那麼多不知死活的人去狙擊項羽，因為楚軍現在只剩下近千人了啊！可有機可乘呢！誰不想榮華富貴啊，老天不會送給你，自只有拿命去搏了！

但項羽魔功已突破至大成之境，一般人物又哪會傷得了他？更何況他現在因虞姬之死、將士叛離而滿腹悲痛與憤怒，剛好可拿來發洩。

劍光拳勁所過之處，頓即是人仰馬翻，血濺慘吆。

不過神勇無敵的可只他項羽一人，其他楚軍兵士雖也鬥志昂揚，但怎敵得過如潮水般的漢軍？雙方只拚殺了個多時辰，緊跟在項羽身邊的人馬已是不足百人了，但是漢軍恐怕死傷萬人吧！

看著在千軍萬馬中橫衝直撞的項羽，項思龍知道可施最後一計了，著劉邦傳令下去放鬆對項羽的圍攻，任他突圍。劉邦雖心懷疑慮，但此次垓下之戰，項思龍指揮若定，把二十萬楚軍殺得只剩近百人，可說是快要取得了決定性勝利，這可全是項思龍的功勞，對他自也甚是信服，知他此舉必有大大用意，於是依言發令，讓項羽突圍而出。

項羽衝出漢軍重圍，心中狂喜，可剛當甩下漢軍時，問題又來了，因為眼前竟是出現了一條岔路！到底哪一條是往江東去的呢？

焦躁不安地徘徊時，突有一打柴樵夫出現在眾人眼前。

項羽見了大喜，頓忙策馬上前溫和地問道：「老人家，請問去江東應走哪一條路？」

樵夫顯得甚是驚惶，結結巴巴的慌亂指著一條岔路道：「大王不要殺我！往江東去……應走這條路！」說著時嘴角卻掠過一絲不為人覺的冷笑。

項少龍知這樵夫乃項思龍安排，真想脫口道出這其中的陰謀，但是……唉，事已至此，自己還是……一切都任由天命吧！

項羽卻也毫未起疑心，劫後餘生歡喜還來不及，哪還有那麼慎密心思呢？

樵夫話音一落，項羽向他拋出一錠黃金，匆道了聲「謝謝」，當即率眾往樵夫所指岔路馳去。其實只要項羽冷靜下來察看，當會看出這兩條岔路有剛被覆新的破綻痕跡，但人從死亡邊緣撿回一條命來，自會疏忽一些東西的！

可這疏忽卻已是個致命疏忽，項羽一代蓋世英雄終是鬥不過歷史！

當他馳出四五里路之遙，方才覺悟到自己又中項思龍所安排的計謀了。

眼前竟是一片一眼望不到邊的茫茫大沼澤。

心中的怒火與悲憤倏然再升，項羽恨不得生食項思龍的肉了！

當項羽轉出沼澤地時，身邊只剩下連項少龍在內二十九騎了！

可禍不單行，當他們馳至烏江邊時，卻見劉邦、項思龍等率領著幾十萬漢軍在那裡等著他們了，他項羽的一切行蹤似都掌握在項思龍的手中。

項羽怒極反笑地衝著在漢軍中心處的項思龍道：「好！好！我項羽終是鬥不過項大哥！今日但只求與你再戰一場，雖死也是無憾了！」

項思龍眼中閃過沉重悲哀之色，悲然長歎了一口氣道：「三弟，你投降吧！」

項羽悲然一聲長笑道：「投降？我項羽若然投降，偷生人世，如何對得起為我戰死的將士？如何面對九泉之下的虞姬？更是如何面對對岸的江東父老？項思龍，我的好大哥，換作你是我……你會投降嗎？」

項思龍早知項羽不會聽自己之言的，但聽了他這悲壯之語，心下也不禁一陣黯然：「若不是有自己在這古代助劉邦與項羽作對，項羽會落至今天的慘局嗎？」默然無語地沉吟一陣，項思龍才歎然道：「不會……我……若是你，那也只有一個選擇，就是……戰死沙場！」

項羽仰天悲笑道：「戰死沙場？不錯，正是戰死沙場！不過卻不知大哥是否會成全小弟這個心願呢？」

項思龍正待答話，劉邦這時卻突地開口道：「這一戰還是由二哥我來代勞項大哥好了！楚漢相爭，是咱兄弟二人的事，最後一戰自也由咱們二人來解決！」

劉邦這話讓得所有人聽了都是一陣詫然，劉邦一向貪生怕死，為何這刻表現出如此大丈夫的豪氣呢？

項羽可是個戰神煞星啊！

項思龍聽了劉邦這話，卻是知曉自己猜測劉邦練成什麼絕世神功的想法這下是可證實的了，劉邦請命出戰項羽，乃是因為他知項羽一死，那這天下就為他劉邦所有，這刻只要他勝了項羽，那他就可威震天下，無人不服他劉邦了！

沒有重大收穫的戰鬥，劉邦是不會親自出手的！

項羽哈哈一陣冷笑道：「就憑你？手下敗將，不要自取滅亡了吧！」

劉邦冷哼一聲道：「誰勝誰敗，比過就知道了！」

話音甫落，身形已是沖天而起，有若一道光弧般從大軍頭頂飛過，落在了項羽十多米遠處的對面，目中寒光一閃道：「三弟，請出招吧！」

項羽雖也看出劉邦武功大有長進，但卻還是沒把他放在心下，只嗤聲道：「你劉邦一介沛縣小流氓，如沒有項思龍相助，如何能與我項羽相提並論？好！你既要尋死，那就讓我來送你上路吧！」

言罷，當下拔出腰間魔帥魔刀，端詳了好一陣，驀地大吼一聲道：「劉邦，接我項羽這第一招種魔大法血蒼穹！」

吼聲未落，只見項羽人劍合一，凝成一道黑光電射般殺向劉邦。

項思龍雖疑劉邦有神功絕招，但見了項羽這等招式，卻也不禁為他暗暗擔心。如劉邦出了什麼意外，那自己在這古代的一切努力都將白費了！

劉邦見了項羽的狂猛殺招，卻只是臉上神色一沉，天劍也「鏘」的一聲脫鞘而出，一道白光頓然瀰漫空中，劉邦身形這時也凌空旋轉飛出，劍魂心法因念而生，天劍七式第五式天馬行空也告出手。

「噹！噹！噹！」數聲劍擊之聲響起，爆發出灼亮的撞擊火光。

項羽沉喝一聲道：「果然有些斤兩，看來是低估你了！再接我這招玄宇宙！」

沉喝聲中，招式已變，天地間驀地狂風大作，雲層洶湧。

一道道紫電光氣由項羽手中玄鐵神劍發出，有若閃電彌空。紫電光氣包圍了劉邦全身上下，有若人被雷擊置身火海。劉邦卻絲毫無懼，天劍揮出也大喝道：「劍魂七式第七式虛空劍勁！」光電直閃如太陽爆炸，項羽所發紫電光氣被劉邦悉數劈開。

項思龍看了劉邦與項羽連拚兩招，對他已是放下心來。看來劉邦當真是深藏不露，實力未展！

所有漢軍包括終日陪伴在劉邦身邊的張良，也想不到自己主子武功竟高至如此玄天之境，只看得目瞪口呆卻又心懷激昂。

項羽這下是必定魂斷烏江了！漢家可一統天下了！

項羽二擊無效，對劉邦的實力不得不重新估計了。

二人已重落地面，項羽目中寒芒直閃的冷視著劉邦道：「想不到你劉邦比之上次武當山一戰武功是大有長進！確是夠資格與我項羽一戰了！當年魔帥風赤行敗於赤帝劍魂七式最後一式君臨天下手上，今日我項羽就來為魔帥向你這赤帝化身的真命天子討還這個公道！」

言罷突地閉上雙目，猛吸一口真氣，全身上下突地釋發出一股烏黑邪氣，讓得旁人看了只覺項羽身體已虛化無實體，與這烏黑邪氣融為一體了！

劉邦見了面色沉重起來，知道項羽已欲施出看家本領與自己拚命了。

心下一凜，莫名的湧起一股怯意。他劉邦從來是項羽的手下敗將，多年的敗亡經歷讓他不禁的對項羽生出根深蒂固的懼意。

但是這一戰是他劉邦向項羽挑戰的，自也不能退縮。

當下也凝神靜氣收斂心神，把體內真氣提升至了極限，天劍在這刻竟「嗡」

的一聲不動自鳴，似感應了劉邦貫入真氣靈性的對項羽氣勢向劉邦發出警告，同時也豪光進發，使劉邦全身有若發出萬丈金光。

項羽嘴角泛起一絲冷酷笑意，讓人看了心底會感寒氣大冒。觀者知二人決戰的關鍵時刻到來了，都是連大氣也不敢吭。偌大的天地間就只有嗚咽的風聲和嘩嘩的烏江流水聲。其他的一切都似凝滯住了，包括人的呼吸和心跳聲。

項思龍的心也緊張至了極點，不禁暗握鬼王劍劍柄，劍神提氣，準備隨時出招相助劉邦一把！為了歷史，他可不得不做一回小人！

項羽手中的魔帥魔刀都似化作了氣體，他的人和劍突地似與空中氣流混合在一起了，沒有了絲毫實體！好恐怖凌厲的魔功！

人、劍、天、地合而為一！項羽已入魔道至境了！他的魔功不知比與項思龍在天山無名谷一戰時提升了多少倍！

劉邦也只覺自己的心在顫慄，他突地似感覺到了死亡的氣息。

「沒有實體的敵人與鬼魅何異？捕捉不到對方實體還怎麼攻擊對方！」

「這一戰……」劉邦不禁暗暗自責：「自己太過輕率了，自己何必強出頭呢？讓項思龍與項羽死拚就是了呢？這兩人無論誰勝誰負，對自己都只是……有益無害！如項思龍勝了自是最好，不過他此戰之後，揚名天下，自己即便做了皇帝，聲威還是被他蓋著，這可太讓自己沒面子了。更讓人擔憂的是如項思龍要反叛自己，那自己做了皇帝也可被他趕下台，是個後患勁敵！不過……他為人重情重義，自己大可拿了他的妻兒作為人質要脅……想他也不敢亂來！項羽呢，現下是必除去他不可！如項思龍敗了，自己大可群起而攻之！即使他項羽怎麼神勇，卻也敵不過自己還剩的七十萬大軍攻擊吧！但最好是他兩人同歸於盡！唉，為何先前沒想得這麼周全呢？現在是騎虎難下了！罷！拚了吧！自己能打勝這一戰，必定可名垂青史！這天下就什麼都是自己的了！項思龍麼……自己會有辦法對付他！」

一道狂猛之極的陰森氣勁迫體而來，不見任何實體只聽得項羽的沉喝聲在耳際響起道：「種魔大法十重天神魔歸一！」

項羽的絕招終於使出了！劉邦也大喝道：「劍魂第八式君臨天下！」

喝聲一落，劉邦也已人劍合一凝成一道氣勢如虹的白光飛閃在天地間。

「轟！轟！轟！」震天動地的氣勁爆發出一團團勁氣光芒。

天空中的雲層受這兩個絕世高手的轟擊，竟被淡化震碎為雨點落下。

天地間勁氣瀰漫，壓抑得每一個人都快喘不過氣來。

誰勝誰負將在這一招見分曉！歷史將在這一招定結局！

「嗤——！」破衣之聲響起，接著是劉邦狂喜的聲音道：「項羽，你這招神魔刀終是敵不過我的這招君臨天下！你納命來吧！」

項羽的聲音卻是冷哼了一聲道：「哼，恐怕言之過早了吧！再看我這招種魔大法最後一招——十式歸一魔霸天下！」

項思龍一聽只嚇得心神大震：「劉邦的劍魂七式只有七招，這第七招他本已可勝項羽了，可誰想項羽的種魔大法竟然還有第十招！也必然是威力奇大的必殺之招，那劉邦……能敵得過嗎？」

「當然不能！」項羽陰森的聲音已又是響起道：「是誰納命來這下可知分曉了吧！劉邦，我要把你碎屍萬段！」

接著就是劉邦近乎絕望的驚呼聲道：「項大哥，救我！」

項思龍在項羽冷哼時已是知了不妙，身形「嗖」的電射而出，鬼王劍在空中射出萬丈血光，悲聲喝道：「羽弟，對不起了！」

喝聲中只見天空中項思龍鬼王劍射出的血光突地已幻化作了一道一道血浪，而血浪中一黑一白兩道光氣卻全被吸入其中，此時只聽項思龍又大喝道：「迴夢心經第十二重心法破碎虛空！」

這話音一落，只聽項羽和劉邦同時驚呼道：「迴夢心經！」

原來赤帝和魔帥風赤行都是迴夢老人的弟子，只是一正一邪，迴夢老人曾對他們說過不得為惡人間，否則他會用迴夢心經上武功毀去二人。

現在的劉邦和項羽二人分習赤帝和魔帥風赤行的武功，自也從所得密書中得知迴夢心經乃克制他們武功的剋星，所以聽了項思龍的所使武功之名，都不由自主的驚呼出聲。

空中血虹、黑、白三道的真氣光電在相持了盞茶時間後終於漸漸斂去，劉邦、項羽也均都現出了身形，前者身上衣衫盡然破裂，臉色蒼白，額上現出斗大的汗珠，降落地上時，頓有漢軍扶他入陣；後者則是臉上一片死灰之色，看著手中已斷為半截的魔帥鷹刀，凝望著項思龍良久才歎然一聲悲嘯道：「天要亡我，非戰之罪也！」話音甫落，舉起半截斷刀向頸脖抹去，只見血光一濺，項羽身體自空中墜下！

一代蓋世英雄西楚霸王項羽，就這樣魂斷烏江了！

第十三章　破碎虛空

項羽揮劍自刎了！

不可一世的西楚霸王終於不存於世了！

項思龍也只覺心中悲痛無言，眼淚奪眶而出。

一種虛脫的感覺浸遍項思龍全身。

「自己的歷史使命終於完成了！這是一個多麼沉痛的使命啊！八年了！自己為了完成這個歷史使命在這古代風風雨雨地拚鬥了八年！現在終於可以功成身退了！但是這代價……卻是讓自己失落了好多好多的珍貴東西吧！」項思龍覺著自己好是疲倦，好想好想痛痛快快地睡上一覺。

「但是自己這願望會有機會實現嗎？還有許多的後事等著自己去解決呢！首

當其要的就是自己來到這古代後時至今日所經歷的歷史改寫，自己和父親項少龍的名字是絕不能在史記中出現的……還有自己在離開這古代之前還得給遠在西域的妻兒一個交代……

「這些可也是讓人頭痛的事情呢！」

項思龍感慨滿懷地想著，望了不遠處項羽的屍體一眼，心中只覺愧疚哀痛非常，但這又是無可奈何的不得不面對的現實。

項羽的命運可是歷史為他判定的！

沉寂了好久的人群終於爆發出了陣陣歡呼。

「漢王萬歲！……項思龍萬歲！」的高呼聲響徹整個烏江上空經久不絕。

劉邦驚魂未定的臉上也終於露出了勝利者的笑容。

「項羽死了，我劉邦也就統一天下可以坐上皇帝的寶座了！」

「三年抗秦戰爭，五年楚漢相爭，我劉邦成了最後的勝利者！」

「八年前，我還只是流浪沛縣的一個地痞流氓，沒有人看得起我。」

「八年後，我將成為指點江山萬民朝拜的君王！」

「八年來，我可也不知過了多少難眠的逃亡日子！」

「現在，我劉邦可以舉杯抱美人寫意人生了！」

「今後的戰爭就只有剷除一切對自己皇位有威脅的人！」

悲哀的氣氛也占了這烏江的一角天空。

追隨項羽作戰逃亡至這烏江邊上的二十八名騎士跪拜在項羽的屍體前失聲痛哭。項羽是他們心目中的神，是他們生命的支柱，現在項羽死了，他們的靈魂也告虛空，那活著還有什麼意義呢？

更何況項羽一死，劉邦也決不會放過他們！

生來做豪傑，死亦做鬼雄！他們不是貪生怕死的人！

他們也要像自己的霸王一樣，死得轟轟烈烈！

他們也不忍心讓自己的霸王一人孤獨的踏上黃泉之路！二十八名騎士在祭拜項羽後，驀地齊都飛身上馬，高舉刀劍，向漢軍衝去，悲呼道：「還我霸王命來！」

當然以他們這二十幾人之力投身漢軍只是自取滅亡。

只是騷亂了片刻，喊殺之聲便停息了下來。

現在，楚軍上下就只剩一失魂落魄態的項少龍了。

這個昔日威震七國的上將軍，現刻顯得老態龍鍾地跪伏在項羽屍體前，他的思想已經死亡，他的靈魂已經空虛……

就那麼木愣愣地跪著……竟有漢軍向他圍去……

項思龍見了父親項少龍的神態，心神也覺悲哀至極點。

他可以感受到父親心中的哀痛，那是一顆破碎了心的哀痛。

親眼看著項羽長大，又親眼無奈地看著項羽兵敗身亡……

這是何等沉重的打擊！沒有一個人能承受得住這種痛心打擊！

要想忘掉這段痛苦，就只有離開這古代了……

放棄這古代一切的一切回到屬於他和父親的時代去……

如此或許可以撫平父子二人在這古代的心靈創傷吧！

時間是可以沖淡一切的，想來空間也可以淡忘一切吧！

虛空……這古代對他父子二人而言是個破碎的虛空！

發生了這麼多的事後，這古代就只有傷心和失落了！

項思龍靜靜地站著，思想也是一片濃重的哀愁。

目光中突地看到了向父親項少龍圍住的漢軍，項思龍猛然覺醒，心頭的悲痛倏地化作了一股無名之火，身形電射飛出，手中鬼王劍一閃，向項少龍圍住的近百名漢軍連哼也沒來得及哼出，就一個個人頭落地。

驚呼聲四起，劉邦也憤怒的衝項思龍脫口喝道：「項思龍，你幹什麼？想作反啊？」話音一落，倏覺自己語氣太重洩了心底秘密了，不覺面上一紅，低垂下頭去，不敢與任何人的目光相觸。

項思龍抱住項少龍，目中淚花湧現，對劉邦這刻心跡的失態表露，更覺心中一陣愴然。

「自己可是他劉邦的恩人啊！不說自己與父親是他劉邦親人的秘密，可自己為他劉邦立下的汗馬功勞……沒有名沒有利，項羽剛剛一死，劉邦竟……自己與父親在這場歷史鬥爭的下場其實又與項羽有何兩樣呢？」項思龍倏地只覺一顆心也給碎了……

「自己的預感終於不幸而成了事實，只是想不到這殘酷的事實竟來得這麼快！自己只不過是失控之下殺了這些想對父親不利的漢軍啊！他劉邦對自己生出的殺意恐怕不止一日了！」

「狡兔死，走狗烹；飛鳥盡，良弓藏，敵國破，謀臣亡！這話真是深刻，對政治場上的殘酷描繪得入木三分！」

「真想脫口說出自己和父親與劉邦的關係，但終還是忍住了，一切都是必然的結局，自己又何必去破壞它呢？就讓這秘密成為永遠的秘密吧！也成為歷史的秘密！美蠶娘已在戰亂中死去——父親項少龍已收到了這消息，劉邦還悲痛過一陣呢！知曉這秘密的范增也已死去……」

悲壯地仰天一陣哈哈大笑，項思龍挽起父親凄然道：「我想幹什麼？我想作反！哈哈！劉邦，這是從你口中所說出的話麼？」

劉邦此時也覺愧然，但當看到張良、陳平、韓信、樊噲等一眾大將和幾乎所有的軍士目中複雜似含憤然的目光落在自己身上時，又是一陣氣往上湧，竟是惱羞成怒地道：「你……你不是想作反是想幹什麼？竟然狂殺我近百將士！不要仗著你項思龍勢大功高就以為可以亂來妄為！要知國有國法家有家規，你不是皇帝，怎麼可以亂開殺戒呢？」

項思龍只覺心痛得都快讓自己呻吟出聲了，只又是一陣大笑道：「我在亂開殺戒？你……你知不知道他是我項思龍的父親！」

項思龍這話一落，全都給怔住了，項少龍原來竟是項思龍的父親！

以往想不通項思龍為何不惜生死去尋項少龍的疑點在眾人心中赫然而解。但是他們父子二人為何一助項羽一幫劉邦呢？這卻是人們永遠也想不通的秘密了。劉邦聽得也是一呆，再也說不出話來了。

「項思龍為幫自己竟不惜讓父子反目成仇，這……他對自己的一片真心誠意還有什麼能比這點更能證明呢？」

劉邦只覺得自己以往所生出的對項思龍的戒心真是讓他無地自容，這刻更是恨不得有個地縫可供自己鑽進去……

唯唯諾諾的低聲道：「項大哥，對不起！我……」

項思龍雖感覺到劉邦心中的愧悔。但他這刻已是傷透了心，不止是為劉邦對他的猜忌，也還有對項羽之死，對父親項少龍哀痛的哀痛………許許多多複雜的情緒讓得項思龍傷透了心！

他對這古代再也不存一絲希望了，唯一讓他牽掛的就只有是遠在西域的妻兒。哽咽著強抑下心中的悲憤，項思龍截然止住劉邦的話道：「邦弟，不用再說什麼了！大哥我應該做的都已經做完了，今後只求能覓一地方歸隱下來！在咱們這臨別前，大哥我只有一個請求，求你關照大哥的妻兒朋友，對我爹遠在塞外的親人也不要………求你放過他們！大哥跪下求你！」

說著，項思龍竟真的「撲通」一聲朝劉邦跪下，眼淚卻是再也忍禁不住的奪眶而出……

劉邦手忙腳亂的上前扶起項思龍，急急道：「項大哥……你這是幹什麼啊！小弟承受不起呢！」

項思龍運功沉重，動也不動的又道：「邦弟如不答應大哥我這最後的一個請求，大哥就對你長跪不起！」

劉邦這刻心中也泛起了項思龍對自己種種無微不至的關愛，想起了項思龍怎樣一手提拔自己……

終至今日的徹底勝利，可以說沒有項思龍，他劉邦就可能沒有今日的一切。對項思龍的感情也狂湧而出。

劉邦「撲通」一聲也朝項思龍跪下，泣聲道：「項大哥，邦弟錯了！我不該……請你原諒我吧！我劉邦今日的一切全拜大哥所賜，大哥的親人就是我的親人，大哥的朋友就是我的朋友！我發誓，今生今世只要我劉邦當權一天，就絕不會讓大哥的親人和朋友受到絲毫傷害！」

項思龍真切的感受到了劉邦說這話的真心實意，當即心下開朗了些，扶住劉邦與他同身而起，感激地道：「如此大哥就謝謝邦弟了！從此大哥再也心無所掛，可以放心歸隱了！」

劉邦駭然道：「大哥真要離開小弟麼？小弟還有許多地方要仰仗大哥呢！」

項思龍知道劉邦對自己的忌意是不會消去的，如此說只是這一刻的感情衝動罷了。淡然道：「大哥這輩子的心願就是希望能助邦弟成就一番事業，卻是從沒有過要終生參政的想法。現在這心願已了，大哥只想雲遊四海享受一下無拘無束的浪子生活，邦弟的好意大哥只有心領了！但願你能善待萬民，創出一代太平盛世了，大哥就甚感欣慰了！」

言罷，也不待劉邦答話，只從懷中掏出三封密封的帛書來，遞給劉邦道：「這三封書信一封是給邦弟你的，大哥走後，你拆閱後會明白許多東西的，但望你能按我信上所言去做，大哥就是死亦瞑目了！」

說到這裡，頓了頓接著又道：「另兩封書信，請邦弟送給地冥鬼府的人！大哥要走了！邦弟保重！」

說完挽住項少龍手臂，默運內勁施展迴夢神遊虛空身法飄然逝去，只剩下手執三封帛書怔怔發愣的劉邦和幾十萬的沉寂漢軍，再有就是項羽和他二十八騎士的屍體……

烏江的滾滾江水嘩嘩的在眾人耳際響著……

垓下一戰，項羽自刎身亡，從此，天下一統，戰爭暫告平息，在蕭何等人安排下，劉邦在氾水之角，擇日登基，定都長安，立呂雉為后。

劉邦登位後，千方百計的剷除諸侯，為漢朝基業立下赫赫戰功的韓信亦落得了個誅滅三族的可悲下場，彭越、英布、盧綰等一眾與劉邦出生入死的兄弟，也都無一倖免。

還是張良醒目，看出劉邦猜忌功臣，一早退休去也。

項思龍這大漢帝業功績最大的功臣，自垓下一戰給劉邦留下三封帛書後，就再也沒有人看到他了，像是在這世上突地消失了一般，還有項少龍……

自此，天下雖定，中原武林卻是又不平靜起來。紀嫣然、烏卓、鄒衍一眾隱居塞外的人，全都回返到了中原，四處找尋項少龍的下落……

地冥鬼府的上官蓮、張碧瑩、聖火教主等一眾人也都奔走江湖，四處尋找項思龍的下落……

可是他們都以失望而終——他們收到了漢高祖劉邦托人給他們捎去的項思龍給他們留下的帛書，信中說項思龍和項少龍二人已回到了屬於他們的世界去，叫眾人不要枉費心力去尋他們二人了……

眾人看後，既是傷心欲絕，又是一頭霧水……

項思龍信中所寫的「屬於他和項少龍的世界」，到底是個什麼地方呢？

這疑問在這古代中，只怕無人能夠知道！

只是，項思龍和項少龍真的從他們這古代世界中消失了，直到他們盼得老死……也沒盼到項思龍和項少龍回來……

於是，不平靜的江湖又告平靜……可只怕生活在項思龍和項少龍在這古代熟識他們的人，內心永遠也無法平靜……

還有，後世遺傳的史記問題——劉邦自項思龍留給他的一封帛書得知，項思龍已寫好了這秦末漢初的史記，存放於某處，劉邦依址尋去，卻果也找到了一本項思龍親筆寫下的簡書，記述了自他和項羽出世後的一切經歷，只是內中內容與現實中所發生的史實大有更改，也沒有項思龍本人和項少龍的記述……劉邦閱後雖大為詫異，卻也甚感滿意，因為項思龍所寫的這部史書，對他劉邦頌多貶少，項思龍本人為他劉邦所作的許多功勞，也全都載在了他劉邦身上，他劉邦能不滿意嗎？何況這也是項思龍在帛書中提到的對他劉邦的最後一個請求，他劉邦也不忍拒絕！

沒有項思龍竭力助他劉邦，他也不可能打敗項羽，一統天下坐上漢高祖的尊位，所以對於項思龍向他提出的最後一個請求，如不照辦，他劉邦只怕會終生難安。但劉邦卻不知道他能打敗項羽，一統天下，卻也多多少少有著項少龍的幾份功勞呢！當然，對這一點只有失蹤的項思龍知道了！

於是，劉邦便依言把項思龍所寫的「史書」，作為漢初正史，用以流傳後世……這卻也就是中國現存的漢記史節中沒有項思龍和項少龍的原因了！

還有一個秘密要告知所有的讀者，就是劉邦之所以誅殺韓信、彭越、英布、盧綰他們，卻也是項思龍在留給劉邦的書信中提點之故……

歷史！歷史的真面目原來卻是……

「轟隆！轟隆！」

是機器的巨大轟響聲驚醒了項思龍和項少龍，他們睜開眼時眼前卻是一片黑暗，只清晰的聽到讓他們覺著似遙遠而又陌生而又熟悉的興奮歡呼聲——

「是……是……誰的聲音呢？」

「時空機器……時空返回器……時空返回器起動了！」

「十、九、八、七……停……停住？……」

「是……是……誰的聲音呢？」

「馬……馬所長！是科學院……研製時空機器的……馬所長的聲音！」

項思龍和項少龍心下一顫的狂喜著——「我們……終於回到現代了！」

這思想還未能讓他們清醒過來，又只聽得馬所長急促的聲音傳來道：「啊！時空機器又出故障了！時間爐內力能失常下降……難道多年的苦等又……」

項思龍和項少龍還未聽完馬所長的話，突地只覺一陣天旋地轉，過不多時，就失去了知覺……

這見鬼的時空機器卻又會把他們父子二人帶到一個怎樣遙遠的古代或未來的時空中去呢？

全書完

無極作品集

尋龍記 第三輯 卷六虛空（大結局）

作者：無極
發行人：陳曉林
出版所：風雲時代出版股份有限公司
地址：10576台北市民生東路五段178號7樓之3
電話：(02) 2756-0949
傳真：(02) 2765-3799
執行主編：劉宇青
美術設計：許惠芳
業務總監：張瑋鳳
出版日期：2025年5月
版權授權：蔡雷平
ISBN：978-626-7464-80-9
風雲書網：http://www.eastbooks.com.tw
官方部落格：http://eastbooks.pixnet.net/blog
Facebook：http://www.facebook.com/h7560949
E-mail：h7560949@ms15.hinet.net
劃撥帳號：12043291
戶名：風雲時代出版股份有限公司

風雲發行所：33373桃園市龜山區公西村2鄰復興街304巷96號
電話：(03) 318-1378　　傳真：(03) 318-1378
法律顧問：永然法律事務所 李永然律師
北辰著作權事務所 蕭雄淋律師

行政院新聞局局版台業字第3595號 營利事業統一編號22759935

定價：340元　

國家圖書館出版品預行編目資料

尋龍記 第三輯／無極 著. -- 臺北市：風雲時代出版股份有限公司，2025.05 -- 冊；公分
ISBN：978-626-7464-80-9（第6冊：平裝）

857.7　　113007119